마광수 시대를 성찰하다

마광수 시대를 성찰하다

2019년 8월 21일 1판 1쇄 인쇄 / 2019년 8월 31일 1판 1쇄 발행

엮은이 장석주 · 송희복 / 펴낸이 민성혜
펴낸곳 글과마음 / 출판등록 2018년 1월 29일 제2018-000039호
주소 (06151) 서울특별시 강남구 광평로 280, 1106호(수서동)
전화 02) 567-9730 / 팩스 02) 567-9733
전자우편 writingnmind@naver.com
편집 및 제작 Book공방

ISBN 979-11-964772-3-3 (03810)

이 도서의 국립중앙도서관 출판시도서목록(CIP)은 서지정보유통지원시스템 홈페이지
(http://seoji.nl.go.kr)와 국가자료공동목록시스템(http://www.nl.go.kr/kolisnet)에서
이용하실 수 있습니다. (CIP제어번호: CIP2019033161)

이 도서는 한국출판산업진흥원의 '2019년 출판콘텐츠 창작 지원 사업'의 일환으로
국민체육진흥기금을 지원받아 제작되었습니다.

마광수 시대를 성찰하다

장석주 · 송희복 엮음

글과마음

엮은이 우리는 이 책의 제목을 『마광수 시대를 성찰하다』로 정했다. 이 제목의 문장은 뜻 겹침의 의미로 사용되어 있다. 하나는 과거형이요, 또 하나는 현재형이다. 전자의 경우는 '과거의 마광수가 자신의 시대를 성찰하였다.'라는 뜻이 될 것이요, 후자의 경우는 '지금의 우리가 마광수가 살던 시대를 성찰하고 있다.'라는 뜻이 된다고 하겠다. 독자 여러분이 어떤 식으로 받아들여도 상관이 없다.

마광수는 음란물 유포의 혐의를 받고 1992년 가을에 긴급 체포되었다. 검찰은 그의 소설 「즐거운 사라」를 가리켜 '포르노 영화를 문자화시켜 놓은 변태적인 음란 소설'로 규정했다. 그러면서 음란성이 문학적 개념이 아니라 법적 개념이라고 자신 있게 말했다. 이 경우는 지금에 비춰볼 때 우리 문화의 후진성을 잘 비추어주고 있었다. 1983년, 포르노 잡지의 발행인인 허슬러는 선정적인 가짜 인터뷰를 실었다가 당사자(목사)에게 고소를 당했다. 내용인즉슨, 내 첫 경험은 문란한 어머니와 화장실에서 한 근친상간이라는 것. 이 터무니없고 중차대한 명예훼손에도 불구하고 허슬러는 연방대법원의 전원일치 판정에 따라 당당히 승소했다. 수정헌법 제1조가 자유로운 사상 표현을 존중한다고 이미 정했기 때문이다. 국가가 표현의 자유에 관한 내용을 판단하는 순간, 그 국가가 파시즘의 체제로 돌아가기 때문이란다. 미국에서는 1983년에 이미 이와 같았는데 음란성이 법적 개념이라고 우겼던 대한민국의 1992년은 파시즘의 체제 하에 놓여 있음을 말하는 것이나 다름이 없었다.

그 당시에 일간지도 사설을 통해 냉랭한 반응을 보였다. 당시에는 문인들도 대체로 등을 돌렸다. 40대 중후반의 나이로 당시 소설계에 가장 큰 영향력을 가지고 있었던 소설가 두 사람도 마찬가지였다. 한 사람은 작가를 가리켜 '문인을 자처하고 표현의 자유를 강변하는 것이 안타까운 그'라고 했고, 또 한 사람은 작품을 두고 '바닥이 드러났을 정도의 함량미달에 정성까지 부족한 불량상품'이라고 폄하했다. 법원의 판단 역시 검찰과 언론과 문단의 비판적인 시각을 그대로 수용하였다.

2017년, 마광수 사건이 발생한지 4반세기가 지났다. 당시에 시대적인 희생양이 된 당사자가 죽음을 스스로 선택한 일이 벌어졌다. 이번에도 사회적인 충격파를 던졌다. 많은 사람들은 그의 죽음을 안타깝게 생각했다. 언론사들도 모처럼 내남없이 애도 반응을 보였다. 우리 사회가 4반세기의 세월을 거치면서 표현의 자유에 대한 생각도 점점 깊어져갔다.

이러저러한 분위기 속에서 엮은이 우리 두 사람은, 그의 2주기에 때를 맞추어 그의 사후 2년간에 걸쳐 쓴 그에 관한 글들을 모아 한 권의 책으로 묶어내고자 한다. 우리가 의도한 성찰의 기획에, 독자들이 호흡할 수 있기를 기대한다.

2019년 6월 11일
엮은이들, 몇 자 적다.

| 차례 |

제1부 **인간론 및 유고집**

야(野)한 인간, 마광수_장석주
가버린 작가, 남은 유고집_송희복

야(野)한 인간, 마광수

장석주(시인, 문학평론가)

1. 또 다시 부르는 그 이름

2017년 9월 5일 오후 1시 51분, 마광수(1951~2017) 교수가 자택인 서울시 용산구 동부이촌동의 한 아파트에서 숨진 채 발견되었다. 화요일이었다. 쾌청한 초가을 날씨로 햇빛이 유난히도 빛나던 날이었다. 산 자에게 평화로운 날이고, 누군가 죽기로 했다면 그것도 좋은 날이었다. 정오가 막 지났을 무렵 마광수는 죽음의 길로 성큼성큼 걸어갔다. 그는 혼자 있는 시간에 '생명의 마지막 경계선'을 훌쩍 넘어 가버렸다. 아무도 손을 쓸 수가 없었다. 누구도 제 목에 줄을 감고 죽으려는 자의 손길을 말릴 수가 없었다. 그는 영혼이 명석한 자만이 느낄 수 있는 육신의 괴로움을 그렇게 끝냈다. 그가 쓴 유서가 나왔다. 경찰은 자살로 매듭지었다. 마광수, 그는 어느 날 갑자기 돌아올 수 없는 다리를 건너서 우리 곁을 떠났다. 우리는 "자, 건배! 우리의 고통을 위하여!"라고 말할 수 없다. 우리는 황망함 속에서 그의 죽음을 피동적으로 받아들일 수밖에 없었다.

마광수, 그는 '장미' 담배를 하루에 세 갑씩 피우는 애연가이고, 성적 판타지의 예찬자이며, 페티시즘의 열렬한 옹호자였다. 무지한 자들은 그를 변태성욕자로 여겼다. 그는 정말 성 중독자이거나 변태성욕자일까? 아니다. 그는 성에 대한 판타지를 좇는 사람, 성의 탐닉에서 얻는 쾌락을 긍정하는 사람이다. 그를 성 해방론자이거나 쾌락주의자로 규정할 수 있을 테다. 그는 인간에게 성이 얼마나 중요한가를 잘 아는 사람이었다. "생계유지와 죽음을 제외하고 거의 어떤 주제도 섹스만큼 인간 정신 위에 큰 그림자를 드리우지 못한다. 매력·힘·학대·데이트·자아상·가족 등의 문제들, 그리고 자식을 낳고 손자를 보는 등의 대리 불멸은 모두 성관계라는 돌쩌귀에 연결되어 있다."[1] 성은 두 독립된 개체의 접촉을 통해 이루어진다. 그 결과 유전자의 이동과 재조합의 기회가 생겨난다. 유성생식을 하는 생물 종에게 성은 종의 번식을 위한 첫 번째 수단이다. 생물 개체는 종을 이어가면서 '대리 불멸'을 좇는다. 인간에게 성은 난자와 정자의 결합을 통한 생식 행위 너머의 그 무엇, 훨씬 더 복잡한 생물학적, 심리적인 행위이다. 인간은 동물과는 달리 단지 번식을 위해서만 섹스를 하지 않는다. 성은 쾌락을 얻고 기분전환을 이루는 것, 성적 긴장의 해소 수단, 더러는 낙담과 저주의 덫이다.

마광수는 줄곧 성에 매달렸다. 그의 상상력, 관심과 탐구, 글쓰기는 오직 하나의 주제인 성에 집중했다. 그의 사후에 나온 『추억마저 지우랴』에 이런 문장이 나온다. "투명한 망사 브래지어를 하고 하반신엔 티 팬티를 입고, 무릎까지 오는 검은 킬힐 가죽 부츠를 신은 모습이 전라의 모습보다도 더 흥분되는 것이다. 검은색 매니큐어를 칠한 손톱은 30센티미터 가량 늘어져 섹시함을 더하고 있었다. 그리고 허벅지 옆에 찬 채 찍을 보니 염라대왕, 아니 염라여왕은 사디스트가 분명했다."(「마광수 교

---

1 도리언 세이건·타일러 볼크, 『죽음과 섹스』, 김한영 옮김, 동녘사이언스, 134쪽.

수, 지옥으로 가다」중에서) 보시다시피 그는 섹스 판타지에 열광한 사람이다. 그는 유교 이념이 굳게 빚어낸 도덕의 강고함이 작동하는 한국 사회에서 '성'이라는 금단의 열매를 따먹은 사람이다. 그는 성적 판타지로 가득 찬『가자 장미여관으로』라는 시집,『나는 야한 여자가 좋다』라는 수필집,『권태』,『즐거운 사라』같은 장편소설을 써내며, 한국 사회에서 성 담론의 해방을 외친다. 그는 여러 모로 한국 사회의 도덕과 윤리의 프레임을 벗어난 특이한 미의식과 사상을 갖고, 그를 실천했다.

나는 마광수의『즐거운 사라』를 출판한 청하출판사의 대표였다. 1992년 책이 나온 뒤 여러 미디어에서 표현의 자유와 이설의 충돌 지점을 다루며 논쟁이 일어났다. 그러던 중 10월 29일 새벽 집으로 들이닥친 검찰 수사관들에 의해 서울지검 특수2부로 끌려갔다. 가보니 학기 중인 마광수 교수도 끌려와 있었다. 그날 마광수 교수와 나에게 영장이 발부되어 구속되었다. 우리는 61일 동안 서울구치소에 수감되었다가 12월 30일, 집행유예로 풀려났다. 우리는 법정에서 '공범'으로 취급받았다. 그 구속 사건으로 마광수 교수는 숱한 시련을 겪으며 참담한 날들을 보내야만 했다. 그와 마찬가지로 그 사건은 내 인생에도 커다란 변곡점이 되었다.

결국 마광수 교수는 자살을 선택했다. 그는 자살하기 전 극심한 우울증과 대인기피증에 시달렸다. 2년 전 연세대학교 학보인『연세춘추』와의 인터뷰에서 "요즘 너무 우울해서 글이 잘 써지지 않는다."고 고백했다. 병원에서 우울증 약을 처방받아 복용하고, 증상이 나빠져 입원 제안까지 받았다. 그는 끝내 입원을 거부하고 약만 복용했다. 한 재능 있는 작가의 자살 소식은 비보였다. 그의 자살은 가장 아끼는 작품이라고 말한 장편소설『즐거운 사라』로 인해 빚어진 트라우마 때문이었다. 그 소설로 구속과 감옥을 경험한 뒤 그는 모든 형태의 검열을 두려워했다. 책을 써도 선뜻 출판해 주겠다고 나서는 출판사가 없었다. 한국 사회는 마광수를 부당하게 매도하고, '왕따'를 시켰다. 마치 그를 제1전염병 보균자인 듯 격리시키고 그에게 치욕과 수모를 안겼다. 그는 의사가 처방해준 우울증 약을 먹으며 겨우 견디다가 자살에 이른 것이다. 그가 갑자기 죽었다는 비보를 듣고 서울의 순천향대학병원 영안실의 빈소를 찾았을 때 그곳에는 대광고등학교 시절의 벗들과 연세대학교 제자들만 북적일 뿐 문학계 인사는 보이지 않았다. 어쩌면 그는 우리 사회 전체가 공모해 타살을 했는지도 모른다. 자, 갑작스럽게 이승을 등지고 떠난 그를 이 자리에 불러내 그의 목소리를 들어보자.

2. 마광수와의 가상 인터뷰

장석주　2017년 9월 5일, 당신은 사람과 접촉을 끊고 일종의 자폐 속에 웅크려 있다가 우리 곁을 조용히 떠났다. 당신은 지금 어디에 있는가?

마광수　나는 천국에 있다. 죽은 다음엔 천국밖에 없다. 태어나서 살아가기가 이렇게 힘든데 지옥까지 있다면 그건 너무한 일 아닌가? 나는 2014년에 시집 『천국보다 지옥』을 낸 바 있는데, 그 시집에 「희망 통조림」이란 시가 있다.

> 매일같이 절망에 몸부림치다가
> '희망'이라도 생기면
> 좀 더 나은 삶이 될 수도 있을 것 같아
> 신문 광고를 보고 '희망 통조림'이라는 걸 샀다

그런데 그 통조림을 사가지고 집으로 돌아와

뚜껑을 여는 순간 회색 기체가

순식간에 날아오르더니 재빨리 사라져 버렸다

(중략)

나는 곰곰이 생각해보다가

그 통조림 회사를 소비자고발센터에

신고하지 않기로 했다

'희망'에 대해 과도한 기대를 가졌던

나 자신을 반성하면서

—「희망 통조림」 부분

지금 여기 와서 회고해보니, 내가 산 한국 사회는 '희망 통조림'이나 만들어 팔던 절망에 찌든 '가짜 천국'이었다. 여기서는 먹고 사는 문제도 없고, 남녀의 차이, 인종 차별 없이 누구나 평등을 누리고 산다. 또한 누구나 자신의 욕구에 따라 자유와 행복을 추구하며 살아간다.

내게 사랑이 오면, 온종일

그녀와 함께 신나게 변태적으로 보내리

그녀는 고양이 되고 나는 멍멍개 되어

꽃처럼, 불처럼, 아메바처럼, 송충이처럼

끈적끈적 무시무시 음탕음탕 섹시섹시

서로 물고 빨고 할퀴고 뜯어 온갖 시름 잊으리

사랑은 순간, 사랑은 변덕, 사랑은 오직 꿈!

오오 변태는 즐거워라, 사랑이 오면.

—「일평생 연애주의」 부분

나는 천국에 와서 비로소 사랑을 누리고 행복을 되찾았다.

장석주 당신이 천국에 있다니, 참으로 다행이다. "역사는 이상하게도 '투사'보다는 '유약하지만 솔직한 사람'을 한 시대의 상징적 희생물로 만드는 일이 많다. 윤동주는 바로 그러한 역사의 희생물이라고 할 수 있다. 그러나 그의 작품들은 일제 말 암흑기, 우리 문학의 공백을 밤하늘의 별빛처럼 찬연히 채워주었다."(「윤동주 생각」) 당신은 시인 윤동주를 역사의 희생물이라고 했지만, 당신 역시 낡은 시대의 도덕에 의한 희생자였다는 생각이 든다. 당신은 자신을 희생자라고 여기는가?

마광수 맞다. 나는 가여운 희생자다. 한국 사회는 도덕적 엄숙주의에 빠져 있다. 그런 사회에서 내가 주창한 "사랑은 관능적 욕망 자체이며 인간의 행복은 성욕 충족에서 온다."라는 문학관과 자유주의 성 담론은 큰 파문을 일으켰다. 우리 사회 주류의 윤리 감각을 불편하게 만들고 어느 정도 사회적 파장이 일어날 것이라고 예상했지만, 보수 언론은 물론이거니와 여성계와 진보 진영이 한꺼번에 나서서 나를 공격한 건 충격적인 사태였다. 문학은 상상력의 모험이자 금지된 것에 대한 도전이라고 믿었던 내가 순진했던 것일까? 나는 사회적으로 끊임없이 내쳐지고 고립되면서 결국은 수구적 봉건 윤리의 희생물이 되었다.

장석주 본격적으로 얘기를 펼쳐 보기 전에 당신에 대해 말해 보라. 당신은 누구인가?

마광수 나는 1951년 서울에서 유복자로 태어나 홀어머니 아래서 성장했다. 서울의 청계초등학교를 나와 당시 일류 중학교인 서울중학교 시험을 봤다가 낙방하고 2차로 응시한 대광중학교에 입학했다. 동일계인 대광고등학교를 거쳐 연세대학교 국문학과와 동대학원을 나와 「윤동주 연구」로 문학박사학위를 받았다. 1975년 25세에 대학 강의를 시작하고, 28세에 홍익대 사범대학 국어교육과 교수로 임용되었다. 1984년부터 연세대학교 국문학과 교수로 재직하다가 1992년 10월『즐거운 사라』 필화사건으로 구속되어 두 달 동안 서울구치소에서 수감 생활을 했다. 1995년 최종심에서 유죄가 확정되어 연세대학교 교수직에서 해직되었다가 1998년 복직됐으나, 다시 2000년 재임용 심사에서 탈락했다. 그 뒤 우여곡절 끝에 연세대학교 교수로 복직한 뒤 2016년 8월에 교수직에서 퇴직했다. 1977년 박두진 시인의 추천으로『현대문학』으로 문단에 나와 시, 소설, 에세이, 평론 등 여러 장르의 글쓰기를 해오며 70여 권의 책을 써냈다.[2] 1989년『나는 야한 여자가 좋다』라는 에세이가 베스트셀러가 되면서 세간의 화제가 되었다. 1992년 소설『즐거운 사라』의 재출간은 내 인생의 큰 변곡점이 되었다. 그 책이 나온 뒤 이 사회의 주류에게 외설 작가라는 낙인이 찍힌 뒤 나는 너무나 많은 것들을 잃었다. 나는 늘 "작가는 '상상의 자유'를 마음껏 누릴 수 있는 사람이어야 한다."고 주장하고, '성 해방'과 '표현의 자유'를 외쳐왔다. 나는 성적 판타지를

---

2 마광수의 저서 목록은 다음과 같다. 문학이론서『윤동주 연구』,『상징시학』,『심리주의 비평의 이해』,『시 창작론』,『마광수 문학론집』,『카타르시스란 무엇인가』,『시학』,『문학과 성』,『삐딱하게 보기』,『연극과 놀이정신』. 시집『광마집(狂馬集)』,『귀골(貴骨)』,『가자 장미여관으로』도,『사랑의 슬픔』,『야하디 얄라숑』,『빨가벗고 몸 하나로 뭉치자』,『일평생 연애주의』,『나는 찢어진 것을 보면 흥분한다』,『모든 것은 슬프게 간다』,『천국보다 지옥』,『마광수 시선』 . 에세이집『나는 야한 여자가 좋다』,『사랑받지 못하여』,『열려라 참께』,『자유에의 용기』,『마광쉬즘』,『나는 헤픈 여자가 좋다』,『더럽게 사랑하자』,『마광수의 뇌구조』,『나의 이력서』,『스물 즈음』. 문화비평집『왜 나는 순수한 민주주의에 몰두하지 못할까』,『사라를 위한 변명』,『이 시대는 개인주의자를 요구한다』,『모든 사랑에 불륜은 없다』,『육체의 민주화 선언』,『마광수의 유쾌한 소설 읽기』,『생각』. 철학적 전작에세이『성애론』,『인간에 대하여』,『비켜라 운명아 내가 간다!』,『마광수 인생론: 멘토를 읽다』,『사랑학 개론』,『행복 철학』,『마광수의 인문학 비틀기』,『섭세론』. 소설『권태』,『광마일기』,『즐거운 사라』,『불안』,『자궁 속으로』,『알라딘의 신기한 램프』,『광마잡담』,『로라』,『귀족』,『발랄한 라라』,『사랑의 학교』,『돌아온 사라』,『미친 말의 수기』,『세월과 강물』,『청춘』,『상상 놀이』,『2013 즐거운 사라』,『아라베스크』,『인생은 즐거워』,『나는 너야』,『나만 좋으면』,『사랑이라는 환상』.

허구의 장르인 소설로 구현하고, 개인의 성적 취향을 사회의 토론장으로 끌어냈다. 이 사회의 주류 권력은 나를 감옥에 처넣고 마녀 재판을 해서 사회에서 고립시켰다. 최근 나는 그것에 대한 분노와 환멸이 누적되어 마음의 병인 심각한 우울증과 대인기피증을 앓았다.

장석주 당신은 이런 글을 쓴 적이 있다. "우리는 태어나고 싶어 태어난 것은 아니다. 그러니 죽을 권리라도 있어야 한다. 자살하는 이를 비웃지 말라. 그의 좌절을 비웃지 말라. 참아라 참아라 하지 말라. 이 땅에 태어난 행복, 열심히 살아야 하는 의무를 말하지 말라. 바람이 부는 것은 바람이 불고 싶기 때문. 우리를 위하여 부는 것은 아니다. 비가 오는 것은 비가 오고 싶기 때문. 우리를 위하여 오는 것은 아니다. 천둥, 벼락이 치는 것은 치고 싶기 때문. 우리를 괴롭히려고 치는 것은 아니다. 바다 속 물고기들이 헤엄치는 것은 헤엄치고 싶기 때문. 우리에게 잡아먹히려고, 우리의 생명을 연장시키려고 헤엄치는 것은 아니다. 자살자를 비웃지 말라. 그의 용기 없음을 비웃지 말라. 그는 가장 솔직한 자. 그는 가장 자비로운 자. 스스로의 생명을 스스로 책임 맡은 사. 가장 비겁하지 않은 자. 가장 양심이 살아 있는 자."(「자살자를 위하여」) 나는 당신의 자살 소식을 파주의 한 카페에서 글을 쓰고 있다가 한 기자에게서 전해 듣고 큰 충격을 받았다. 당신의 자살은 사회적 파장을 낳았다. 그 충격과 파장은 곧장 '마광수'라는 이름을 호출해 그 의미를 재조명하게 만들었다. 나는 당신의 자살을 사회적 타살이라고 규정했다. 사회적 타살이란 말은 앙토냉 아르토라는 프랑스 작가가 빈센트 반 고흐의 죽음을 두고 한 말이다. 고흐는 자살했지만 사실은 사회적 타살이란 것이다. 고흐의 자살이나 21세기에 행해진 당신의 자살은 다를 바가 없다고 본다. 자살 형식을 빌렸지만 이것은 한 사회가 예술가에 대한 냉대와 몰이해로 공모해서 죽인 것이다. 정말 많은 사람들이 궁금해 한다. 당신은 왜 자살했나?

마광수 왜 자살했겠나? 사는 게 무의미하고 환멸과 고통이 견딜 수 없을 만큼 컸던 탓이다. 그 환멸과 고통을 견디고, 밥 먹고 움직이며 자연수명을 이어나가는 게 덧없다고 판단한 것이다. 올해 내 나이가 66세다. 인간 모두는 언젠가는 죽는다. 사실 내 자살은 예정된 죽음을 조금 앞당긴 것에 지나지 않는다. 예술가가 자살하면 멋있고, 승려가 분신자살하면 소신공양(燒身供養)이고, 혁명가가 자살하면 열사(烈士)로 추앙받는다. 이건 참 우습다. 자살에 무슨 의미가 있나? 개나 소의 죽음이나 파리의 죽음이 다르지 않듯이 인간의 죽음도 다 같은 거다. 죽음은 무와 공으로 돌아가는 것이다. 생활고에 지쳐 선택한 자살은 비겁한 것이고, 치정에 얽혀 자살한 것은 병신 짓이고, 예술가의 자살은 근사한 것이라고 말하는 것은 일종의 편견에 지나지 않는다. 자살이나 자연사나 병사(病死)나 무엇이 다른가? 죽는다는 것은 다 같은 것이다. 나는 몸이 아프고, 무기력하고, 아무것도 할 수가 없었다. 살아 있는 것 자체가 아무 의미도 없었다. 무의미한 삶을 연명하는 게 구질구질했던 것이다. 그래서 스스로 죽음을 선택한 것이다. 물론 이것은 유쾌한 일은 아니지만 내가 자살하고 난 뒤 한국 사회에서 벌어진 소동은 이해할 수가 없었다.

장석주 많은 동시대인이 당신에 대해 많은 오해를 갖고 있다. 다시 한번 당신은 어떤 사람인가를 말해 보라.

마광수 나는 대한민국에서 태어난 대학교수이고, 시인과 소설가로 살았던 사람이다. 때로는 그림을 그리고 전시회도 몇 차례 했다. 연세대학교에서 국문학을 공부하고 박사를 딴 뒤로는 대학교수를 지낸 국문학자이다. 『나는 야한 여자가 좋다』를 낸 뒤 교수 품위를 실추시켰다는 비난과 함께 재직하는 대학교에서 징계를 받았고, 소설 『즐거운 사라』가 야하다는 이유로 긴급 체포를 당해 구속 수감되는 바람에 대학교수직에서 해직되었다. 2000년 같은 과 동료교수들에게 집단 따돌림을 당하면서 우울증이 도져 3년6개월 동안 대학교에 휴직계를 내고 쉬었다. 외상성 우울증으로 정상적인 생활이 불가능해져 결국 정신과 병동에 입원을 하기도 했다. 2002년 한 학기 동안 복직해 강의하다가 다시 우울증 악화로 학기 말에 휴직을 했다. 2004년 건강을 겨우 회복하고 연세대로 복직했다. 나는 문단과 학계에서 왕따이고, 대중은 내 책을 한 권도 안 읽고 무조건 나를 변태로 매도했다. 문단의 처절한 국외자, 단지 성을 이야기했다는 이유만으로 평생 성 범죄자 취급을 당했다. 그동안 내 육체는 울화병에 허물어지고, 내 삶은 만신창이가 되었다. 지독한 우울증이 나를 점점 갉아먹고 있었다. 나는 더 늙어갈 거고 따라서 병도 많아지고 몸은 더 쇠약해갈 것이다. 대학교에서 해직과 복직을 번갈아 한 탓에 내가 받을 연금도 턱없이 적었다. 연금 몇 푼으로 사는 바람에 남모르게 생활고를 겪었다. 하늘이 원망스러웠다. 위선으로 뭉친 지식인과 작가들 사이에서 따돌림 받고 고통을 받는 게 억울해서 그저 한숨만 나온다. 내 인생은 한 마디로 파란만장하고, 어디서부터 손 봐야 할지 모를 정도로 엉망진창으로 망가졌다. 이제 나는 지쳤다. 내가 방송과 지면에서 그토록 외쳤지만 한국 문화풍토의 위선성과 이중성은 안 없어졌다. 나를 지지해주는 동지가 한 사람도 없다. 나 같은 작가가 더 이상 안 나오고 있지 않느냐? 나는 권위와 위선을 극도로 싫어하는 사람이다. 그것은 진실을 가리는 베일이다. 나는 한국 주류 사회를 지배하는 그 엄숙주의와 타락한 위선에 맞서 싸웠다. 하지만 나는 시대와 불화하는 인물이고, 블랙리스트에 올랐다. 내가 썼던 시와 소설은 당대가 아니라 후대가 평가해줄 것이라고 믿는다.

장석주 철학자 니체는 천재에 대해 "지나치게 높은 목표와 그에 도달하는 모든 수단을 탐내는 자."라고 말한다. 어떤 사람은 당신을 가리켜 '천재'라고 한다. 당신은 정말 천재인가?

마광수 내 스스로 천재라고 말할 수는 없지 않은가. 나는 중학교 1학년 때부터 시를 썼다. 중1 때부터 고교 졸업 시절까지 나가는 백일장마다 상을 받았다. 중학교 3학년 때 「나이테」라는 시로 전국의 문학도에게 선망의 대상이던 『학원』 문학상에 당선했다. 일찍이 문재를 드러낸 셈이다. 시만 아니라 그림을 그리고, 『주역』의 원리를 공부해서 친구들의 점을 봐주기도 했다. 중학교 3학년 때 1930년대 모더니스트 이상에 대한 비평을 써서 발표했더니 친구들은 물론이고 선생님들도 다들 놀랐다. 내 중고교 시절 친구들은 나를 가리켜 '천재'라고 했다. 1983년, 32세 때 「윤동주 연구—그의 시에 나타난 상징적 표현을 중심으로」라는 논문을 써서 박사 학위를 받았다. 한국 최연소 박사라고 한다. 나는 이 논문에서 국문학 역사상 처음으로 윤동주 시 전편을 분석하면서 그가 문학사에 정당한 평가를 받는데 기여했다고 자부한다. 나는 국문학을 전공하는 교수가 된 이후에도 한의학을 독학으로 공부해서 내 체질을 파악하고 내 몸을 치료한 사람이다. 여러 모로 내가 이 시대의 평균적 한국인과 다른 것은 사실이다.

장석주 당신은 늘 '야한 여자'를 예찬했다. 당신이 보여준 페티시즘은 한국 사회에서 유별난 것이다. 당신은 여성의 긴 손톱, 긴 생머리, 배꼽, 젖꼭지, 하이힐, 그로테스크한 각종 여성 신체를 꾸미는 장신구에 페티시즘을 느낀다고 고백했다. 당신의 페티시즘은 당신이 소설에서 페르소나로 빚어낸 '사라'에게 그대로 투사되어 있다. "나를 특별히 설레게 하는 '야한 아름다움'의 이미지는 아주 길게 기른 여인의 손톱, 아라비아

무희들의 선정적인 옷과 배꼽춤, 무지무지하게 높은 하이힐, 오색 물감으로 염색한 여인의 긴 머리카락, 젖꼭지에 매단 젖꼭지걸이, 배꼽에 매단 배꼽걸이 등 그로테스크한 장신구들이다. 그중에서 가장 큰 페티시즘적 흥분을 가져다주는 것은 역시 여인의 긴 손톱이고, 나머지는 보조 작용을 한다."라고 했다. 당신은 무엇보다도 여성의 긴 손톱 얘기를 자주 언급한다. 여성의 긴 손톱이 그토록 당신을 성적으로 흥분시키는가?

마광수 그렇다. 여자가 손톱을 아주 길고 뾰족하게 길러 오색 매니큐어를 발랐을 때, 그 손톱을 보고 만지고, 또 그 손톱으로 내 온몸을 슬슬 할퀴게 하면서 숨 막힐 정도로 황홀한 관능적 법열감을 맛보고 싶다는 상상만으로도 나는 미칠 것만 같다. 그런 여자를 현실에서 만나기란 불가능한 일이다. 나는 상상으로라도 그런 손톱을 그리며 관능적 쾌감을 느끼고자 했다. 또 그런 내용의 문학작품을 쓰면서 관능적 쾌감에 빠져들었다. 나는 여인의 긴 손톱이 환기하는 상징적이고 개방적인 상상력이 실제로 이루어지는 성적인 교합보다 훨씬 더 중요한 것이라고 생각한다. 긴 손톱을 성적 교합을 위한 전희의 도구로 이용한다는 게 아니다. 참된 에로티시즘은 '사정'이 아니라 '발기'에 있다. 오르가슴을 기대하는 시간을 연장시켜 준다는 말이다. 권태에 빠지지 않으려고 나는 오르가슴의 순간을 거부한다. 왜냐하면 사정 후엔 반드시 권태가 오고, 곧이어 오르가슴의 황홀경이 순식간에 사라지기 때문이다.

장석주 당신이 말하는 '야한 여자'는 어떤 여자인가?

마광수 '야하다'는 것은 본능에 솔직하다, 천진난만하게 아름답다, 동물처럼 순수하다는 뜻이다. '야한 여자'와 '섹시한 여자'는 다르다. 내가 말하는 '야한 여자'는 "동물적 본성으로서의 성욕과 식욕, 그리고 여자로서는 꼭 가지고 있어야만 하는 '모성 본능'을 두루 갖"춘 여자다. '야한 여자'는 "본능에 솔직하기 때문에 마음속이 언제나 화통하고 시원해서, 누구에게나 절대로 내숭떨지 않고 솔직하게 말하고 행동한다."[3] '야한 여자'는 관능적 상상의 자유를 누릴 뿐만 아니라 생활에서도 거침없이 실천하는 여자다. 나는 평생 그런 여자와의 연애를 꿈꾸었지만 그 꿈을 이루지 못했다. 내가 자연수명을 다 누리지 못한 것은 억울하지 않지만 '야한 여자'와 연애를 해보지 못한 채 죽은 것은 진짜 억울하다.

장석주 당신의 페티시즘, '야한 여자'를 향한 성적 취향을 솔직하게 드러낸 시가 「나는 야한 여자가 좋다」일 것이다.

나는 야한 여자가 좋다
꼭 금이나 다이아몬드가 아니더라도
양철로 된 귀걸이나 목걸이, 반지, 팔찌를
주렁주렁 늘어뜨린 여자는 아름답다
화장을 많이 한 여자는 더욱더 아름답다
덕지덕지 바른 한 파운드의 분(粉) 아래서
순수한 얼굴은 보석처럼 빛난다
아무것도 치장하지 않거나 화장기가 없는 여인은
훨씬 덜 순수해 보인다 거짓 같다
감추려 하는 표정이 없이 너무 적나라하게 자신에 넘쳐
나를 압도한다 뻔뻔스런 독재자처럼
적(敵)처럼 속물주의적 애국자처럼
화장한 여인의 얼굴에선 여인의 본능이 빛처럼 흐르고

---

3 마광수, 『육체의 민주화 선언』, 책읽는귀족, 173~173쪽.

더 호소적이다 모든 외로운 남성들에게

한층 인간으로 다가온다 게다가

가끔씩 눈물이 화장 위에 얼룩져 흐를 때

나는 더욱더 감상적으로 슬퍼져서 여인이 사랑스럽다

현실적, 현실적으로 되어 나도 화장을 하고 싶다

분으로 덕지덕지 얼굴을 가리고 싶다

귀걸이, 목걸이, 팔찌라도 하여

내 몸을 주렁주렁 감싸 안고 싶다

현실적으로

진짜 현실적으로

—마광수, 「나는 야한 여자가 좋다」(1979) 전문

저 「나는 야한 여자가 좋다」라는 시에서 두드러지는 것은 외모 지상주의다. 당신은 "화장을 많이 한 여자는 더욱더 아름답다"라고 말하고, 귀걸이나 목걸이, 반지, 팔찌를 주렁주렁 늘어뜨린 여자가 아름답다고, 예찬했다. 당신을 외모 지상주의자라고 비난하는 사람도 있다. 그에 대해 스스로를 변호해보라.

마광수 나는 유미주의자다. 나는 아름다움을 최고로 치는 사람이다. 나는 솔직하게 "외모가 권력이야. 어떻게 알아요. 얼굴 보고 알지. 외모만 따진다."라고 외쳐왔다. 내 생각에 가장 아름다운 여자는 '야한 여자'다. 손톱을 기르고, 생머리를 하고, 혀를 포함한 온갖 예민한 부위에 피어싱을 하고, 짙은 화장을 하고, 몸의 굴곡이 드러나고 노출이 심한 옷을 입은 '야한 여자'를 좋아한다. 여자의 긴 손톱을 보고 흥분하는 페티시즘에 대한 내 욕망을 숨기고 싶지 않다. "손톱을 한 10센티미터쯤 되게 길러. 그리고 거기에 뻣뻣하게 풀을 먹여. 그런 다음에 그걸로 빗 대신

내 머리를 빗겨주고 포크 대신 음식을 먹여줘. 그리고 내 온몸을 할퀴고 찔러줘."(『즐거운 사라』 중에서) "그녀는 손을 움직일 때마다 손톱이 다칠까 봐 조심스러워 하는 모습을 보였는데, 아주 습관화된 동작이라 무척이나 우아하면서도 나태스러워 보여 나의 성감대를 자극시켰다. 주로 두 손을 무릎 위에 포개고 있었는데, 날카로운 손톱 끝이 손등을 찌르지 않도록 손가락들을 부챗살처럼 쫙 펴고 있는 모습이 소름 끼치도록 고귀해 보였다."(『2013 즐거운 사라』) 손톱을 기른 여자는 내 성적 판타지를 자극한다. 그런 여자가 진짜 연애를 하고 싶은 '야한 여자'다. '야한 여자'는 한마디로 자기 본성에 정직한 여성이다. 내가 '야한 여자'를 좋아하는 것은 공작새 암컷이 꼬리 깃털에 무지개 빛깔이 있는 수컷에 더 끌리는 것과 다를 바 없다. 진화생물학의 관점에서 짝짓기의 상대를 고를 때 종의 화려한 외모를 따지는 것은 외양을 생명의 무대 위에 투사한 것일지도 모른다. 그러나 우리가 인체 내에 숨어 있는 심장이나 허파의 아름다움을 느낄 수는 없다. 우리는 얼굴, 가슴, 엉덩이, 다리 같은 외부로 드러나 있는 아름다움을 취할 수밖에 없다. 그런 까닭에 나는 외모 지상주의자다.

장석주 당신은 1990년대 초반 『즐거운 사라』를 펴내면서 구속이 되고, 시련을 겪었다. 당신은 왜 『즐거운 사라』 썼는가?

마광수 『즐거운 사라』는 내 소설 중에서 가장 애착을 갖는 작품이다. 『즐거운 사라』는 처음부터 끝까지 "결혼을 하게 될 때까지 처녀성을 보존하고 있어야만 한다는 것이 너무나 거추장스럽고 짐스럽게 여겨졌다.", "나는 흔히들 여성이 지켜야 할 최후의 보루요, 지고지존의 미덕이라고 얘기하는 '순결한 여성'의 허울을 빨리 벗어버리고 싶었다. 내가 기철에게 이런 생각을 말하면서 나와 육체관계를 가져달라고 부탁했을 때, 아니 속된 말로 나를 마구 부담감 없이 공짜로 '따먹어 달라'고 부탁했을 때……" 같은 '사라' 1인칭 시점의 독백으로 이루어진 소설이다. 나는 '사라'가 사랑스럽다. 나는 '사라'의 그 발랄한 현존, 남성 지배적 가부장 시대의 도덕을 찢고 나와 자기의 성적 결정권을 주체적으로 즐기는 모습이 정말 좋다. '사라'는 한국 사회에 일반화된 '아버지'의 권력과 규율, 가부장제에 기반한 도덕과 풍속에 맞서 싸우는 주체적 여성이다. '아버지'가 지배적인 법, 규범, 기존 질서의 상징물이라면 '사라'는 '아버지'라는 영토에서 탈주하는 인물이다. "게다가 성이라는 것이 무조건 아버지 성만을 따르도록 되어 있다는 게 영 불쾌하게 느껴지던 터였다. 왜 어머니의 성을 따지는 못한단 말인가. 아니, 조상이니 족보니 하는 게 대체 무엇이길래.", "엄마는 아버지한데 언제나 꽉 쥐어서 지냈다. 그렇다고 엄마가 아버지를 미칠 듯이 사랑하고 있는 것 같지도 않았다. 다만 그렇게 하는 것이 부덕(婦德)이라고 믿고 있는 모양이었다. 내가 보기에도 엄마는 한심한 여자였다." '사라'는 거침없이 '아버지'의 권력을 비판하고 그것에서 달아난다. 여성의 순결을 강요하고, 가부장적 결혼제도로 여성의 욕망을 억압하는 '아버지'의 법과 규범에 맞서 발칙하게 도발하며 그 금기를 깨는 것이다. "나는 신이 나서 매일매일 남자를 바꿔가며 만났다. 마치 일처다부제의 방식으로 살아가는 것 같았다." 성기 결합의 섹스가 전부라고 말하는 시대에 파격과 일탈의 섹스 판타지를 탐하는 '사라'의 발칙한 태도로 우리 사회의 도덕적 이중성과 위선의 가면을 찢어버리고 싶었다.

장석주 잠깐 당신과의 인연에 대해 털어놓을 필요가 있겠다. 1980년대 나는 청하출판사를 경영하며 당신의 초기 저작물인 『마광수 문학론집』, 『상징시학』, 『심리주의 비평의 이해』 등을 펴냈다. 1980년대 좌파 이념이 한국 사회를 휩쓸던 때다. 나는 한국 사회가 한쪽으로 편향되는 것을 우려했다. 지식 생태계가 건강해지려면 사상과 이념의 균형을 잡아야 한다고 믿었다. 1980년대는 민중주의와 좌파 이데올로기가 격류와 같이 휘몰아치던 시기였고, 군사독재 정권에 저항하지 않는 것은 시대가 요청하는 소명과 책무를 다하지 못한 것으로 생각했었다. 하지만 나는 그게 다가 아니라고 생각했다. 당신은 성 담론 해방을 거의 혼자 주창하고, 그것을 시로 소설로 창작해서 보여줬다. 나는 1980년대의 당신이 가진 문학적·이념적·사상적 위치가 대단히 독특하다고 판단했다. 우리 사회는 밤과 낮이 너무나 달랐다. 낮은 근엄한 도덕주의가 지배하지만, 밤은 성적으로 방종한 사회였다. 당신은 사회의 기만적 이중성을 폭로하고, 성 담론을 음지에서 양지로 끌어내고 싶어 했다. 나는 당신이 우리 사회에 꼭 필요하다고 판단했다. 1992년 4월 경, 나는 당신의 신작 소설을 출판하고 싶다는 의사를 전달하려고 연세대학교를 찾아갔다. 그때 당신은 한 신문에서 연재를 끝낸 「자궁 속으로」의 원고를 주기로 약속했다. 우리가 헤어질 때 당신은 『즐거운 사라』를 건네주면서 읽어보라고 했다. 서울문화사에서 출판한 소설인데, 간행물윤리위원회에서 고발이 들어와 출판사에서 자진 회수했다고 했다. 당신은 그걸 억울해 하면서 꼭 재간되기를 바란다고 말했다. 그래서 『즐거운 사라』가 다시 세상에 나온 것이다. 『즐거운 사라』가 나온 지 벌써 27년이 지났다. 그동안 한국 사회의 성의식은 많은 변화를 겪었다. 『즐거운 사라』가 이 성의식의 변화에 얼마나 영향을 끼쳤다고 보는가?

마광수 『즐거운 사라』가 처음 나온 게 1990년대 초였다. 1988년 올림픽을 치른 뒤 고도소비사회로 넘어가며 우리 사회의 억압된 다양한 욕망이 분출하기 시작했다. 그 당시 일부에서 〈빨간 마후라〉, 〈O양의 섹스 비디오〉를 비밀스럽게 공유하고, 마르끼 드 사드의 『규방철학』이나 『소돔 120일』, 조르주 바따이유의 『O의 이야기』, 에리카 종의 『날으는 것이 두려워』, 아나이스 닌의 책들이 시중 서점에 나와 버젓이 진열되고 팔리고 있었다. 그동안 성의식도 바뀌고, 예전보다 훨씬 더 성적 자유를 누리는 것처럼 보인다. 그럼에도 여전히 한국 사회의 한쪽에는 수구적 봉건 윤리와 도덕 만능주의자들이 완고하게 버티면서 자유와 다원주의의 촉매제인 섹스를 억누르고, 육체의 자유를 억압한다. 아직도 근본적으로는 바뀐 게 없는 것이다. 그 때문에 우리 사회의 창조적 역량이 억압되고 있다는 사실을 아무도 인지하지 못한다. 안타까운 일이다!

장석주 당신은 성 담론의 선구자라고 할 수 있겠다.

마광수 남들은 시대를 앞서갔다고 얘기하지만 나는 그런 숭고한 소명의식은 없었다. 다만 나는 한국 사회의 이중성에 대해 환멸을 느꼈다. 겉으론 근엄한 척하면서 뒤로는 호박씨를 까는 사회의 위선적 행태에 시비를 걸어본 것이다. 성에 대한 알레르기 현상을 깨부수고 싶었다. 물론 나는 누구보다도 일찍 성 담론의 자유를 외쳤다. 나는 문학적 벤처 정신의 소유자라고 말할 수 있다. 내가 생각하기에 이 시대에 반드시 필요한 정신은 홀로 가기 정신, 자유정신, 남의 눈치 안 보기 정신, 천상천하 유아독존의 독립 정신, 창조적 불복종의 정신이다.

장석주 1990년대 초 한국 사회에서 성적 자유가 일정 부분 용인되고 분출되던 시기였는데, 유독 검찰 권력은『즐기운 사라』의 삭가인 당신과 출판사 대표인 나를 콕 지목해서 구속시켰다. 왜 그랬다고 생각하는가?

마광수 1960년대『반노(叛奴)』의 염재만이나『영점하의 새끼들』을 쓴 교수이자 작가인 박승훈이 음란문서 제조 혐의로 기소되어 불구속 상태로 재판 받았을 뿐 그들을 인신 구속하지는 않았다.『즐거운 사라』는

1990년대에 나왔다! 1992년 『즐거운 사라』를 '청하출판사'에서 재출간하면서 충돌이 일어날 것이라고 예상을 했지만 작가 구속까지 갈 줄은 몰랐다. 당시 국무총리 현승종이 대단히 보수적인 인물인데, "대학교수라는 자가 어떻게 이런 걸 쓸 수 있느냐, 한번 혼내주자."라고 했다고 한다. 그런 생각이 권력 내부에서 공감대를 이루었던 것 같다. 당시 서울대학교 교수 손봉호는 "마광수 때문에 에이즈가 유행한다."라는 무식한 말을 떠벌렸다. 권력 수뇌부는 서울지검 특수 2부를 움직여 현직 교수인 나와 출판사 대표를 구속시켰다. 한마디로 코미디에 가까웠다. 작가와 출판사 대표 두 사람 다 신원이 확실하고 증거인멸의 우려가 없었다. 그럼에도 검찰 권력은 국가적 사안이라고 내세우며 구속을 강행했다. 우리 두 사람은 구속 수감 두 달 만에 집행유예로 풀려나왔다. 교수가 이런 천박한 소설을 썼어? 어디 망신 한번 당해 봐라. 그러니까 문명국가에서 유례가 없는 작가의 인신 구속은 공개적 망신주기 퍼포먼스였던 것이다.

장석주 당신의 성적 판타지를 다룬 문학에 대한 평가는 엇갈린다. 소설가 이문열은 "(『즐거운 사라』를) 읽고 난 뒤 내가 먼저 느껴야 했던 것은 구역질이었고, 내뱉고 싶던 것은 욕지기였다. 나는 솔직히 이제 어떤 식이든 그런 불량상품이 문화와 지성으로 과대포장 돼 문학시장에 유통되는 것을 막아야 한다고 생각한다."고 비난했다. 당시 서울대학교 법학과 교수였던 안경환은 당신의 소설을 "쓰레기"라고 평가절하했다. 당신은 어떻게 반론을 할 것인가?

마광수 나는 작가다. 나는 성적인 자기 결정권, 성적 쾌락을 누릴 자유, 성 담론의 해방을 작품 속에 담아왔다. 나는 경제적 풍요와 민주화 역시 성의 해방이 이루어져야만 가능하다고 믿는다. "성적 쾌락을 당당하게 인정하지 않으면 우리는 파멸할 수밖에 없다. 성적 쾌락을 죄악시할 때, 그 죄의식의 대가는 '성욕의 승화'가 아니라 '자기 학대'와 '자기 파멸'로 이어지기 때문이다."[4] 내 작품들은 '야한 정신', 즉 "과거보다 미래에, 도덕보다 본능에, 절제보다 쾌락에, 전체보다 개인에, 질서보다 자유에 더 가치를 매기는 정신"의 문학적 실천이라고 할 수 있다. 물론 성에 대한 결벽주의자들과 전통적 도덕에 훈육된 사람들은 그런 내 작품에 혐오감을 느낄 수도 있을 테다. 하지만 나는 소설이 주는 재미의 본질이 결국은 '감상(感傷)'과 '퇴폐'에 있다고 생각한다. 아무리 복잡한 사상을 담고 있는 작품일지라도 그런 주제의식은 '포장'이 될 수밖에 없고, 기둥 줄거리를 통해 독자가 얻는 카타르시스의 본질은 '감성을 억압하는 엄숙한 이성으로부터의 상상적 탈출'과 '답답한 윤리로부터의 상상적 일탈'을 통해 얻어지는 '감상'과 '퇴폐'에 있다. 거기에 곁들여 추가되는 것이 있다면 과장, 청승, 엄살, 능청, 비꼼, 익살 같은 것이 될 것이다. 내 문학은 당대에 부정되었지만 후대에 객관적인 평가를 받을 것이다.

장석주 인간은 음습한 포유동물이고, 존재 자체가 죄악이다. 우리는 저마다 극복해야 할 고통과 업이 있는 것 같다. 나는 시대와 불화하는 동안 당신에게 일어난 그 모든 불행과 비극을 안타까워한다. 학계와 문단의 집단 따돌림은 다시 생각해 봐도 지나쳤다. 당신의 문학, 그 안에 담긴 정신은 반시대적이었다. 당신은 그 '반시대적인 태도'에 대해 처절한 방식으로 복수를 당했다고 본다. 당신은 어떤 사람으로 기억되고 싶은가?

마광수 나에게 '자유'는 지상 가치였다. 나는 20세기 한국에서 성의 평등과 자유를 주장하고, 우리 안에 억압된 본능을 일깨우려고 한 사람이

---

4 마광수, 앞의 책, 73쪽.

다. 나는 '야한 사람'이다. 동양 철학자 장자도 그렇고, 서양의 현자 디오게네스, 조선 시대의 김시습도 따지고 보면 다 '야한 사람'이다. 사회의 습속을 따르지 않고 그것에 저항하며 자유롭게 살았던 거지. 나 역시 뼛속까지 자유주의자다. 그런 시를 쓰고, 소설을 쓰고, 문학이론서를 펴냈다. 나는 '다르다'거나 '야하다'는 이유로 모욕과 냉대를 당하고, 철저하게 짓밟혔다. 이 사회는 에로티시즘 예술과 향락 산업을 하나로 취급한다. 나는 저급한 에로물이나 써내는 사람으로 낙인찍혔다. 그리고 알다시피 아직도 우리 사회의 강고한 유교적 금욕주의의 희생양이 되었다. "우리들은 죽어가고 있는가, 우리들은 살아나고 있는가. 우리들의 목숨은 자라나는 돌덩이인가, 꺼져가는 꿈인가. 현실의 삶은 죽어가는 빛인가, 현실의 죽음은 뻗어가는 빛인가."(마광수 '자유에') 나는 살아서 죽어가는 빛이고, 죽어서 뻗어가는 빛이다. 나는 평생 남을 해치거나 남의 것을 빼앗은 적이 없다. 당연하다. 나는 자유주의자일 뿐만 아니라 철저한 평화주의자다. 그런데 나는 '죄인'으로 낙인이 찍히고 처벌받았다. 나를 처벌한 사람들은 내 성적 판타지를 유죄의 유일한 근거라고 말했다. 그러니 억울했던 거지. 내 자살은 그 억울함에 대한 항의의 표현인 거다.

장석주 이제 우리의 대화를 마무리할 때가 되었다. 당신에게 마지막 질문을 하겠다. 당신은 불행한 사람이었나?

마광수 내가 늘 행복했다고 말할 수는 없지만 그렇다고 늘 불행했다고 말할 수도 없다. 살아 있는 게 좋았던 날도 많았다. 인생이란 불행과 행복을 날줄과 씨줄로 엮어 짜는 피륙이다. 내가 박사논문으로 썼던 윤동주의 시가 지금 내 머릿속에 떠오른다.

창밖에 밤비가 속살거려

육첩방(六疊房)은 남의 나라,

시인이란 슬픈 천명(天命)인줄 알면서도
한 줄 시를 적어 볼까,

땀내와 사랑내 포근히 품긴
보내주신 학비 봉투를 받아

대학 노-트를 끼고
늙은 교수의 강의 들으러 간다.

생각해 보면 어릴 때 동무들
하나, 둘, 죄다 잃어버리고

나는 무얼 바라
나는 다만, 홀로 침전하는 것일까?

―윤동주, 「쉽게 씌어지는 시」 부분

일제강점기에 태어난 청년 윤동주는 시인이란 슬픈 천명(天命)을 살다 갔다. 그는 남의 나라에서 자신의 생이 홀로 침전하는 것을 바라보며 외로웠을 거다. 그랬지만 그는 꿋꿋하게 자기의 길을 걸었다. 윤동주가 그랬듯이 나 역시 내게 주어진 길을 걸었을 뿐이다.

장석주 긴 시간 동안 당신을 붙잡고 괴롭혔던 것 같아 미안하다. 당대의 사람들이 당신에 대해 더 잘 이해하게 되기를 바란다. 고생했다. 이제 편히 쉬시라.

3. 거칠 것 없는 자유의 삶

니체는 『차라투스트라는 이렇게 말했다』에서 "위태로운 곳은 산봉우리가 아니라 비탈이다. 우리는 비탈에서 시선은 아래쪽에 두고, 손은 위를 붙든다. 이 두 가지 의지 때문에 우리의 심장은 현기증을 일으킨다."라고 했다. 마광수는 산봉우리가 아니라 비탈에 섰던 사람이다. 그는 비탈의 삶에서 환멸과 현기증을 느끼고 돌연 자살로 생을 마감했다. 그가 자살하던 가을날 오후 시각, 나는 페루 안데스 출신의 시인 세사르 바예호의 시집 『오늘처럼 인생이 싫었던 날은』을 손에 들고 읽고 있었다.

> 오늘처럼 인생이 싫었던 날은 없다.
> 항상 산다는 것이 좋았는데, 늘 그렇게 말해왔는데.
> 내 전신을 이리저리 만지면서, 내 말 뒤에 숨어 있는
> 혀에 한 방을 쏠까 하다가 그만두었다.
>
> —세사르 바예호, 「오늘처럼 인생이 싫었던 날은 없다」 부분

항상 산다는 것이 좋았는데! 마광수의 자살 소식이 전해진 순간, 모든 것이 다 일그러졌다. 나는 가슴이 답답한 가운데 큰 슬픔을 느꼈다. 그의 자살은 그의 문학적 패배를 증언하는 것일까? 아니다. 그는 문학이나 인생에서 패배자가 될 수가 없다. 그는 오히려 죽음으로써 자신의 한계를 넘어섰다. 이제 그를 놓아주자.

> 넘어져서 아직 울고 있는 아이가 사랑받기를.
> 넘어졌는데도 울지 않는 어른이 사랑받기를.
>
> —세사르 바예호, 「두 별 사이에서 부딪치다」 부분

그가 육신으로 머물던 이승이나 혹은 지금의 천국에서 더 사랑받게 되기를 바란다.

마광수는 '야한 사람'으로 거칠 것 없이 자유롭게 살고자 했다. 그는 이 사회에 성담론의 해방과 함께 '육체의 민주화'를, 그리고 참된 민주주의와 자유를 요구했다. 그리고 "당연히 인권으로 보장되는 '성적 자유'는 자유와 다원의 실현을 위한 촉매제"라고 당당하게 말했다. 그는 다양한 성적 판타지를 소설과 시에서 펼쳐냈다. 그러나 에로티시즘 예술에 대한 몰이해로 인해 그는 부당한 억압을 받았다. 우리 사회는 한 자유주의자를 재판하고, 감옥에 가두고, 대학교수직에서 끌어내렸다. 마침내 그를 자살에 이르게 내몰았다. 마광수의 인생 배심원들은 그에게 유죄 평결을 내렸다. 어쩌면 자살은 그 유죄 평결에 대한 마광수의 응답이었을지도 모른다. 나는 그가 예술의 가장 높은 경지에 이르렀다고 말하지는 않겠다. 하지만 그가 아무도 가지 않은 길을 누구와도 타협하지 않은 채 꿋꿋하게 걸어갔다는 점을 잊지 말자.

가버린 작가, 남은 유고집

마광수 1주기에 부쳐

송희복(문학평론가, 진주교대 교수)

1. 프롤로그 : 오래된 일을 회상하다

격동의 연대, 그 마지막 해인 1989년이었다.

나는 그때 고3 담임을 맡으면서 박사과정에 재학하고 있었다. 무척이나 바쁜 나날을 보내고 있었다. 기형도의 요절이나 마광수의 부상 따위가 내 바쁜 일상을 위무할 만한 소일거리가 되지 못했다. 나는 그때 문학의 현장이나 시사적인 관심사로부터 좀 멀찍이 떨어져 있었다. 의도적으로 그랬는지도 모른다.

내가 재직하고 있는 학교는 미술계 상급학교를 진학의 목표로 삼고 있는 남녀 공학의 작은 학교였다. 내가 맡은 학급의 아이들은 학습이나 진학에 좀 의욕이 부족한 아이들로 이루어져 있었다. 이들은 학교 측으로부터 내놓은 자식처럼 푸대접을 받고 있었다. 나는 학교 측과 아이들 사이에서 적잖은 갈등을 겪으면서 매일 같이 스트레스가 쌓여만 갔다.

가뜩이나 정신적인 피로감이 가중되고 있는데, 하루는 속을 썩이는 일마저 생겼다. 내가 우리 반에서 수업을 하고 있는데 가장 학습 의욕이 없는, 평소에 말이 전혀 없고 키가 큰 남학생이 수업과 무관한 책을 보고 있었다. 책을 보니, 무슨 시집이었다. 일단 압수해 교무실에서 책의 내용을 살펴보니, 마광수의 시집 『가자, 장미여관으로』였다. 내용은 모두가 섹스와 관련된 것으로 일관되어 있었다. 나는 그 학생을 불러 책을 돌려주면서, 공부는 안 할 거냐고 말하면서 화를 냈다. 시집의 표제작인 「가자, 장미여관으로!」는 이렇게 시작되고 있었다. 나와 마광수의 문학적인 첫 만남은 이렇게 이루어졌다.

> 만나서 이빨만 까기는 싫어
> 점잖은 척 뜸들이며 썰풀기는 더욱 싫어
> 러브 이즈 터치
> 러브 이즈 필링
> 가자, 장미여관으로!

명문대에 재직하고 있는 교수가 쓴 시라고는 전혀 생각지도 못할 그런 시였다. 당시에 '진지하게 말하다'의 통속적인 은어인 '썰풀다'가 어엿한 시어로 등장하는 것도 국어 선생인 내게 작은 충격파로 밀려 왔다. 당시의 국어는 현실 언어를 적극적으로 수용하는 분위기였음에도 불구하고, 그 기준은 교양이나 말의 품격에서 벗어나지 않는 한의 정도에 놓여 있었다.

> 난 네 발냄새를 맡고 싶어, 그 고린내에 취하고 싶어
> 네 치렁치렁 긴 머리를 빗질해 주고도 싶어
> 네 뾰족한 손톱마다 색색 가지 매니큐어를 발라주고 싶어
> 가자 장미여관으로!
>
> 러브 이즈 터치

러브 이즈 필링

이 문제적인 시편 「가자, 장미여관으로!」는 애최 1985년에 쓰였다. 시집의 표제작으로 상재된 1989년에 화젯거리로 증폭되었다. 사회문화적인 맥락과 전혀 상관이 없이, 축자적인 관점에서 보면, 이 시의 작품성은 아무리 살펴보아도 확보되지 않아 보였다. 그렇기 때문에 수업 시간에 몰래 보던 학생이 교육적으로 문제가 있다고 보았던 것이다.

일상의 여유가 없었던 그때, 내가 무턱대고 화를 냈지만, 교육의 경험은 말할 것도 없고 문학이나 세상을 바라보는 눈이 훨씬 깊어진 지금의 시점에서라면, 나는 그때 그 학생에게, "네가 시집이라도 읽으니, 선생으로서 눈물겹게 고맙다."라고 했어야 했다. 물론 이 말을 그 학생이 반어적으로 곡해할 수도 있어서, 진정성을 보이면서 조심스레 해야 할 말일 터이지만.

어쨌든, 나와 마광수의 문학적인 만남은 이와 같이 문제가 있는 한 학생을 통해서 처음으로 이루어졌다. 세상의 일들이 희극적인 운명의 접촉으로 이루어지는 게 적지 않거니와, 그 만남 역시 (물론 지금은 진지하다고 생각되지만) 한 동안 애최 뭔가 엉뚱하다고나 할까, 좀 생뚱맞다고나 할까, 라고 여겨진 것도 사실이다.

2. 좋았던 시절에서, 선택한 죽음까지

마광수 문학의 황금 시기는 1980년대 말에서부터 1990년대 초에 이르는 4, 5년에 걸친 기간이다. 그가 문학적으로 주목을 받은 시기가 그리 오래되지 않았지만, 그의 문학은 순간적으로 불꽃처럼 타올랐다. 이 시기에는 교수로서 강단에서도 학생들에게도 인기가 있었다. 풍문에 의

하면, 1988년에, 천 명의 수강자가 몰려들어 강당에서 수업을 진행했다고 한다. 여러 색깔들이 얽혀 있어도 종당에 하나의 색깔로 귀일하는 이념 과잉의 시대에, 탈이념의 단초를 보여준 사상의 자유로움과 다채로움이 젊은이들의 마음을 호응하게 했을 터이다.

그는 무엇보다도 다재다능한 끼를 가지고 태어난 작가였다. 한 시대가 만들어낸 작가가 아니라, 타고난 끼를 통해 한 시대를 공명케 할 수 있었던 그런 작가 말이다. 그는 시인으로서, 소설가로서, 에세이스트로서, 문학평론가로서 두루 활동했다. 어떤 분야에서도 뚜렷한 족적을 남겼다. 그가 왕성하게 여러 장르를 가리지 않고 활동한 데서 잘 알 수 있듯이, 그의 끼는 자신의 황금 시기에 다채롭게 활활 타올랐다.

아마 1989년 12월 초순이었을 것이다.

내 아슴푸레한 기억에 의하면, 1980년대가 저물어갈 무렵에, 누군가가 지상에서 이렇게 말한 바 있었다. 1980년대의 문학은 전두환 문학과 마광수 문학만이 있던 시대라고 말이다. 전두환 문학은 무엇이고, 또 마광수 문학은 뭔가? 전두환 문학은 전두환을 증오하는 문학을 말하고, 마광수 문학은 마광수를 향유하는 문학을 가리킨다. 사실상, 1980년대가 이룩한 우리 문학적인 총량은 크고 작든 간에 전두환으로부터 자유로울 수가 없었다. 1980년대의 모든 것은 정치든 문학이든 간에 1980년 5월 광주로부터 시작된다. 긴 세월 끝에 1980년대 말 전두환이 국민에게 무릎을 꿇고, 노태우로 하여금 민주화 선언을 하게 했다. 그리고 그는 이때부터 권좌로부터 물러날 준비를 하고 있었다. 그의 존재감이 서서히 지워져 갈 무렵에 등장한 이가 바로 마광수였던 터. 전두환 문학과 마광수 문학은 시간적인 양적 비례에 있어서 8대 2 정도에 지나지 않는다. 하지만 한 시대를 공명케 한 질적인 비례(감)에 있어서는, 내가 보기로 서로 반반이다.

1980년대가 마무리될 시점에 2년도 채 되지 아니한 시기에 걸쳐 마광수가 몰고 온 선풍적인 화제는 전두환을 증오하는 문학의 총량, 즉 이를 테면 광주, 분단, 민족주체, 노동(자)해방, 전교조, 반전반핵 등등을 아우른 기반을 모두 딛고도 남을 만큼, 에너지 분출의 힘을 가지고 있었다. 그의 황금 시기에, 문학의 대중은 그에게 열광했다. 문학이라고 하면, 만날 운동의 개념과 연결되곤 하는 게 식상했던 까닭이었을까?

1980년대 내내 광주 금남로 광장에서 한 치도 헤어나지 못하고 뭔가 애면글면해대면서 헉헉대던 당대의 문학이 한 시대를 마감하던 지경에 이르러, 마광수라는 한 개인에 의해 그 공공연한 장소성에 맞서 내밀하고도 은밀한 장소성의 상징이 창조되었다. 저 '장미여관'이라는 장소성의 상징이란, 1980년대의 거대담론과 1990년대의 미시담론을 이어주는 문학사적인 디딤돌이었던 셈이라는 점에서 충분히 재평가되어야 한다.

인간적인 점에서 볼 때, 마광수에게서 궁금한 면도 없지 않을 것이라고 본다. 문인으로서는 그렇다고 하자. 그에게는 많은 제자들이 있었다. 교수로서의 그는 어땠을까? 그의 황금 시기에 강단에서 보여준 모습은 어땠을까? 그를 바라본 제자들의 객관적인 시선은 또 어땠을까?

그에게 있어서의 문학과 그림은 작품으로 남아있지만, 강의에 관해서는 강의록을 남겨 놓지 않았다. 그의 강의는 증언에 의존할 수밖에 없다. 그의 죽음이 알려진 직후에, 제자로서 강의를 들었던 경험을 밝힌 중견 언론인들이 있었다. 학생으로 재학할 때 이들은 그의 여제자다. 여제자이기 때문에, 이들의 증언이 민감하며, 또 지금으로선 한결 더 주목된다. 이들의 증언은 꽤 중립적인 입장에서 밝힌, 그래서 더 조심스러운 증언이 아닌가 한다.

대학 시절에 자유로운 성(性)을 담은 그의 소설을 읽으면 민망했다. 여제자에게 '긴 생 머리가 섹시하니까 자르지 말라.'던 칭찬도 불편했다. 빨간 매니큐어를 바른 긴 손톱과 하이힐, 미니스커트를 입은 여성을 향한 마 교수의 찬사는 왜곡된 여성관으로 보였다. (……) 수업 시간에 마 교수가 '고양이가 내 발에 떨어진 우유를 핥을 때 오르가슴을 느꼈다.'는 누군가의 글을 들려주며 '이게 바로 진정한 에로티시즘, 유미주의적 쾌락'이라고 말할 때는 '혹시 변태 아닐까' 의심했다. (……) 하지만 순수한 사람은 분명했다. 제자들과 스스럼없이 어울려 술을 마셨고 권위의식이 없었다. 아이처럼 해맑게 웃었으며 외로움을 많이 타던 사람이었다.

—전지현

그는 수업 도중에도 자주 담배를 꺼내 물었다. 유독 길쭉했던 '장미'였다. 그러면서 "너희도 피우고 싶으면 피워."라고 했다. 학생 몇몇이 교수와 맞담배를 피우는 자유분방한 장면이 펼쳐졌다. 무려 27년 전, 연세대 국어국문과에서 개설한 '현대문학 강독' 시간이었다. 교수는 야한 여자 타령을 하는 마광수였다. 누군가는 얼굴을 찌푸렸겠지만 나를 포함해 대부분은 그 짜릿한 파격과 도발을 즐겼다. 성적 담론을 수면 위로 끌어올린 마 교수 강의의 인기는 대단했다. 그는 근엄한 척하는 지식인의 허위의식과 성 엄숙주의를 신랄하게 비판했다. 그가 던진 화두는 '욕망하는 인간' '자유를 갈망하는 영혼'이었다.

—심윤희

이 두 가지의 인용문을 보면, 교수로서의 마광수의 인상과 그가 남긴 강의의 성격 및 내용에 관해 무언가 짐작되는 점이 없지 않을 것 같다. 많은 증언을 종합해볼 때, 그는 강단에서 열강했다. 적어도, 대충 수업을 진행하고선, 월급을 받아 챙기는 불성실한 교육자는 아니었다. 그의 강의는 세간에서 짐작하고 있는바 야한 담론만이 능사가 아니었다. 그에게는 그가 오래 천착한 아이템인 상징시학과 윤동주가 있었고, 그의 사상의 원천적인 기호 및 체계를 이루는 카타르시스 이론도 있었다. 물론 간헐적으로는 음양 및 기(氣) 등의 동양사상에 대한 심취의 흔적도 남아 있다. 이러저러한 사정을 고려해 볼 때, 그가 가지고 있는 지식과 정보에 관해 깊이의 정밀성은 잘 알 수가 없지만, 적어도 두루 넓은 정도까지야 충분히 가늠된다.

문인으로서나 교수로서 세간에 이름을 떨치고 있던 그가 갑자기 추락했다.

두루 알다시피 소설 「즐거운 사라」(1991)가 음란물을 만들어 퍼뜨렸다는 사문화된 조항을 사법적인 잣대로 삼아 단죄한 사건이 발생해 세상을 크게 뒤흔들었다. 그는 강의하던 학기 중에, 긴급으로 체포당했다. 왜 긴급한 현행범인가? 지금 생각해도 두고두고 논란이 될 것 같은 체포 행위다. 그의 좋았던 시절은 갔다. 이제부터 그가 죽음에 이르기까지, 그의 앞에는 자기 소외와, 고독과, 형극의 가시밭길이 놓여 있었다.

마광수는 1989년 7월호에 나갈 인터뷰 기사를 위해 『신동아』 담당기자와 만났다. 자신의 연구실에서 6시간이나 진행된 만남의 막바지에, 그는 마지막으로 이런 말을 불쑥 내뱉는다. "교수나 문화인들 중에는 저를 보고 '저놈 얼마나 가나 두고 보자, 철없이 까부는데 뭘 몰라서 그렇지.' 하는 사람도 많아요." 인터뷰 기사를 준비하기 위한 만남은 그해 4월 말이나 5월 초에 이루어진 것으로 추정된다. 그렇다면, 그로부터 3년 6개월이 지난 1992년 10월 29일에, (앞에서 말했듯이 불길한 저주를 예감한) 그는 긴급하게 체포되었다. 결과적으로 볼 때, '얼마나 가나'는 겨우 3년 6개월밖에 더 나아가지 않았다.

저 1992년의 '즐거운 사라에 대한 법적인 단죄의 사건'에 이르러, 문학성의 판단이 문단 및 비평계에서 자율적으로 이루어지지 않고, 법조계와 법학계의 칼자루에 휘둘려서, 그것이 아무래도 훼손당한 면이 있었다.

마광수가 죽음을 선택한 직후에, 조선일보에 '마광수'라는 제목으로 발표된 한 칼럼이 있었다. 여기에 의하면, 그가 법정에서 다툼을 벌일 때

책 만 권을 읽었다고 한 문학청년 출신의 김진태 검사는 '이건 문학이 아니다.'라고 했고, 법학계에서 문학을 가장 애호한 당시 서울대 법학 교수 안경환마저도 '헌법이 보호할 예술적 가치가 결여된 법적 폐기물'이라고 감정했다고 한다. 문단에서도 우군이 없긴 마찬가지였다. 그 야하다는 소설 「즐거운 사라」가 일본어로 번역되어 8만 부 이상 팔렸지만, 일본 독자들은 소문과 달리 표현 수위가 낮아 실망했다고 대체로 반응했다.

그런데, 작가 마광수의 자살을 어떻게 보아야 하나?

그는 작년 9월 5일에 자택의 베란다에서 목을 매고 세상을 떠났다. 그는 1990년에 한 에세이를 통해 당시에 증가하던 청소년 자살에 관해 한마디 언급한 적이 있었다. 청소년 자살을 줄이려면 '고교생 전용의 디스코텍 마련이라든지 복장뿐만 아니라 화장이나 기타 꾸밈새까지도 완전 자유화시켜 각자 스스로 건전한 나르시시즘을 향수(享受)할 수 있도록' 우리 사회가 도와주어야 한다고 했다. 이 말을 두고 살펴보자면, 나는 그가 자신의 건전한 나르시시즘을 향수할 수 없다고 판단하면서 스스로 절망하였기 때문에 목숨을 끊었던 것이라고 본다.

그가 떠난 직후에 출간된 유고집이 있다. 단편소설집인 『추억마저 지우랴』(어문학사)이다. 이 책을 마무리하는 단계에서, 그는 세상을 떠났다. 이 책은 그의 마지막 작품인 셈이다. (들리는 말에 의하면, 그의 유고는 그 외에 적잖이 남아있는 것으로 알려져 있지만, 유족들이 더 이상 간행하기를 원치 않는다고 했다.) 유고집에 자살의 문제가 언급되어 있어 주목하게 한다. 『추억마저 지우랴』에 속해 있는 한 개별의 작품인 「천국에 다녀오다」는 화자인 마광수 자신이 '다이아나'라는 외계의 여인(선녀)에 인도되어 천상계의 낙원인 한 별나라인 '섹사(SEXA)'에 이른다. 모든 게 판타스틱하다. 사람들의 수명도 천 년이나 된다. 여기에서는 자살도 죄로 치지 않는다. 편안하게 자살하는 방법도 여러 가지로 개발되어 있다. 화자가 다이나나에게 자살

얘기를 듣고 반응하는 대목이 나온다.

> 자살이라는 얘기를 들으니 온몸에 소름이 돋아났다. 나는 어려운 일을 겪을 때마다 자살 충동을 느낀 적이 많았기 때문이다. 요즘도 지구에서는 자살하는 사람들의 숫자가 점점 더 늘어나고 있다. 사랑에 실패해서 죽는 수도 있고, 사업에 실패해서 죽는 수도 있다. 또 생활고 때문에 죽는 수도 있다. 다들 삶의 고통을 더 이상 감당할 수 없어 스스로 죽음을 택하는 것일 게다. 그런데 이 별나라에서는 너무나 긴 수명에 따른 권태에 못 이겨 자살하는 사람이 많다니 참으로 대조가 되는 상황이었다. (307쪽)

그에게 있어서도 자살이 소름 끼치는 일이 아닐 수 없었다. 자살은 그에게서 결코 찬미의 대상이 될 수가 없었다. 자신의 건전한 나르시시즘을 향수할 수 없다고 판단한 데서 온 절망의 끝이 바로 자살인 것이다.

나르시시즘이란 자기애(自己愛)를 말하는 것이다. 즉, 사전적인 정의에 의하면, 자기의 가치를 높이고 싶은 욕망에서 생기는, 자기에 대한 사랑이다. 심리학이나 정신분석학에서는 리비도가 자기 자신을 향하여 발산되는 사랑으로 설명한다.

이것은 이중성을 지닌다. 보는 관점에 따라, 부정적이기도 하고, 혹은 긍정적이기도 하다. 부정적으로 본 관점의 대표적인 사례를 들자면 이렇다. 심리치료사 샌디 호치키스는 자기애 즉 나르시시즘의 일곱 가지 죄악을 나열하면서 설명한 바 있었다. 그 죄악들이란, 이를테면 경멸 뒤에 감춘 시기심, 가면 뒤의 수치심, 경계를 침범하는 이기심 등등은 물론이고, 이밖에도 '어떻게 감히 네까짓 게……' 하는 것처럼 '제멋대로 자격 부여하기'를 말하는 것이다. 또 정신분석가 오토 컨버그는 자기를 사랑해주는 사람을 공격하고 파괴함으로써 자신의 위대함을 확인하는 사람을 가리켜 악성(惡性) 나르시시스트라고 보았다.

이에 비해 마광수는 나르시시즘에서 긍정적인 관점, 건강한 에너지를 찾으려고 했다. 그가 1989년 『신동아』 기자와 만났을 때, 면담 기자가 그에게 물었다. 여성의 상품화를 조장한다는 세간의 비난에 대해서였다. 이에 대한 마광수의 응답은 이랬다. 『신동아』(1989. 7) 인터뷰 내용은 자신의 저서인 『왜 나는 순수한 민주주의에 몰두하지 못할까』(민족과문학사, 1991)에 다시 수록되어 있다.

그게 참 내가 답답한 부분이에요. 자기 자신을 야하게 꾸미라는 것이 그것을 통해서 건강한 나르시시즘을 즐기라는 거지 누가 상품으로 포장하라는 겁니까? 화장한 여자들에게 물어보세요. 다 자기가 좋아서 한다고 그래요. 여성의 상품화는 오히려 순결 또는 정절 이데올로기에서 오는 거예요. (『왜 나는 순수한 민주주의에……』, 235쪽.)

내가 생각키로는 1989년 당시에, 마광수와 반(反)마광수적인 생각의 차이에서 오는 시대적인 쟁점의 하나는 나르시시즘을 해석하는 데 있지 않았을까 한다. 우리 문학사에 한 시대를 울린 짧은 문장의 경인구가 있었다. 1930년 말의 서정주가 시편 「자화상」의 모두에 밝힌 것. '에비는 종이었다.' 식민지 상황 아래서 참을 수 없었던 시대적인 고뇌, 젊은 열기, 푸른 영혼의 광기가 고스란히 반영된 가슴 아릿한 경인구다. 마광수가 1980년 말에 시대를 울린 '나는 야한 여자가 좋다.' 역시 선언적인 힘이 실려 있는 경인구다. 이 역시 타자의 거울에 비친 자화상이다. 다만 차이가 있다면, 서정주의 경우가 반(反)자기애에 기반을 두고 있다면, 마광수의 그것은 나르시시즘의 전치(displacement) 현상을 잘 보여주고 있다. 야한 여자라는 관조의 대상, 혹은 대상의 관조를 통해 자기애에 이를 수 있다는 그런 심리적인 역전 현상 말이다. 어쨌든 그 시대의 쟁점을 그 면담의 한 대목에서 잘 음미할 수 있다.

신동아 기자 : 남성이나 여성이나 다 자신의 외모를 야하게 가꾸면서 나르시시즘을 통해 마음의 평화를 얻으라고 하셨지요? 그런데 나르시시즘에는 부정적인 측면이 많지 않습니까? 오로지 자기 자신에게 집착하는 심리 상태이기 때문에 현대 문화의 한 병폐로 나르시시즘적 특성이 지적되기도 하는데요.

마광수 : 프로이트도 나르시시즘을 극단적 자아도취라면서 부정적으로 봤지요. 하지만 저는 긍정적인 측면을 보는 거예요. 그래서 건강한 나르시시즘이라고 하는 거고. 다시 말해 자기 아이덴티티에 대한 자신감이요, 자부심이지요. 저는 남자고 여자고 간에 사람에게 가장 기본적인 것은 외모 콤플렉스라고 봅니다. (……) 사람은 최소한 자기가 남에게 추하게 보이지는 않는다는 자신감이 있을 때에야 건강한 심리 상태를 유지할 수 있습니다. 제가 말하는 나르시시즘은 이런 의미에요. 현대는 노력만 하면 멋있다는 인상을 줄 수가 있으니까요. (같은 책, 236~7쪽.)

나르시시즘의 해석에 대한 시대의 쟁점을 살펴보면서, 나는 마광수는 당시에 매우 용기 있는 발언을 했다고 본다. 이 쟁점의 과정에서 그는 여성이 남성의 강력한 카리스마에 대한 매저키즘적인 허락, 즉 피보호와 복종에서 성적인 행복감을 가질 수 있다고 했다. 하지만 요즈음 젠더 감수성의 기준에서 볼 때, 성차별적인 관념인 것이 사실이다. 권력이나 위력에 의한 간음에 대한 문제-법적, 도덕적인 판단-가 저간에 날카로운 쟁점인 사실에서 미루어볼 수 있듯이 말이다. 말하자면, 마광수는 이로부터 15년 이후에 하나의 전위 현상으로 나타난 '꽃미남 신드롬'을 정확하게 이해하지 못한 감이 있다.

3. 유고집 『추억마저 지우랴』를 읽다

마광수가 마지막으로 남긴 책은 유고 소설집인 『추억마저 지우랴』이다. 나는 출판사측에 나 자신을 문학평론가라고 소개하면서 이 유고집에 관해 몇 가지 궁금증을 문의해 보았다. 먼저, 여기에 실린 28편의 작품이 과거에 다른 문학 매체나 단행본에 실린 적이 없었냐는 것. 그가 제목을 바꾸어 개정판을 낸 사례가 적지 않았기 때문이다. 출판사 측에서는 미발표된 순수 단행본이라고 했다. 제목은 본디 달랐는데, 그가 죽음을 선택하기 직전에 '추억마저 지우랴'로 바꾸어달라고 요구했다고 한다. 그는 죽음을 앞두고 '목숨은 이 세상에서 스스로 지워도, 추억만은 저 세상으로 가지고 가겠다.'는 뜻으로 제목을 수정했다고 볼 수 있겠다. 바꾼 제목을 두고 볼 때, 작품집의 표제가 상당히 자전적인 내용이 개입되어 있음을 시사해주고 있다.

스물여덟 편의 유고 소설.

작품 하나하나가 대체로 짧은 편이지만, 원고의 양이 작품마다 들쭉날쭉하다. 자전과 허구의 경계를 자유자재로 넘나들고 있다. 자전적인 내용이랄까, 자기 서사의 글쓰기가 가장 뚜렷해 보이는 작품이 「끈적끈적 무시무시」이다. 특별한 상상력의 음영이 깃들어 있지 않기 때문에, 자전적인 글쓰기라는 믿음이 있어 보이는 소설이다. (소설에서 자전적인 게 신뢰할 만하다는 것이 아니다. 나는 오히려 반대의 경우를 더 신뢰한다.) 자전적인 소설은 회상적인 감수성에 의거한 서정 양식의 소설이라고 말해진다.

이 작품은 마광수 자신의 첫 사랑에 관한 추억담이다. 그의 대학 2학년 시절의 가을에 만난 J는 육체관계를 처음 맺었다는 점에서 '진짜 첫 사랑'이다. 그녀는 그가 출연한 연극을 본 후에 적극적으로 구애해 왔다. 다른 학교에 재학하고 있는 그녀는 당시의 여대생으로서는 괴짜라고 할 만큼 짙은 화장, 긴 손톱, 핫팬츠를 입고 다녔다. 두 사람이 연세대학교

교정을 활보하고 다닐 때는 그가 술집 호스티스랑 연애한다는 소문이 쫙 퍼졌다. 문제의 여대생 J는 마광수의 에세이 「잊혀지지 않는 여자」 (1988)에 나오는 K가 아닌가도 생각된다. 물론 또 다른 여자일 수도 있다. "나에게 있어 가장 잊혀지지 않는 여자는 K이다. (……) 그녀는 스스로 나르시시즘에 빠져 손톱을 한없이 길게 길렀기 때문에 더욱 나의 관능적인 심미안을 충족시켜 주었던 것이다." 소설 속의 J가 에세이 속의 K이든 아니든 간에, 그는 종생토록 여인의 고혹적인 손톱의 망령에 사로잡혔던 거다. 두 사람은 시내버스 안에서 벽돌을 던지는 등 다투다가도 격렬한 포옹 및 키스로 해프닝을 마무리하곤 했다. 죽음을 앞둔 그에게 있어서 첫사랑의 추억은 처연한 것이다. 과거는 연기처럼 사라지고, 추억은 지금 애상의 잔영만이 남는다.

나와 함께 의논하며 골라서 산 인조 속눈썹을 조심스레 붙이던 그녀의 모습, 그리고 그녀의 숱 많은 머리카락을 거꾸로 빗질해 수사자의 갈기털처럼 부풀려 주며 즐거워했던 나의 모습이, 지금도 기억 속에 생생하게 떠올라 나를 슬프게 한다. (『추억마저 지우랴』, 어문학사, 2017, 278쪽.)

그의 마지막 단편소설들 중에서 자신의 가상적인 신후(身後) 세계를 그린 「마광수 교수, 지옥으로 가다」도 주목의 대상이 된다. 소설 속 얘깃거리의 실마리는 자신의 죽음 직후로부터 전개되고 있다. 여기에 그의 염세적인 인생관이 묻어나 있는데, 또한 이것은 자신의 죽살이(사생)에 대한 관념을 잘 반영하고 있기도 하다.

20xx년, 위대했던 마광수 교수가 타계했다. 권위주의에 찌든 교활한 문학계의 억압에 단단히 맞섰던 그는, 파격적으로 노벨문학상을 받으며 그의 진정성을 인정받았었다. 하지만 기쁨도 잠시, 노벨상 수상 2년 후 그는 돌연 사망하고

말았다.

"아 쓰발, 더러운 세상 잘 떠났다."

마광수 교수의 영혼이 중얼거렸다. 마광수 교수의 영혼은 거리를 배회하며 신문 기사를 보고 있었다. 역시나 교활한 놈 이문혈이란 놈은 위로한 척하면서 끝까지 지긋지긋한 일장 훈시를 늘어놓는 것이다.

'마광수 교수의 죽음은 애도하지만, 그의 작품은 수준 미달인 것으로 재평가되어야 한다.'는 제목의 신문 기사를 보면서 마광수 교수는 혀를 찼다. (같은 책, 151~2쪽.)

이 인용문에서 밝힌 '이문혈'은 두말할 나위가 없이 소설가 이문열을 가리킨다. '즐거운 사라' 사건 때 이문열은 마광수의 작품성에 관해 비판해 마지않았다. 검찰은 이문열의 작품성 감정을 당시에 우군으로 삼아 자신만만해했을 터이다. 이때 마광수가 동시대의 문단 동료로부터 치명적인 상처를 입었을 것이다.

마광수가 실제로 죽은 다음 날에, 그는 조선일보 기자와의 간단한 전화 통화가 있었다. 이문열은 그때의 일을 회상하면서, '외설이 아닌, 비이성적인 심리와 정신병리학적인 문제'(조선일보, 2017. 9. 7. 참고.)가 문제적이었음을 환기하였다. (다만 그의 죽음에 관해 안타까움을 표했다.) 말하자면, 그 작품이 야하다기보다 이야기의 내용이 변태적이어서 문제였다는 것이다.

정신병리(학)적인 문제라면, 나르시시즘을 둘러싼 쟁점까지도 포함된다. 자기애가 병적이냐, 아니면 건강하냐에 따라 나르시시즘을 보는 관점도 전혀 달라진다. 이것은 인간 조건의 단순한 은유를 넘어서는 문제다. 이를 바라보는 데는 심리적인 차원과 사회적인 차원을 동시에 고려

해야 한다. 이 두 가지 가운데 어느 하나라도 간과하거나 경시된다면, 나르시시즘이야말로

가장 완화된 형태로는 이기심과 동의어가 되며 가장 정확히는 세상이 자아의 거울로 비치는 정신 상태를 묘사하는 은유 이상의 것은 되지 못한다는 (크리스토퍼 라쉬, 최경도 역, 『나르시시즘의 문화』, 문학과지성사, 1989, 53쪽.)

사실에서 한 발짝 더 나아갈 수가 없다. 소설 「즐거운 사라」가 문제시되던 1992년에, 검찰 측과 법학자 안경환은 작품성을 풍속의 문제, 즉 지나치게 사회적인 차원에서 재단하였다. 반면에, 소설가 이문열은 심리적인 차원에서 인간의 어두운 내면을 들여다보려고 했다. 하지만 그는 마음속 깊이의 심연을 이해하지 못했다. 그도 그럴 것이, 그는 마음을 다루는 일의 전문가가 아니기 때문이다. 소설가가 정확히 사정도 모르는 상황에서 남의 작품을 두고 '변태적인 이상(異狀) 심리' 운운하는 게 더 이상하지 않은가? 단죄의 기로에 선 동업자의 작품에 대한 최소한의 배려와 존중이 필요하지 않았을까?

어쨌든, 소설 「마광수 교수, 지옥으로 가다」 속의 마광수 교수는 저승사자들을 따라 지옥으로 향한다. 염라대왕 앞에 당도한 그는 깜짝 놀란다. 염라대왕이 육감적인 몸매에 눈가에 스모키 화장을 짙게 칠한 섹시한 여인이 아닌가. 이 염라여왕을 따라, 그는 자기에게 배정된 방인 이른바 백 평 넓이의 '죄실(罪室)'에 갇혀진다. 진보된 성문화를 전파한 형벌이란다. 이 방 안에는 사라가 먼저 와 있었다. 그녀는 그동안에 엄청나게 더 야해져 있었다. 무지개 색깔의 염색머리카락, 갖가지 모양의 피어싱, 반투명의 시스루 망사……. 마광수 교수는 득의의 미소를 머금으면서 혼잣말로 중얼거린다. 내가 역시 지옥에 오길 잘 했어, 천국으로 갔으면 만날 찬송가만 부르고 있을 테지, 라고 하면서 말이다.

마광수는 젊었을 때부터 동양의 서사 전통의 하나인 '전기(傳奇)'에 관해 적잖은 관심을 가지고 있었다. 전기는 비현실과 환상과 유현(幽玄)으로 성격화된다. 특히 깊이를 헤아릴 수 없을 정도의 신비함을 드러내는 것이랄지, 하나이면서 둘이거나 둘이면서 하나인 모호함의 경계에서 오가는 것을 두고 유현이라고 한다. 유고집『추억마저 지우랴』에는 이런 유의 얘깃거리들이 적지 않다. 뿐만 아니라 유현의 감각으로 그려진 작품들이 예술적인 품격을 높이는 데 기여하고 있다.「고독의 결과」는 꿈과 현실의 경계,「홀린 사나이」는 그림 양면의 경계,「고통과 쾌감 사이」는 고통과 쾌감의 경계를 보여준다.

「고독의 결과」는 여성 화자인 '나'의 등장이란 점에서부터 예사롭지 않다. 한 여인의 몽유 현상과 몽정 과정을 잘 그렸다. 현실에서는 성적인 만족을 얻지 못하지만 꿈속에서 늘 다시 만나는 한 미지의 남자와 함께 행복한 성관계를 잇달아 맺어간다. 어느 날, 꿈속의 그 남자가 현실 속에 드러났다. 마치 복수라도 하는 것처럼 그를 살해해 시애(屍愛 : necrophilia)의 쾌감을 한껏 느낀다. '나'는 본인이 현실 속에서 무슨 짓을 했나를 알게 된다. 죄의식으로 가득 찬 현실로 돌아가고 싶지 않았다. 영원히 꿈속에 머물고 싶어, 마침내 목숨을 스스로 끊는다.

이 소설은 스물여덟 편의 유고집 단편 중에서 가장 작품성이 높다고 보인다. 탐미적인 성적 쾌락의 구경에 이른 작품이랄까? 유미주의자로서의 마광수의 면모를 유감없이 발휘한 작품이다. 다만 일제 강점기의 김내성이 남긴 소설「시구리(屍球璃)」(훗날에「악마파」로 제목이 바뀐다.)의 영향이 어느 정도 미쳤는지를 앞으로 살펴볼 필요가 있겠다. 어쨌거나,「고독의 결과」는 꿈과 현실의 혼재 양상이 돋보이는 악마주의적인 성향의 예술 소설로 높이 평가되어야 한다.

독창적인 소설인「홀린 사나이」도 마찬가지다. 그림의 앞뒤 면이 상통하는 기이한 괴기담이다. 이 양면성 역시 앞서 말한바 꿈과 현실의 모호성을 드러낸 것이라고 하겠다. 이 소설은 공포스런 전율감이 적이 감도는 이색진 소설이다. 무엇보다도, 마광수 소설 가운데 매우 드물게도 섹스 담론이 거의 없다는 점에서도 이색적이다.

고통과 쾌감의 경계를 보여준 「고통과 쾌감 사이」는 피어싱 묘사가 압권이다. 작중의 여성 화자에게는 피어싱 취미가 생겼다. 고통과 쾌감은 종이 한 끗 차이다. 자신의 살에다 바느질을 해대는 사내의 체취를 느낀다. 아랫배가 살짝 찌릿하다. 섹스가 땡긴다. 여성 화자는 모르는 남자에게 날카로운 바늘(피어스)을 맡기면서 고통과 쾌감의 경계를 오간다. 이 작품에 남겨진 문제는 노파성애적인 변태 욕구를 다룬 「이상한 집」과 함께 왜색적인 수용 혐의가 있는가 하는 점이다. 이에 관해서도 앞으로 논의가 있어야 하겠다.

마광수의 유고집에서 가장 재미있는 작품을 꼽으라고 하면, 나는 서슴지 않고 「선수가 선수에게 당하다」을 꼽겠다. 이 소설은 엘리트 여성의 방탕한 습벽을 그린 작품이다. 소설 제목을 기존의 속담에서 변형을 가하자면, '기는 년 위에 나는 놈'이다. 여성 화자인 '나'는 자신이 색정광(sex-maniac)임을 스스로 인정한다. 그러면서도 한 사내에게 절대 매달리지 않는다. 한 파트너에게 오로지 하룻밤에만 만족하는 성적인 라이프 스타일을 추구한다. 원나잇을 즐긴 남자로부터 다시 만나자고 전화가 오면, '나'는 '나한테 연락을 하지 마. 다시 만날 사이였으면 그날 너랑 자지도 않았어.'라고 쏘아붙인다. 그런데 재미있는 것은 '나'가 남자와 그 짓을 할 때마다 욕질하면서 더욱 쾌락에 빠져든다는 사실이다. '나'의 욕질은 대체로 이런 유의 것들이다.

"벌써 싸려는 건 아니겠지? 천천히 해. 그래야 더 씹질할 맛이 있으니까." (같은 책 76쪽.)

"넌 진짜 변태 같아. 더러운 놈, 딴 년한테도 이렇게 해줬니? 쓰발 놈아!"(같은 책, 77쪽.)

화자인 '나'는 가장 최근의 하룻밤을 보낸 한 사내를 잊지 못해 그를 찾으러 밤거리에 나선다. 이것이 '나'에겐 엄청난 자기애적인 상처로 남게 되었을 터이다. 머리끝까지 화가 치밀어 오르는 이유다.

사실상 마광수의 유고집은 야하다야하게 껄떡대는 '연놈'의 이야기에 지나지 않는다고 볼 수도 있다. 작가 나름의 인간적인 진실을 담아 탐구하기 위해 고투를 벌인 창작의 결과물일 수 있겠지만, 오늘날의 젠더 감수성이 여성 독자들로 하여금 학을 떼게 할 수도 있다. 잘 알다시피 지금은 소위 '미투' 시대가 아닌가. 이 사실이 마광수 유고집의 비평적 가치를 평가하는 데 장애 요인으로 작용될지 모르겠다.

하지만 이 유고집에는 작가가 새로 시도해본 것들이 적지 않다.

고인은 「암사마귀의 사랑」과 「기습」과 「그로테스크」에서 우화 양식의 도입으로 승부를 걸었다. 또한 「그녀의 향기」는 작자가 처음으로 시도한 레즈비언 소설로서 앞으로 비평적으로 주목될 것 같다.

역사소설 형식의 「황진이」도 색다른 맛이 있다. 그가 시대를 넘어 과거로 돌아가 황진이를 꼬드겨, 지금의 현재인 미래로 소환한다. 시대를 초월한 마광수와 황진이의 만남. 우리가 아는 황진이가 아니었다. 그녀는 재색겸비의 기녀가 아니라, 적어도 섹스 비기(秘技)를 가진 색녀인 것. 여기에서 마광수의 새로운 황진이관이 만들어진다. 이에 반해 「마광수 교수의 마누라」라는 요상한 작품은 역사소설이 아니라고 해도 신라적의 처용설화를 마광쉬즘, 마광수적인 개성과 스타일에 맞게 재편성한 창작적인 결과물이라고 볼 수 있다.

중편의 분량에 가까운 「천국에 다녀오다」는 그의 상상력의 촉수가 시대의 초월뿐만이 아니라 외계적인 사랑 및 성욕으로까지 뻗쳐 있다. 성감대의 우주적인 확장이랄까? 초현실적인 환상담은 그에게 있어서 이처럼 신비와 유현에 의해 전기의 성격으로서 현대에 재창조된다.

요컨대, 그의 이번 유고집은 「데카메론」과 「호색일대기」와 「고금소총」 등과 같이 '총담(叢談)' 유의 고전 형식을 취했음에도 불구하고, 새로운 것을 적잖이 반영하고 추구하려고 한 흔적이 배여 있다는 점에서, 우리를 주목하게 한다. 누군가가 비평적인 성찰을 시도해야 한다.

4. 나르시시즘 인간상의 창조와 유산

마광수와 비슷한 연배의 소설가가 있다. 무라카미 류. 그 역시 마광수처럼 연애주의자이다. 그가 저술한 산문집『그래, 연애가 마지막 희망이다』를 보면, 마광수의 주의주장과 맥을 같이한다는 느낌을 떨칠 수 없다. 낱낱의 산문 제목만 그렇다. 예를 들면, 과연 연애에 희망이 있는가, 무료한 인생보다 확실한 실연의 상처, 상상력 없는 연애는 그만 두자 등등의 제목처럼 말이다.

무라카미 류는 콜레스테롤이 나쁘다고 해도 모든 콜레스테롤이 몸으로부터 없어진다면 인간이 우울한 상태가 되어 죽고 마는 것처럼 욕망을 온전히 부정해선 안 된다고 본다. 하지만 젊은 여성이 아무리 욕망에 충실하려고 해도 자신의 욕망을 정확히 파악할 수 없는 것도 사실이다. 어느 가을밤에 외로움이 밀려오는 것이 삶에 대한 허기인지 섹스에 대한 갈증인지가 판단하기 어려운 것처럼 말이다.

무라카미 류는 고뇌는 정말 싫다고 했다. 하지만 고뇌를 견뎌낸 사람이 아무것도 일어나지 않는 무료한 인생을 보낸 사람보다 확실히 더 나아보인다고 했다. 최악의 인간형은 평온하다는 착각에 빠져 삶을 안일하게 살아가는 사람인 셈이다.

또 그는 최근에 일본 사회에 스토커가 많이 발생하는 것을 두고, 나르시시즘의 부정적인 폐해로 간주했다. 자기애가 너무 강해 타인의 일을 전혀 생각하지 않는다는 것. 인간관계도 변화와 종말이 있는데 자신이 착각하고 있는 관계를 유지하려고 전화를 거는 것. 이러한 지적들은 상상력 없는 연애의 일방주의에 지나지 않음을 시사하고 있다.

이 정도에서 보면, 무라카미 류나 마광수의 연애관은 오십보백보라고 본다.

그런데 일본에서의 무라카미 류는 대체로 옳고, 한국에서의 마광수는 사람에 따라 그르다고 하는가? 일본에 비해 한국의 개인주의 문화가 덜 떨어진 탓일까? 아니면, 자유주의에 대한 적응 훈련이 아직 멀었다고 봐야 하나? 개인주의와 자유주의와 관련된 문화론 가운데 하나가 우리에게 생소한 나르시시즘 문화 이론이다. 우리나라에서는 나르시시즘을 개인적인 병리 현상으로 보았지, 이를 하나의 문화 현상으로 보는 데는 인색한 감이 없지 않았다.

마광수가 가장 잘 나갈 때인 1989년에 크리스토퍼 라쉬의 『나르시시즘의 문화』가 문학과지성사를 통해 국역판으로 간행되었다. 미국의 역사학 교수인 그는 이 책을 통해, 나르시시즘적인 인간상인 현대인이 과거와의 유대감을 상실하면서 미래에 대한 책임을 가지지 않고 자아에만 집착하는 경향이 있음을 전제로 하면서, 미국 사회에 과거의 경쟁적 개인주의가 쇠퇴하고 새로운 유형의 개인주의가 등장하고 있다고 주장하였다.

사실은 미국뿐만 아니라, 고도성장기의 일본, 산업화 과정의 한국 역시 '경제인(economic man)'이 지배하는 경쟁 사회였다. 경쟁적 인간관계를 축으로 한 유형의 사회를 가리켜, 나는 반(反)자기애적인 사회라고 본다. 이러한 사회에는 개개인 스스로의 생을 향유하려는 문화가 상대적으로 약하다. 또 세속적인 성공에 대한 개인 이데올로기 때문에 꿈을 가질 수도 있지만 꿈의 좌절로 인해 깊게 체념하고 극단적으로 절망하기도 한다. 197, 80년대의 우리 사회는 자기 영달의 개인 이데올로기로 인해, 반(反)나르시시즘적인 인간상을 부각하고 있었다. 가난하게 생장한 이가 '개천의 용'이 되어 자기도 출세하고, 가족도 먹여 살리고, 사회에 봉사하는 일이 무엇보다 도덕적으로 아름다웠다. 이를테면 이명박·노무현·임춘애 등과 같이 자기에 대한 사랑과 성찰보다는 타자와의 관계 속에서 경쟁하는 인간(상)이 사회에서도 필요했던 것이다.

청년 문인의 시절이었던 1984년 여름은 올해(2018)처럼 엄청 무더웠다. 부산 남포동 지하 주점에서, 나는 이윤택·하창수·최영철 등 지역의 젊은 문인들과 한데 어울려 술을 마시고 있었다. 시원한 냉(冷)막걸리가 담긴 술잔이 오갔다. TV에선 LA올림픽 중계가 한창이었다. 미국의 여자 선수 중에 '실비아'라는 이름이 있었다. 얘기는 당시의 세계적인 섹시 심벌인 실비아 크리스틸로 옮겨졌고, 야한 정품 비디오가 유흥가를 잠식하던 시절의 에로 여배우들이 흥미로운 화젯거리로 사람들의 입에 오르내렸다. 그러다가 문화인이랍시고 우리는 문학과 문화와 정치 등으로 이내 화제를 옮기고 있었다. 가버린 1970년대와 지금의 1980년대를 비교하거나 대조하거나 하는 담론이 갑론을박의 형태를 띠면서 열기를 내뿜고 있었다. 냉막걸리와 토론의 열기는 서로 조화를 이루었다.

나는 1970년대의 박정희 시대와 1980년대의 전두환 시대가 서로 다르다고 말했다. 전자가 배삼룡으로 대표되는 열등감의 시대라면, 후자는 이주일로 대표되는 혐오감의 시대라고 했다. 이때, 좌중의 폭소가 마치 불꽃놀이라도 하는 것처럼 순식간에 타올랐다. 시대를 대표하는 어릿광대를 빗대어 투사한 일종의 언어게임이랄까? 대조인 것 같지만, 사실은 비교다. 달라도 같은 것이다. 두 시대가 모두 자기애를 반한 시대라는 사실에서 말이다.

나르시시즘 문화가 부족했기 때문에, 문화적으로 열등감과 혐오감이 생겨났던 것이다. 그 시대에 우리는 아무런 물색도 모른 채, 시대를, 혹은 시대의 얼굴을 상징하는 두 희극인을 향유했던 것이다.

경쟁적인 개인 및 충돌하는 집단의 이데올로기가 극성을 부리고 있던 1980년대 말에, 마광수는 '나는 야한 여자가 좋다.'고 했다. 숨 막히는 질식감처럼 옥조이던 시대의 행간을 비집고 나온 시대의 혁명적인 선언문, 혹은 나르시시즘의 재인식을 위한 현란한 문장(紋章)이라고 평가할 만하다. 그는 주변 사람들의 찬사가 없이는 살아가지 못하는 이기적인 자애주의자이기보다는, 사생활 중심의 쾌락주의로 가장된 개인 생존에의 관심의 끈을 놓지 않으려고 한 일종의 논객이었다.

그의 나르시시즘은 종잡을 수 없는 자기 사랑이라기보다 목표가 분명한 자기 방어이다. 그는 언젠가 '민주주의는 피를 먹고 자라는 나무다.'와 같은 비유적인 명제를 가장 혐오한다고 했다. 만약 착오가 없다면 내가 38년이 지난 과거의 기억을 더듬어볼 때, 이 어록은 시인 고은이 원고를 작성해 정치인 김대중이 1980년 '서울의 봄' 당시에 행한 대중연설 속에 포함된 것이 아닌가 한다. 그는 요컨대 개발독재건 민주화건 상관이 없이, 이를테면 사람들 생각이 인격적으로 전체화된다면, 집단에 대한 개인의 굴종이 얼마나 상처를 주는가를 안다.

그에게 있어서의 타자들, 예컨대 야한 여자, 그가 만난 익명의 여인들, '사라'나 '라라'로 기호화된 탕녀, 자기 분신으로 투사된 그 밖의 캐릭터 등은 나르시시즘 인간상으로 창조된 마음속의 음영이다. 이 음영의 파문은 이제 우리에게, 그가 남긴 하나의 유산이 되고 있다.

산업회와 민주화에 매몰된 인간상은 초기 자본주의 사회가 빚어낸 인간상과 동일하다. 크리스토퍼 라쉬의 『나르시시즘의 문화』를 번역한 최경도는 '역자 후기'에서 과도하게 억압되고 도덕적으로 경직된, 초기 자본주의 시대의 인간상을 두고 '경제인'이라고 했다(같은 책, 278쪽, 참고.). 이 용어는 좀 전에 내가 거론한 바 있다.

반면에, 경제인의 맞은편에는 근심에 시달리고 내면적인 공허감으로 인해 필사적으로 의미 있는 삶을 찾아 헤매는 충동적인 '심리인(psychological man)'도 존재하고 있다. 마광수가 빚어낸 창조적인, 즉 불안과 권태의 인간상이야말로 바로 이 심리인이 아닐까 하고, 나는 생각해 본다. 마광수적인 그 '나르시시즘적인 인간상' 말이다.

5. 에필로그 : 자유를 진리로 인도하라

마광수는 어쨌거나 저 세상으로 갔다. 스스로 선택한 죽음이다. 그의 죽음 역시 나르시시즘적인 성격이 부여되는 그런 죽음이다.

그는 '즐거운 사라' 사건 이후에 비탄, 무기력, 분노, 배신감, 우울증 등에 빠졌다. 스스로 고백한 바 있었거니와, 자기 검열로 인해 글도 잘 써지지 않았다고 했다. 그의 증상을 프로이트적인 이론에 따라서 이해해 본다면, 외부적인 힘에 의한 패배감의 형태를 취한 나르시시즘적인 환자의 실망감과 비슷하다. 크리스토퍼 라쉬는 나르시시스트가 젊음이 지나가면 자신을 지탱해줄 것이 아무 것도 없음을 알게 되며, 다만 자식들 속에서 대신 살아간다는 생각이 신체의 허약과 고독보다 더 괴로운 노령의 주된 슬픔, 즉 유기감(supersession)을 완화시켜준다고 했다(같은 책, 249면, 참고.). 하지만 일찍 무자녀로 이혼한 그는, 노경에 이르러 그럴 처지도 되지 못했다.

그의 고독은 매우 심각한 수준이었으리라고 본다.

그는 생애의 마지막 순간에 시 한 편을 남겼다. 그가 출간을 위해 마지막으로 정리하던 유고집 『추억마저 지우랴』의 서문을 대신한 서시(序詩) 「그래도 내게는 소중했던」이다. 소설 창작집의 서문을 서시로 쓴다는 것은 매우 이례적이다. 서문을 대신해 서시를 남긴 이유는 잘 알려져 있지 않다. 어쨌든, 이 시의 전문을 옮겨본다.

> 그 초라한 카페에서의 커피
> 그 허름한 디스코텍에서의 춤
> 그 싸구려 여관에서의 섹스
>
> 시들하게 나누었던 우리의 키스
> 어설프게 어기적거리기만 했던 우리의 춤
> 시큰둥하게 주고받던 우리의 섹스
>
> 기쁘지도 않으면서 마주했던 우리의 만남
> 울지도 않으면서 헤어졌던 우리의 이별
> 죽지도 못하면서 시도했던 우리의 정사(情死)

일반적으로 볼 때, 저자는 서문을 책이 간행될 즈음에 쓴다. 인용시가 다른 지면에 미리 발표되지 않았다면, 또 개인 파일에 남아있다고 하는 미발표 시문이 더 이상 간행되지 않는다면, 이 서시는 마광수의 최후의 작품이다. 시의 내용은 추억의 구체적인 내용들을 열거한 것. 상상력의 촉수는 그의 원천적인 축적의 시기인 대학 시절로 향해 있다. 그가 J이건 K이건 간에 이 시절에 사귀었던 여인을 추억 속으로 소환하면서 자유가 유보된 시대의 제한된 연애 및 성의 풍속을 허구적으로 재현하고 있고 있다.

마광수는 우리 시대의 연애주의자이며, 독특한 성애론자였다.

사랑해서 섹스하는 게 아니라, 섹스를 통해 사랑하게 된다는 것. 그는 사랑의 목적을 성욕의 해소에 있다고 했다. 그에게는 플라토닉 러브니, 순애보적인 사랑이니 하는 것이야말로 애최 존재하지 않는 것인지 모른다. 이 같은 생각이 한 세대 이전의 사회를 동요하게 했지만, 지금은 마광수의 생각대로 세상이 돌아가고 있지 않는가 하는 생각도 든다. 그만큼 그는 시대를 앞서갔다.

한마디로 말해, 우리는 그가 (1980년대 말에서 1990년대 초에 이르는 짧은) 그의 시대에, 역사주의의 주박(呪縛)으로부터 발상의 전환을 꾀하고, 문인으로서 독자에게, 교수로서 학생에게 생각의 틀과 성찰의 여지를 자유롭게 남겨주었다는 사실을 높게 평가해야 한다고 본다.

영원한 자유주의자인 그를 1주기에 즈음해 비평적으로 추모하고 있는 지금, 나는 마지막으로, 내가 가장 사랑하는 그의 역발상 어록을 인용함으로써 이 글의 마감을 대신하려고 한다 : 진리가 우리를 자유케 하는 것이 아니라, 자유가 우리를 진리케 한다.

제2부 **쾌락과 수난의 이중주**

쾌락주의자 마광수 시의 몇 가지 흐름

이승하(시인, 중앙대 교수)

1. 프롤로그 : 시의 쾌락적 미학 추구

마광수는 한국현대문학사 전개에 있어서 문제적 인물임에 틀림없다. 그다지 길지 않은 일생[1]이었지만 생전에 시집, 소설집과 장편소설, 문화비평집 내지 철학에세이까지 모두 50권에 달하는 저서를 출간했다. 1980년대에는 문학이론서도 여러 권 냈다.[2] 그는 1977년 『현대문학』을 통해 시로 등단—은사 박두진 시인이 추천—한 이후 생애 내내 활발하게 문단 활동을 전개한 문인이었다. 그러나 시대가 그를 용인하지 않아

---

[1] 1951년생인 마광수가 1979년 홍익대 국문학과 전임강사로 임용되었으니 만 28세에 교수가 된 것이다. 그런 그가 1992년, 장편소설 『즐거운 사라』가 필화를 입어 구속, 징역 8개월 집행유예 2년의 실형을 선고받는다. 이 사건은 연예인 스캔들 이상으로 세간의 관심을 집중시킨다. 그는 다음해에 연세대에서 직위해제가 되었고 1995년에는 해직되는 수모를 겪는다. 1998년 3월에 사면·복권되고 5월 1일자로 복직했지만 2000년에 동료교수들이 점수를 안 줘 재임용에서 탈락, 2년 반 동안 휴직하기도 한다. 그는 2016년 8월에 연세대 국문학과를 정년퇴임한 지 1년이 된 시점인 2017년 9월 5일, 자택에서 자살체로 발견되었다. 현장에서는 유산을 자신의 시신을 발견한 가족에게 넘긴다는 내용과 시신 처리를 가족에게 맡긴다는 내용을 담은 유서가 발견되었다.

[2] 박사학위 논문 「윤동주 연구」는 1983년에 정음사에서 단행본으로 냈다. 『상징시학』(1985)과 『심리주의 비평의 이해』(마광수 편저, 1986)를 청하출판사에서 펴냈다. 『시창작론』(한국방송통신대학 출판부, 1991)을 오세영 교수와 공저로 펴냈다.

법정에 섰고, 동료교수들과 소통하지 못해 학교에서는 고립되었다. 스스로 '유미주의에 바탕을 둔 쾌락주의자' 혹은 '탐미적 평화주의자'라고 칭했지만 법정에서 판사는 이러한 주장을 인정해주지 않았다.

　시인, 소설가, 에세이스트, 문학연구자로서의 면모를 갖고 있는 마광수의 저작 가운데 시집에 국한하여 마광수 시세계의 특징을 살펴보는 것이 이 글을 쓰는 가장 큰 목적이다.[3] 마광수의 시는 그의 다른 문학 장르들과 마찬가지로 우리 문단에서 독특한 자리를 차지한다. 그의 시는 미학적 완성도를 운위하기는 어렵다. 그래서 본인의 시론서인 『상징시학』이 그의 시세계를 이해하는 데 가장 적절하다고 보고 그것을 근간으로 살펴나가려 한다. 본고는 "시 작품은 하나의 행동, 즉 그것을 만든 시인의 상징적 행동"[4]이라는 언술을 준거로 그의 내면을 들여다볼 것이다. 마광수는 자신의 시를 언어의 조직체가 아닌 시인의 생각과 행위의 산물로 봐주기를 바랐다. 그가 시론에서 각별하게 주의를 기울인 것은 표제에서도 보듯 '상징'이다. 그는 상징의 의미를 "무의식이 의식 속에 표상화되는 기능"(33쪽)이라고 정의했다. 그러니까 마광수는 시의 본질을 정신적인 것, 내면적인 것으로 보았고 이때 작용하는 무의식을 가장 중요하게 여겼다.

　주제적 측면에서 마광수의 시와 에세이는 크게 다르지 않다. 시가 리라를 연주하면서 카타르시스를 추구하는 노래라면, 에세이는 그 노래의 철학적 해석쯤 될 것이다. 마광수의 시세계가 이룩한 공로가 어떤 방식

---

3 2017년 1월 7일에 발간된 『마광수 시선』(페이퍼로드) 이전에 나온 시집은 『狂馬集』(심상사, 1980), 『貴骨』(평민사, 1985), 『가자, 장미여관으로』(자유문학사, 1989), 『사랑의 슬픔』(해냄출판사, 1997), 『야하디 얄랴숑』(해냄출판사, 2006), 『빨가벗고 몸 하나로 뭉치자』(시대의창, 2007), 『일평생 연애주의』(문학세계사, 2010), 『모든 것은 슬프게 간다』(책읽는귀족, 2012) 등 총 8권이고, 육필시집 『나는 찢어진 것을 보면 흥분한다』(2012, 지식을만드는지식)도 낸 바 있다.

4 마광수, 『상징시학』, 철학과현실사, 2007(개정판), 183쪽. 이하, 이 책 인용시 페이지를 본문에 나란히 씀.

으로든 존재한다고 보고, 과연 거기에 진정한 가치가 있는지 따져보기로 한다. 마광수가 자신의 에세이에서 보여준 철학적 사유들이 그의 시를 이해하는 중요한 단서들임이 분명하지만, 이 글에서는 마광수의 시를 쾌락적 미학 추구로 한정하여 접근한다.

2. 욕구가 충족되지 않는 자의 불만

시 창작 초기에 그는 자신의 정체성을 찾는 일에 골몰한다. 결론부터 앞당겨 말하자면, 노동자로는 살아갈 수 없는 자신을, 위선의 탈을 쓰고는 살아갈 수 없는 자신을 찾아내어 원초적 자아에 순응코자 한다. 그는 본성대로 살아가는 사람들에 대해 신뢰를 보내기도 한다. 「귀골」이라는 시를 보면 퇴근해 온 아들의 양말을 빨아주는 어머니가 "발에 땀이 없는 걸 보면 넌 역시 귀골이야, 귀골. 천골(賤骨)인 사람들은 꼭 발에 땀이 많아 가지고 썩는 냄새가 나거든. 사람은 확실히 날 때부터 천골과 귀골이 따로 있는 모양이야." 하면서 흐뭇한 표정을 짓는 장면이 나온다. 어머니도 부추겨주었듯이 자신을 비범하다고 생각하는 선민의식은 그의 자존감을 드높인다.

> 노예들을 방석 대신으로 깔고 앉는
> 옛 모로코의 왕이 나오는 영화를 보고 돌아온 날 밤
> 나는 잠을 못 잤다 노예들의 불쌍한 모습에 동정이 가다가도
> 사람을 깔고 앉는다는 야릇한 쾌감으로 나는 흥분되었다.
> 내겐 유일한 자유, 징그러운 자유인
> 죽음 같은 성욕이 나를 짓눌렀다.
> 노예들이 겪어야 하는 원인 모를 고통에 분노하는 척해 보다가도

은근히 왕이 되고 싶어하는 나 자신에 화가 치밀었다.

그러나 역시 내 눈앞에는 왕의 화려한 하렘과

교태부리는 요염한 시녀들의 모습이 어른거린다.

—「왜 나는 순수한 민주주의에 몰두하지 못할까」 부분

사랑하는 이여, 난 당신 손톱이 정말 좋았지

당신 손톱을 보면 희망이 생겼지

난 당신 손톱에 자주 키스했어

그러면 내겐, 잠시나마 귀족 같은 흥분이 왔어

—「사랑하는 이여, 난 당신 손톱이 좋았지」 부분

　두 편 시의 화자는 귀족 또는 권력자의 자리에서 느끼는 쾌감으로 삶의 이유와 목표를 정한다. 물론 여기에는 욕망에 사로잡힌 자신에 대한 솔직한 고백도 섞여 있다. 매니큐어를 칠한 여성 앞에서 에로틱한 마음을 감추지 못하며, 그 여성을 지배하고 싶은 상상에 빠져든다. 특히 "내겐 유일한 자유"가 "죽음 같은 성욕"이라고 한 대목은 평생토록 마광수가 써나갈 글의 소재와 주제를 암시한다. 그는 에세이에다 자신의 허약 체질에 대해 고백하기도 했지만, 그런 이유로 그의 욕망이 언제나 결핍 상태였다고 보이지는 않는다. 위의 시에서 보는 "왕이 되고 싶어하는" 마음, 여인의 손톱에 키스하면서 느끼는 충족감의 원천을 마광수는 프로이드의 용어인 "자궁회귀본능"으로 요약한 바 있다. 이때의 심리적 추이를 손톱을 예로 들어 해명하는데, 손톱을 길게 길러 불편하게 하면 노동을 피할 수 있고, 노동을 하지 않는 자들이 귀족이라고 부연한다. 아울러 그는 인간에게 가장 안락한 경우를 어머니 자궁 안의 태아로 보고, 귀족이 되고 싶어 하는 마음을 이러한 안락함 추구와 연결시킨다. 귀족 혹은 태아이기를 바라거나, 손톱 기른 여성을 탐닉하는 인간 심리의 기저에 자기회귀본능이 자리잡고 있음을 반복 강조한다.[5] 그러나 그것은 어디까지나 마광수의 이상이었다. 그는 생명체로서 자신이 구가할 수 있는 유일한 자유인 성을 향유하지 못하게 하는 요인, 즉 사회의 각종 제도, 규율, 법규, 윤리의식 등에 대해 고민한다. 「왜 나는 순수한 민주주의에 몰두하지 못할까」에서 마광수는 "양심을, 윤리를, 평등을, 자유를/ 부르짖는 지성인이기 때문에 창피하다"고 말하는 한편 "피둥피둥 살찐 쾌락들이 머릿속에 떠올라/ 오히려 비참과 환락의 대조가 나를 더 흥분시킨다."고 한다. "아무리 애써보아도 그 흥분은 지워지지 않아/ 나는 그만 신경질적으로 수음을 했다."고도 한다. 1977년과 1978년에 쓴 이 두 편의 시가 암시하는 것은 표면적 기호에 있지 않다. 화자는 이성의 육체에 대한 욕망이 가득한데 그것을 해소할 수 없는 상황이기에 분통을 터뜨린다. '수음'이라는 시어를 자주 쓰는 이유는 직접적인 성행위를 제대로 해보지 못했다는 고백에 다름 아니다. 아무튼 그는 성을 억압하는 사회적 제약이 무엇인가를 늘 생각한다. 그는 보들레르처럼 퇴폐를 즐기는 상상을 하는 한편 상상만 하는 자신에게 화도 낸다. 우리 인간은 성직자가 아닌 한 대부분 장성하여 결혼하고, 아이를 낳고 살아간다. Sex를 '성생활'이라고 번역할 수 있을 텐데, 그야말로 생활이기 때문이다. 부부지간의 섹스는 지극히 자연스러운 생활의 일부다. 자연스러운 교합이기에 문학은 이를 문제적 대상으로 삼지 않는다. 문학작품은 특수하고 개별적인 어떤 사건들을 다룬다.

여기서 마광수의 결혼생활을 잠시 들여다볼 필요가 있다. 자의적 해석일 수 있지만, 4년 만에 끝나버린 마광수의 결혼생활은 그의 성의식을 해명하기에 좋은 개인사다. 시인은 1985년 12월에 결혼하여 1990년 1월에 이혼한 뒤 재혼하지 않고 독신으로 살아간다. 그래서인지 이혼 이

---

5 마광수 편저, 「미의식의 원천으로서의 자궁회귀본능에 대하여」, 『심리주의 비평의 이해』, 청하, 1987, 214~231쪽 참조.

후 그는 여성의 육체에 대한 과도한 관심과 집착에서 평생 헤어나지 못한다. 시에서는 그가 끊임없이 여성과의 성적 유희를 갈망하는데, 평범한 가장으로 살아갔더라도 과연 이렇게 탈도덕적인 상상을 일상화했을까. 『가자, 장미여관으로』에 실린 시는 모두 창작된 연도가 명기되어 있는데 제일 앞에 있는 「사랑」부터 보자.

> 수음과는 이제 자동적으로 친숙해진 나에게
> 너는 대체 무엇 때문에 내려왔느냐
> 어째서 모든 거리마다에서
> 너는 내게 고독으로 다가온단 말이냐
> 사랑하고 사랑하고 사랑했는데도
> 내 가슴속에는 네 몸뚱어리만이 남았다
> 끊으려 해도 끊으려 해도 끊어지지 않는
> 이 사랑, 이 욕정!
> 이 괴상한 설레임의 정체는 뭐냐
>
> —「사랑」부분

1979년 작인 「사랑」에서 화자는 습관적인 자위행위에 대해 말하는 한편 실제적인 성적 교합에 대한 갈망을 다루고 있다. 문학에서의 사랑은 크게 두 가지로 나뉜다. 에밀 졸라의 『나나』처럼 육체적인 사랑에 집착하는 경우도 있지만 그보다는 에밀리 브론테의 『폭풍의 언덕』처럼 정신적인 사랑을 우위에 두는 경우가 많은데 마광수는 전자에 더 비중을 둔다. "네 영혼을 사랑한다고, 네 마음을 사랑한다고/하늘 향해 수만 번 맹세를 해도/네 곁에 앉으면 내 마음보다 고놈이 먼저 안달"한다. 정신적인 사랑도 해보려고 애쓰지만 그럴수록 여성의 몸이 극복할 수 없는 타자가 된다. 여성의 육체가 이렇듯 부단히 대상화되는데, 어찌 보면 정직한 자기고백이다. 시「청춘고백」에서 그는 초등학교 4학년 때 어쩌다 『금병매』를 읽다가 수음을 "순전히 독학으로!" 익혔다고 하고는 그 역사를 죽 열거한다. 삼류 극장의 사람 없는 앞자리에서 수음을 하면서 "숨어서 하는 것의 스릴과 서스펜스"를 느낀다.「청춘고백」의 내용이 사실이라면 그가 처음 성경험을 한 것은 대학교 3학년 때였다.

이런 일련의 시들은 읽기에 당황스러운 것이 사실이다. 숨겨야 할 것과 드러내야 할 것의 경계가 지워진 위 시편들에 대한 독자의 반응은 '구역질'일 수도 있고 '공감'일 수도 있겠다. 이렇게 상반된 기분에 대한 해명보다 중요한 점은 그의 시가 과연 얼마큼 예술적인 완성도를 보였느냐 하는 것이다.

> 손톱을 길게 기른 여인을 보면 섹스하고 싶다
> 송곳같이 뾰족한 하이힐로 소리 높여 걷고 있는 여인을 보면 섹스하고 싶다
> 입술을 반쯤 벌리고 빨간 립스틱을 바르고 있는 여인을 보면 섹스하고 싶다
> 꽉 조이는 넥타이를 매고 나간 날은 섹스하고 싶다(여인에게 목을 졸려 끌려
> 다니고 싶다)
>
> 하루 종일 외로움에 시달린다
> 하루 종일 성욕에 시달린다
> 한평생 외로움에 시달린다
> 한평생 성욕에 시달린다
>
> 차라리 죽고 싶다
>
> —「비가」 부분

이 시에서도 "…하고 싶다."고 하면서 여성과의 교합에 대한 갈망을

솔직하게 말한다. 시를 "역동적인 이미지" 내지는 "정서적 충동의 환상" (82쪽)으로 보는 마광수는, 인간의 욕망을 이렇게 써나간다. 이 무렵 그의 욕망은 충족된 적이 없다. 욕망을 충족시키지 못한 화자는 "차라리 죽고 싶다."고 말한다. 실행 불능의 에로스 충동이 오히려 죽음 충동을 불태운다. 이 시행이 예언인 양 그는 29년 뒤에 자살을 시도해 성공한다. 그런데 이 시가 창작된 1988년은 시인이 결혼해 살아갈 때였다. 시인과 화자를 동일시한다면 두 사람의 성생활은 '생활'이 아니었다. 아내를 옆방에 두고서 시인은 다른 여인과의 교합을 꿈꾸고 있다. 그는 '신혼 초'임에도 불구하고 외롭다고 하고, 하루 종일 성욕에 시달린다고 말한다. 생명력이 왕성한 남성이 에너지를 발산할 대상을 찾는 상황이지만, 옛사람들이 '깨가 쏟아진다.'고 표현했던 그 시기에 이런 시를 쓰고 있었으니 그에게 이혼은 사필귀정이었다. 에로스와 죽음충동이 동전의 앞뒷면처럼 자리하는 인간 본연의 심리임을 이 시는 보여준다.

한편 괄호 속의 내용은 화자의 마조히스트 성향을 다룬 것이다. 「연가」에서도 화자가 스스로 "그 손톱으로 내 몸뚱어리를 매일매일 할퀴고 긁고 찔러주는/내 사랑" 하면서 마조히스트임을 고백한다. 한 사람은 학대받으며 즐거워하고 한 사람은 학대하며 즐거워하니 마조히스트와 사디스트의 만남이 과연 행복한 만남일까. 폭력을 수용하는 여성과 가학적인 남성과의 관계는 바람직한 것일 수 없다.

여자는 성기의 구조상 항상 공격받아야 기분이 좋아지는 법이고, 따라서 나는 다행히도 분명 메저키스트이다. (중략) 그가 어디서 배운 것인지 한참 성교 중에 무엇인가 날카로운 부분으로 내 가슴을 할퀸 적이 있었다. 너무나도 돌발적인 일이라 통증도 느끼지 못할 만큼 놀랐으나 어쩐 일인지 기분이 너무나 상큼해졌다. 표현할 수 없는 짜릿함. 오금이 저려 오는 듯한……. (중략) 그와 만날 때만 귀여운 채찍 세례를 당하고 욕설을 듣고 하는 것이 감질나서 나는 요즘 손톱을 길게 기르기로 했다. 특히 끝을 예리하고 뾰족하게 갈아서 손톱 끝으로 늘 손등이나 손가락을 슬슬 찌르고 할퀴고 하며 하루 종일을 보낸다는 것은 너무나 유쾌한 일이다.

—「나는 즐거운 메저키스트」 부분

이 시의 화자는 여성이다. 그런데 성기의 구조를 운운하는 등 여성을 교묘하게 비하하고 매도하고 있다. 피학 대상인 여성이 폭력을 용인하고, 그에 따른 쾌감을 누린다는 이 시의 화자는 남성 지배력을 옹호하는 입장이다. 그 내용이 매우 개별적인 경우라 하더라도 시의 화자가 여성이기에 상당수 여성이 마조히스트 성향이 있는 듯한 인상을 준다.

여기서 페미니스트들에게 공격을 받는 프로이드의 이론을 참고해보자. 시인이 그 이론을 그대로 수용하고 있는 듯하기 때문이다. 인간의 성적인 공격 충동이 의식에 작용한다는 프로이트의 이론은 이 시에서 여성에 대한 남성의 공격 성향으로 나타난다. 피학 대상이 일반적으로 여성이라는 점에서 위 시는 여성들에게 비판적으로 읽힐 수밖에 없다. 게다가 피학 대상이 고통을 동반한 쾌락을 누린다는 점은 건강한 생산성과는 아무 상관없는 비명일 뿐이다. 그래서 사디즘도 마조히즘도 변태 성향을 띠게 되고, 아래 시 「변태」는 변태적인 성적 충동의 전시장처럼 보인다.

그녀는 고양이 되고, 나는 멍멍개 되어
꽃처럼, 불처럼, 아메바처럼, 송충이처럼
끈적끈적 무시무시 음탕음탕 쎅시쎅시
서로 물고 빨고 할퀴고 뜯어 온갖 시름 잊으리

—「변태」 부분

설령 이러한 행위를 변태라고 할 수 없을지라도 인간을 오직 성충동의 주체로 정의하는 시인의 주장에 독자들이 동의할까. 프로이트에 따르면 신생아라 할지라도 자신의 몸에서 쾌감을 느끼는 부위를 찾아 그곳을 자극한다. 어머니의 젖을 빨 수 없을 때 자신의 손가락이나 발가락을 빨며 쾌감을 실현하는 아이처럼 인간은 태생적으로 도착적 존재라고 화자는 강조하고 있다. 이처럼 마광수는 프로이트의 이론을 수용, 인간의 의식을 리비도의 충동으로 설명하면서 여성을 대상화한다. 「밀회」에서는 화자의 똥을 섹시한 여자가 받아먹는 상상을 하고 있으니 사드의 『소돔의 120일』(1785)에서나 볼 수 있는, 극단적으로 불쾌하고 퇴폐적인 광경이 아닐 수 없다.

> 자그마한 화장실의 공간은 나 혼자만의 공간,
> 마치 어머니의 자궁 속같이 포근하기만 해
> 가끔은 에로틱한 잡지를 보며 마스터베이션
> 가끔은 내 똥을 섹시한 여자가 받아먹는 상상,
> 사랑도 잠깐, 사정(射精)도 잠깐,
> 그녀와의 오르가즘은 더 잠깐.
>
> ─「밀회」 부분

1989년 작인 위의 시도 결혼생활을 할 무렵에 창작된 것인데 표현이 아주 노골적이다. 특히 원만하지 않은 성생활에 대해 고백하는 것으로 보인다. 이 시는 화자가 자신의 조루를 고백하는 내용이다. 자신의 약한 면모를 만천하에 밝히기를 두려워하지 않는 이러한 자기고백은 마광수 문학의 특징이다. 지나친 솔직함은 독자들이 성의 신비를 상상할 여지를 남겨두지 않는다. 어쨌든 그에게 성 담론은 성취가 아닌 실패요, 시도가 아닌 포기인 경우가 많았다. 1979년에 쓴 아래 시의 제목은 10년 뒤에 에세이집의 제목이 된다.

> 화장한 여인의 얼굴에선 여인의 본능이 빛처럼 흐르고
> 더 호소적이다 모든 외로운 남성들에게
> 한층 인간적으로 다가온다 게다가
> 가끔씩 눈물이 화장 위에 얼룩져 흐를 때
> 나는 더욱 감상적으로 슬퍼져서 여인이 사랑스럽다
> 현실적으로, 현실적으로 되어 나도 화장을 하고 싶다
>
> —「나는 야한 여자가 좋다」 부분

주부의 옷차림이 야할 턱이 없다. 화자가 말하는 "여인의 본능"은 두말할 것도 없이 성적 본능을 가리킨다. 시인이 말하는 '인간적인' 것과 '현실적인 것'은 성적 본능이며 그것은 '야한 것'이어야 한다. 화자는 여성의 매력을 오직 선정성으로 판단한다. 그러한 여성이 '인간적'이라고 표명한 것을 보면, 시인은 여성을 외로운 남성의 짝을 맞추는 존재로만 본다. 대체로 '화장한 여인'은 유흥업소 종사자로 이해되는데, 그런 여성들의 '야함'이 상술임을 감안한다면 어떻게 진정성이 희석된 '야한 여자'가 진정한 사랑의 대상이 될 수 있을까, 질문하게 한다. 진정한 사랑은 그 당시 그가 꿈꾸던 사랑이 아니었다. 시인은 신성모독도 거침없이 한다.

> 더 휘둘러댈 거짓말도 없을 때 거짓말도 없을 때
> 참 속일 대로 어지간히 속여대었을 때 죽게 되어서 다행이지
> 희망을 남겨놓고 유산으로 남겨놓고
> 몹쓸 유산으로 남겨놓고
> 그런데 왜 이리 죽음의 고통은 관능적인 것일까

죽기까지도 쾌락에 시달려야 하는 걸까 참 인간은 더럽다 어찌하여

막달라 마리아의 그 부드러운 혀끝

그 달짝지근한 애무가 생각나는 것일까

그 밤의 추억이 생각나는 것일까

참 더럽다 인간은

더 더럽다 희망적인 인간은

—「죽음 앞의 예수」 끝부분

예수를 희대의 거짓말쟁이로 몰아붙이고 엉뚱한 희망이나 주는 인물로 묘사하고 있다. 게다가 예수와 막달라 마리아 사이에 육체적인 관계가 있었다고 단언하고 있다. 이런 식의 예단이 댄 브라운의 『다빈치 코드』 같은 소설에도 나오지만 마광수는 여기서도 인간에 대한 이해 방식을 에로스로 좁힌다. 십자가 처형을 앞둔 예수가 "죽기까지도 쾌락에 시달리고 있다."고 하니 말이다. 마지막 남은 삶의 에너지를 에로스로 바꾸는 시인의 의도는 그렇다 치더라도, 예수의 이름과 함께 운위하는 막달라 마리아의 음탕한 이미지는 신성모독에 다름 아니다. 더구나 희망적인 인간이 더 더럽다는 그의 입장은 예수의 신성을 한층 비하하고 모독하는 것이다.

이런 시편도 자신의 성적 욕구불만 토로에 지나지 않는다. 문학적 성취에 대해서는 논의조차 할 수 없다. 전위적이라는 이유를 들어 마광수 시의 의의를 말하라면 인정할 부분도 있을 것이다. 마광수는 자신의 시를 전체적인 맥락에서 봐달라고 마음속으로 요구했을 법도 하다. 편편의 시가 아니라 시집 전체가 하나의 상징이고 기호임을 독자들이 알아주길 바랐을 것이다. 그것은 "더럽다"가 "희망적"이라는 기호를 만나면서 교호하는 반어적 현실 같은 것이다. 전혀 상반되는 개념들이 섞였다가 분리되고, 부정되는가 하면 긍정된다. 그러한 전위가 인간성과 신성

을 폐기하면서 발현된다는 점에서 마광수의 시는 기본적으로 신성모독이다. 인간은 적어도 동물과 다른 이상을 가진 존재임이 분명하고, 원시인조차도 동물적 본성과 구분되는 존재라고 필자는 믿기 때문이다. 이러한 시들이 그 어떤 문학적 성취를 이루었다고 볼 수는 없다.

3. 그의 시에 나타난 쾌락주의의 양상

성적인 것에 지나치게 몰두하는 자신의 정체성 확인에 골몰한 『광마집(狂馬集)』과 『귀골(貴骨)』의 시기를 지나, 충족되지 않은 성적 욕망 때문에 괴로워한 『가자, 장미여관으로』와 『사랑의 슬픔』 시기도 지난다. 마광수는 필화로 재판에 회부되어 유죄 판결을 받고 학교에서 직위해제, 해임, 재임용 탈락 등 많은 시련을 겪은 뒤인 2006년에 시집 『야하디 얄라숑』을 낸다. 이 시집은 앞서 낸 4권의 시집과는 성격이 많이 다르다. 자위를 통해 욕망을 해결하던 지난날의 소극적인 태도에서 벗어나 적극적으로 대상을 찾아내 자신의 몸으로 그 욕망을 실현한다.

오르가슴의 엑스터시가 오자
그의 페니스에서
정액이 분수처럼
솟구쳐 올랐다
나의 페니스에서도
정액이 분수처럼
솟구쳐 올랐다

우리는 서로의 정액을 섞어

서로의 얼굴에 발랐다
그리고 그것을 혓바닥으로
날름날름 핥아먹었다

—「게이와의 사랑」 부분

여기에 이르러 우리는 마광수가 성 소수자들에게 갖는 관심을 확인할 수 있다. 동성애 묘사와 구애가 적극적이고 장면 묘사에 제약도 없다. 그러나 이러한 성애 장면을 시라는 이름으로 등장시킨 시인의 의도를 이해해야 한다면 문학적 폭력이 아닐까. 포르노그래피의 한 컷처럼 지나가는 이 기이한 장면에 '시'라는 이름표를 달아줄 수는 없다.

마광수는 시를 이렇게 정의한 바 있다. 시가 "어떠한 의미를 지향하기는 하되, 그 의미는 초월적 의미라서 시인 스스로 설명할 수 없는 것"(『상징시학』 97쪽)이어야 한다고 말이다. 개념적 정의로는 매우 합당한 말이다. 그러나 규명할 수 없는 의미들을 모두 '초월'로만 처리할 수는 없다. '야함이 곧 선함'이라는 그의 주장을 초월할 경우 우리는 마광수의 시에서 아무 의미도 건져낼 수 없다. 어느덧 짝을 찾아 나선 화자의 행동을 보자.

사랑해요, 당신을 사랑해요.
저는 지금 매달리고 있어요.
당신의 페니스에, 당신의 혓바닥 놀림에.
지금이에요, 어서 오셔요, 빨리 오셔요.

—「오셔요, 급해요」 부분

수의를 입은 채 재판을 받기까지 한 시인에게 이제는 그 어떤 금기도 없다. 망설임이 없어진 것이다. 동성애뿐만 아니라 그룹 섹스, 항문성교, 동물과의 섹스, 시체와의 섹스……. 구역질이 날 정도로 온갖 변태적인 섹스를 묘사하고 있다. 남녀 간의 성행위도 욕구의 자연스런 분출이라기보다는 일부러 위악적으로, 퇴폐적으로 묘사한다.

알몸으로 서로 섞여 마구 뒹구는
너희들의 그 지랄스런 그룹 섹스

—「너무 섹시하다」 부분

손가락 세 개로 보지를 같이 공략하면
평소에 30분 걸리던 게 한 5분 만에 좌악 올라온다니깐

그리고 애널용 페니스는 따로 있어
적당히 가늘고 딱딱해야 해

—「애널(Anal)의 추억」 부분

나는 밤마다 몰래몰래
병원의 시체 냉동 보관소에 들어간다
그래서 힘겹게 시체를 꺼내어
차가운 시체와 성교를 한다

—「네크로필리아」 부분

페팅, 펠라티오, 쿤닐링구스, 삽입

때리기, 맞기, 밟기, 찌르기

내가 누는 오줌 네가 받아먹기

네가 누는 똥 내가 받아먹기

개와의 섹스, 돼지와의 섹스

시체와의 섹스, 목 조르며 하는 섹스

근친상간의 쾌감, 오이디푸스 콤플렉스의 해소

촛농 떨어뜨리기, 촛농 속에 녹아들기

불에 담근 쇠로 낙인찍기, 아예 불타 없어지기

보지고리 잡아끌기, 자지고리 잡아끌기

—「순간의 황홀과 만나다」부분

　섹스예찬론자답게 그룹 섹스와 애널 섹스를 예찬하나가 섹스에 대한 이런저런 것들을 박물학적으로 수집하기도 한다. 시에 따라 자극의 정도가 다를 뿐, 적극적인 구애와 자극적인 성행위가 시집의 전체적인 분위기를 지배하고 있다. 시간(屍姦)이나 수간(獸姦)은 예로부터 전해져온 인류의 악습 중 하나라고 해도 근친상간을 '쾌감'과 '황홀'로 표현한 부분은 인류가 금기로 간주한 것을 무시하는 위험한 내용이다. 더군다나 아버지와 딸과의 성애를 천연덕스럽게 묘사하는 장면에 이르면 이것이 과연 마광수가 추구한 '인권'과 '민주주의'와 부합하는 것인지, 의구심을 갖지 않을 수 없다. '에로스를 옹호함'이란 제목으로 쓴 시집의 머리말에는 이런 주장이 나온다.

참된 민주주의가 자유와 다원(多元)을 기반으로 삼는다는 것을 떠올려볼 때, 인권의 가장 중요한 부분으로 간주되는 성적 자유는 더 이상 그저 동물적이고 시시한 욕구 충족에 그치지 않는다. 조금만 과장해서 얘기하자면 이런 것이다. 그대의 배꼽 아래가 원하는 것을 부정하지 말라. 그것이 곧 민주주의로 나아가는 촉매제로 발화할 것이니, 그대의 성욕이야말로 참된 정치의 원동력이 아니더냐!

—시집 『에로스를 옹호함』, 서문에서

그의 주장대로 자유로운 성 담론을 통해 우리 사회의 금기와 억압이 해소되면 그만큼 인권이 신장되고 민주주의가 진전될지도 모른다. 북유럽처럼 자유로운 성 문화가 전개되면 그 덕에 성 범죄율이 떨어질지도 모른다. 하지만 아래의 시를 보자.

아주 야하고 예쁜 여자를 만나

아주 야하고 예쁜 딸을 낳고

그 애가 사춘기쯤 된 다음

나, 마누라, 딸 셋이서

트리플 섹스를 하면

참 재미있을 거야

머리 꼭대기까지 올라오는

진짜 오르가슴을 느낄 수 있을 거야

—「금기(禁忌)는 진짜 오르가슴」 전문

우리 딸아이는 아빠의 정액을 먹고 자랐어요.
딸애가 "정액이 뭐예요?"라고 묻기에
"정액은 오줌처럼 싸는 거란다, 엄마도 짠단다."
라고 대답해 줬지요.

(중략)

"아빠한테 가자, 옷 벗고 같이 가자.
아빠가 너에게 정액을 줄 거야."
"그건 아빠 거잖아요?"
"아니 니 꺼야."

—「행복한 우리 가정」 부분

이렇게 극단적인 상상력이 시인의 개인적 망상에 그쳤다면 좋았을 것이다. 이런 시가 인권과 민주주의를 신장시킬 리 만무하다. 이것이 아무리 원시사회로부터 내려온 뿌리 깊은 콤플렉스라고 할지라도 이런 시가 문학 안으로 들어온 것에 대해서 같은 시인으로서 수치심을 느낀다. 아버지와 어머니의 '성' 사이에 딸이 껴드는 '트리플 섹스'는 패륜이다. "우리 딸아이는 아빠의 정액을 먹고 자랐어요."라고 말하니 짐승세계와 무엇이 다르단 말인가. 이러한 시들에서 내적 의미를 아무리 찾아내보려 한들 헛수고일 뿐이다. 마광수 시에서 애매성이나 다의성을 기대하는 일은 일찍 접어야 한다. 마광수가 열망했던 사회가 성적 본능에 충만

한 인간들이 밤이나 낮이나 오로지 성행위에만 몰두하는 사회는 아니었을 것이다. 아무런 제약 없이 자유롭게 성적 본능을 구가하고 충족시키며 사는 것이 그가 원하는 사회라고 한들 극단적인 자유방임과 패륜은 사회질서를 위해서 용납되어서 안 된다. 시가 이렇듯 인간을 추악한 존재로 전락시키는데, 이 모든 것을 시인의 '사랑학 개론'으로 인정해야 할까. 당시 성 소수자들의 현주소를 시 형식을 빌려 보고하고 있지만 이러한 소재로 시를 써야 했던 마광수의 내면은 헤아리기 어렵다. 과거에 신성모독을 좀 심하게 했다는 자책 때문인지 예수의 탄생일을 이렇게 달리 묘사, 면피를 시도한다.

> 주여, 이제 한 해가 저물어가고 있습니다.
> 이제 당신의 탄생일도 얼마 남지 않았습니다.
> 함박눈 펑펑 쏟아지는 축복받은 크리스마스,
> 이 세상 모든 이들이 포근한 행복감에 젖는 크리스마스,
> 특히 가난한 자, 아픈 자, 슬퍼하는 자들이
> 진정 당신의 사랑에 벅차 기쁜 눈물 흘릴 수 있는 크리스마스,
> 온 겨레 평화의 축제로서의 크리스마스가 되게 하소서.
> 아, 무엇보다도 마음이 가난한 자들의
> 거룩한 기쁨의 날들이 되게 하소서.
>
> ─「당신의 탄생일을 기다리며」 부분

1976년에 쓴 「죽음 앞의 예수」와는 판이하게 다르다. 신실한 크리스천인 양 이렇게 기도조의 시를 쓰고 있지만 시집 『야하디 얄라숑』을 통틀어 이런 시는 몇 편 되지 않는다. 여타 시의 내용도 거의 비슷하다. 호기심의 단계를 넘어서, 몸으로 실현하기를 욕망하는 쾌락주의자의 육체 예찬론이다. "즐겁고 쾌락한 섹스토피아"(「야하디 얄라숑」)가 마광수의 이

상향이었다. 섹스토피아가 그가 꿈꾸는 세상이었다니, 당연하다는 생각
이 드는 한편으로 왜 인간의 모든 사고와 행동을 에로스로 집중시키는
지, 그것이 안타깝다. 인간에게 에로스는 생명력이 발현되는 중요한 에
너지다. 하지만 인간의 본능 중 유독 성에만 집착하고, 그것의 충족만이
행복이라고 말하는 마광수식 쾌락주의에는 동의할 수 없다.

4. 몸 사랑을 하지 못한 자의 죽음

 궁금하다. 2010년대에 들어 발간된 『일평생 연애주의』와 『모든 것은
슬프게 간다』에서도 육체에 탐닉하는 이전의 기조를 계속해서 이어가고
있는지?

 당신은
 어떤 남자 품속에 있고

 나는
 어떤 여자 품속에 있고

 당신은 나를 생각하며
 어떤 남자와 키스를 하고

 불쌍한 나,
 불쌍한 당신!

 사랑은 여전히

우리 두 사람 마음속에 있는데.

—「세월」 전문

　이 시에서 가장 중요한 시어는 '품속'이나 '키스'가 아니다. '생각'과 '마음속'이다. 마광수 식의 사랑은 "서로 물고 빨고 할퀴고 뜯어"(「변태」)야지 온갖 시름을 잊을 수 있는데 여기서는 서로에 대해 생각을 해야 하고 마음으로 서로를 느껴야 한다. 전에는 화자가 쾌락이 충족되지 않으면 수음을 하거나 마음속으로라도 변태적인 상상을 했는데 이제는 버림받아도 "이상하게 뿌듯해/행복하고 감미로워" 하면서 마음을 달래는 경지에 이른다.

　　나는 그저 당신을 새장 속에서
　　슬프게 바라볼 수 있을 뿐
　　낮이나 밤이나 홀로 서럽게 울며
　　당신 사랑을 기다리고 있을 뿐.

　　그런데도 나는 이상하게 뿌듯해
　　행복하고 감미로워.
　　내가 비록 날아갈 수 없는
　　차가운 박제 새가 돼버리고 말았어도.

—「어느 마조히스트의 모노로그」 부분

　몸과 몸이 만나 진하게 애무하거나 삽입을 해야지 충족의 기쁨을 누릴 수 있었던 과거의 사랑법이 이렇게 많이 바뀌어 있다. 『일평생 연애주의』에서 마광수는 성에 대한 태도가 바뀌었다며 그 양상을 아래와 같이 보여주기도 한다.

성교는 연애의 절정이 아니라
사랑의 종말이에요.

오랜 연애 끝에 드디어
삽입성교를 하게 되면
사랑은 대개 끝장을 고하죠.

(중략)

사랑은 그저
바라보는 것이어야 해요.
사랑은 그저
애태우는 것이어야 해요.

—「사랑은 그저 바라보는 것」 부분

이전에 그의 사랑은 육체가 얻는 쾌락에 집중되어 있었다. 특히 '삽입성교'는 그의 시집에 너무나 자주 나오는 성애의 한 장면이었다. 그런데 『일평생 연애주의』에서는 양상을 조금 달리한다. 물론 "살을 섞는 만남, 피부끼리의 살갗접촉(skinship)에 의한/섹시섹시한 만남만이/진짜 이심전심의 만남이 될 수 있어"(「정신적 사랑은 가라」)라고 하면서 예전의 본성을 드러내기도 하지만 다음과 같이 그답지 않은 돌발적인 발언도 한다.

사랑의 목적은 섹스가 아니라
끊임없이 다른 이성들과 애인을 비교 분석하며
탐미적 경탄에 따른 만족감을 갖고서,
사랑하는 사람을 남들에게 자랑하고 싶어하는 것입니다.

그래서 더 아름다운 대상을 만나게 되면
그때까지의 사랑은 늘 슬프게 끝나게 되는 거구요.

—「사랑은 언제나 슬프게 끝나요」 부분

'제 눈에 안경' 하는 식으로 이성을 만나게 되었을지라도, 더 마음에
끌리는 사람을 만나게 되면 과거의 사랑은 금세 눈 녹듯이 사라져버리
고 만다는 것이다. 이 시에 중요한 메시지가 있으니, "사랑의 목적은 섹
스가 아니라"는 말이다. 지금까지 마광수의 시에 있어서 이성이란 섹스
파트너에 지나지 않았다. 육체에 끌려서 만난 이성과는 "그래서 더 아름
다운 대상을 만나게 되면/그때까지의 사랑은 늘 슬프게 끝나게 되는"
것이다. 이제는 이별의 아픔을 다룬 시도 종종 눈에 뜨인다. 이성 간의
사랑을 오직 몸으로 만나는 사랑으로만 이해하고 인정했던 예전의 태도
가 바뀌어 이런 시도 쓴다.

머리 풀고 흐느끼는 나뭇잎
창백한 얼굴이여

그대와 나의 안쓰러운 입맞춤
내 눈에 고여 흘러내리는 눈물

흩날리는 낙엽이 눈 내리듯
그대의 눈물이 비 내리듯

—「출발」 전문

제목의 뜻은 그냥 출발이 아니라 새 출발이다. 마광수 시인이 이별을
노래하게 되었다는 것이 뜻밖이다. 시인의 관심사가 전에는 희로애락애

오욕(喜怒哀樂愛惡慾) 중 '욕(慾)'에 치중해 있었는데 이제는 앞의 여섯 가지에도 관심을 기울이고, 생로병사에도 관심을 두게 되었다. 특히 노인층은 중요한 소재가 된다.

젊어서의 눈물은 아름다워 보이지만
늙어서의 눈물은 추해 보인다

늙어서의 슬픔도 동정을 받을까

젊어서의 고독은 멋있어 보이지만
늙어서의 고독은 징그러워 보인다

—「늙어서의 슬픔도 동정을 받을까」 부분

시인도 어느덧 나이가 60대로 접어들고 있었고 동년배나 윗대의 삶에 관심을 기울이게 되었다. 그들은 성적 기능이 많이 떨어지고, 이제는 성생활이 문제가 아니라 삶 자체, 즉 생존이 문제가 된다. 죽음 이미지도 시에 자주 나온다.

죽음이 찾아오기 전에 먼저 죽어버리고 싶어요
흐흐흑 느껴 우는 제 모습이 보이지 않나요?
무정한 당신 매몰찬 당신 얄미운 당신

—「검은 상처의 블루스」 부분

사랑 말고는 아무런 관심이 없었던 때도 있었는데
섹스 말고는 아무런 즐거움이 없었던 때도 있었는데

이제는 사랑보다도 무식한 지식인들의 모럴 테러리즘에 더 관심이 가고
(아니 관심이 아니라 왠지 모를 피해의식이 느껴지고)

섹스로 풀기보다는 글로 풀어내는 시간이 많아지고
(그러나 글로 푸는 것이 섹스보다 더 즐거운 건 아니고)

— 「이 서글픈 중년」 부분

나는 늙었다 지쳤다 피곤하다
사랑 없음의 외로움
섹스 없음의 괴로움

돌아오라 내 청춘
돌아오라 내 꿈들
잘 가라 내 고독
잘 가라 내 수음
푸른 꿈이여 지금 어디에

— 「푸른 꿈이여 지금 어디에」 부분

　　이런 일련의 시에서 마광수는 노년의 '섹스 없음'을 통탄하지만 이미
몸은 피 돌림이 원활하지 않다. 「그녀가 알면 날 사랑하지 않을까 두려
웠기 때문에」라는 시를 보면 화자가 가발과 남성 심벌 보형수술과 가짜
가슴털과 틀니로 여자를 속이는 이야기가 나온다. 중년남자가 가발을
할 수도 있지만 뒤의 세 가지는 독자에게 씁쓸한 미소를 머금게 한다.
남자가 자신의 심벌을 성형하면서까지 여성을 욕망하는 장면이 독자에
따라서는 안쓰럽기도 하고 공감대를 형성하기도 할 것이다. 그런데 이
시집에서 특히 눈길을 끌어당기는 것은 '자살'이라는 시어다. 그것도 여

러 차례 나온다.

자살하지 않고 그나마 편안하고 태평스런 마음으로
이 거친 세상을 살아갈 수 있는 방법은
쾌락주의자나 염세주의자가 되는 길밖에 없어

다시 말해서 윤리적이고 삶에 긍정적인
멍청하게 착한 휴머니스트가 되면
절대로 절대로 안 된다는 거지
아예 삶에 희망을 갖지 말아야 한다는 거지

절망보다 오히려 더 두려운 게 희망이야
미련스레 희망을 품고 있다가 그 희망이 좌절되면
사람들은 너무나 쉽사리 자살충동에 빠져들게 돼

하긴 자살하는 삶이 반드시
불행한 삶이라고 볼 수도 없겠지만

―「쾌락과 염세만이」 부분

환갑 한 해 전에 출간한 『일평생 연애주의』에서 마광수는 이렇게 자신이 그간 많은 고초와 수모를 받았으면서도 자살하지 않고 버틴 이유를 위와 같이 설명한다. 헛된 희망을 버리고 쾌락주의와 염세주의의 극단을 오가면서 죽기/살기가 서로를 끌어당기는 삶을 살아와서 지금까지 자살하지 않고 버틸 수 있었다는 것이다. 희망을 품었다가 좌절되면 자살하게 되니까 자신은 아예 희망을 갖지 않고 살아와 지금까지 버틸 수 있었다고 말하는데, 그럼 2017년 9월 5일의 자살은 희망을 품었기 때문일까? 그보다는 자신의 무료한 삶에 절망했기 때문이다.

그대가 나를 야멸차게 차버리고 도망간 후
나는 너무나 슬퍼 매일 밤 술을 마시며
<u>스스로</u> 목숨을 끊어 죽어버릴 생각만 했지

그런데 차츰차츰 시간이 지나고
세월이 강물 흐르듯 흘러가면서
나는 자살충동에서 기어이 벗어날 수 있었어

—「잘 가라, 내 청춘」 부분

한창때였다. 사랑을 잃고 자살할 생각도 해보았지만 세월이 치료를 해
줘 자살충동에서 벗어날 수 있었다고 한다. 자살을 자주 운위한 그녀가
정말로 자살했는지 궁금히 여기고 있다면서 이런 시도 쓴다.

같이 허무를 느끼고
함께 퇴폐를 맛보았던 그녀.

"이렇게 빈둥거리며 지내다가, 늙어서 몰골이 추해지면 성큼 자살해 버리고
마는 게 가장   좋은 삶이 아닐까 하는 생각이 들 때가 많아요."
라고 말하곤 했던 그녀.

그럴 때마다 나는 이렇게 대답해주곤 했었지.
"그것도 썩 괜찮은 생각이군. 하지만 자살이 어디 그리 쉬운가?"

그러면 그녀는 내게 다시 말했었지.

"쉽지 않겠죠. 그러니까 내가 나이 먹어 추해 보인다고 생각될 때 나를 죽여
줘요."

—「추억」부분

이 추억이 시인 자신이 실제 겪었던 일에 대한 추억인지는 확인할 길
이 없다. 다만 "'허무'와 '퇴폐'가 없는 삶이란 사실 가장 위선적인 삶일
거야."라는 말에 이 시의 주제가 함축되어 있다. 허무주의자와 퇴폐주의
자의 요소를 다 갖고 있던 그녀가 "정말로 자살했을까, 나처럼 질깃질깃
살아가고 있을까." 궁금하다고 한다. 그런데 정작 자살에 성공한 사람은
그녀가 아니라 시인 자신이었다.

그의 마지막 시집 『모든 것은 슬프게 지나간다』는 자신의 성 담론의
총결집이라고 할 수 있다. 노골적인 성애에 대해 예찬하는 시가 즐비하
게 나온다. 간간이 이 땅의 지식인들에게 '민중적 위선'을 털어버리라고
충고하기도 한다. 하지만 노골적인 성애 예찬의 시는 사춘기 소년들이
하는 낙서 수준이다. 시로서의 완성도는 전혀 찾아볼 수 없다. 실제로는
성행위를 할 수 없으므로 시를 쓰면서 상상을 하고 카타르시스를 할 뿐
이다. 한 편만 예로 든다.

어제 너와 만나 장미모텔 가고
오늘도 너와 만나 국화모텔 가고

나는 너와 섹스한다 불꽃처럼
너도 나와 섹스한다 소나기처럼

남자는 불
여자는 물

물로 불을 끌 수는 있지만
불로 물을 막을 수는 없다

그래서 나는 섹스 끝에 매일 죽는다

그래도 나는 너를 매일 만난다
너의 보지는 정말 쫀득해

—「너의 보지는 정말 쫀득해」 전문

이 시의 화자는 매일 모텔에 가고 매일 섹스한다. 이혼한 이후 마광수
가 자신의 성욕을 글을 통해서만 해결했는지는 알 수 없다. 아마도 이렇
게 시를 쓰면서 상상 속의 만족을 얻었을 것이다. 거듭 말하지만 그의
시는 대부분이 이룰 수 없는 것을 펜 끝에서 이루려고 하는, 사춘기 소
년의 낙서 수준에 지나지 않는다. 다만 다음과 같은 시는 경청할 만하다.

여인들의 거칠고 투박한 손만이
아름답다고 외치는 민중적 위선을 털어버려라
여인의 희고 가는 손과 길디긴 손톱이
네 가슴을 쓸어내릴 때 맛보는 쾌락을 숨기거나
손가락질하며 힐난하는 가식 덩어리들이여
어서 가자, 야하고 솔직한 장미여관으로

—「이 땅의 지식인들에게」 부분

그 '하나'에만 매몰되어 '다른 관심들'과
'다른 본능들'을 묵살해버리는 것은

인간의 다양한 참 모습에 대해 눈감고 외면하는
맹목적 아집(我執)에 불과할 뿐이라는 것을
머리 좋은 그는 어찌 그리도 몰랐던 것일까?

—「박노해 시인과 야한 여자」 부분

어떤 사람들에게 매우 부자연스럽게 보일 수도 있는 여자의 긴 손톱에 내가
특별히 집착하는 이유는, 그것이 인간의 폭력성을 완화시켜주거나 아예 없애줄
수 있기 때문이야. 나는 그것을 탐미적 평화주의라고 부르는데, 이를테면 손톱
을 아주 길게 기른 여성은 손톱이 부러질까봐 겁을 내어 남자를 쉽사리 할퀼 수
없는 것과도 같은 이치지.

—「페티시즘과 탐미적 평화주의」 부분

이런 시는 그나마 자신의 주의·주장이 담겨 있어 주제를 도출해낼
수 있지만 여타의 시는 치졸한 섹스 예찬에 그치고 있어 문학성을 찾을
수 없다. 시인의 심리는 많은 경우 관음증의 양상을 보이기도 한다. 성
교합을 간절히 바라지만 실현할 수 없는 아쉬움에 그 장면을 펜으로 그
려놓고 즐기는 심리와 크게 다르지 않다. 이 시집에서도 주목을 요하는
시는 자살에 대해 언급한 것이다.

예술가가 자살을 하면 멋있고
승려가 분신자살을 하면 소신공양(燒身供養)이고
혁명가가 자살을 하면 열사(烈士)가 된다
이건 참 우습다
자살에 무슨 의미가 있는가?

—「자살에 대하여」 부분

직접적인 동기가 무엇인지 알 수 없지만, 아마도 이 무렵에 들어 더욱더 자살에 대해 생각하게 된다. "자살에 무슨 의미가 있는가?" 하고 스스로 물어보더니 이런 결론에 다다른다.

> 자살이나 자연사나 병사(病死)나 무엇이 다른가?
> 죽는다는 것은 다 같은 것이다
> 개의 죽음이나 소의 죽음이나
> 파리의 죽음이나 인간의 죽음이나
> 다 같은 거지 무엇이 다르단 말이냐
>
> ―「자살에 대하여」 부분

시인은 기독교의 천국행도 불교의 윤회설도 믿지 않았다. "『성경』의 동정녀 잉태 얘기나/예수 부활 얘기는 다 엉터리야/어떻게 죽은 사람이 다시 살아난단 말야?/너 그런 사람 본 적 있어?"(「신앙보다는 상식」) 같은 구절이나 "사람만 죽어서 내세(來世)로 가고/동물들은 죽으면 그만이라는 생각은/지극히 오만방자한 생각이야//인간이나 동물이나/죽으면 그걸로 말짱 끝나버리지"(「내세(來世) 타령 하지 마」) 같은 구절을 보면 그가 쾌락주의자가 된 이유를 짐작할 수 있다. 종교적 구원을 얻거나 해탈의 경지에 다다르는 것을 하잘것없다고 생각한 그로서는 현세에서 삶의 기쁨을 누리되 그중 육체적인 쾌락이 최상의 것이라는 결론에 다다른 것이다. 그런데 오로지 글로써 그 쾌락을 부르짖는 일이 지긋지긋해진 것이 아닐까? "더 그릴 대상이 없고/더 살아봐야 재미가 없을 것 같아서 죽었다"고 본 고흐의 죽음은 그에게 자살의 명분을 주었을 것이다.

> 그러다가 그냥 죽고 싶어 죽었다
> 스스로의 본능을 더 처리할 길이 없어 죽었다

더 사랑할 상대가 없고, 더 그릴 대상이 없고

더 살아봐야 재미가 없을 것 같아서 죽었다

―「빈센트 반 고흐」 부분

고흐의 죽음을 이렇게 인식한 마광수에게 60세 이후의 삶이란 구차한 것이었다. 글에 대한 의욕도 예전 같지 않고 섹스 타령도 시들해졌을 것이다. 8권 시집 1,000편의 시가 사실은 천편일률적으로, 장미여관에서 자유롭게 섹스하자는 주장을 담은 시편이었다. 시인의 우울증과 과거지사에 대한 회한, 주변사람들에 대한 서운함도 적지 않게 작용했을 테지만 결국 예술적 한계가 그를 죽음으로 이끈 가장 큰 이유가 아니었을까. 시집에는 유고시의 의미가 담겨 있는 짧은 시가 한 편 나와 있다.

소낙비 소리는

물이 자살하는 소리

나도 소낙비 속으로 뛰어들어

같이 자살하고 싶다

―「소낙비」 전문

그는 시를 쓰면서 '~~을 하고 싶다'고 수도 없이 말했는데 실행을 해본 적은 많지 않았을 것이다. 의지는 강했지만 실행을 하기에는 많은 제약이 있었기 때문에. 그런데 마광수는, 시에서 "자살하고 싶다"고 쓴 것은 직접 실행했다. 만 66세, 길지 않은 생이었다. 자살 8개월 전에 발간한 『시선』은 그간의 시를 모은 시선집이기에 본고에서 검토 대상으로 하지 않았다.

5. 에필로그 : 육체성에의 한계

지금까지 나온 8권의 시집 중 『가자, 장미여관으로』 『야하디 얄라숑』 『일평생 연애주의』 『모든 것은 슬프게 간다』를 중심으로 이상과 같이 마광수의 시세계를 살펴보았다. 그의 시 가운데 대표작으로 삼을 만한 작품이 없다는 것이 매우 안타깝다. 현실주의자로 돌아와 펜을 들었더라면 시에 어떤 변화가 생겼을까 궁금할 따름이다. 마광수의 시를 읽는 동안, 1920년대 우리 시단을 풍미했던 퇴폐적 상징주의 시인들의 이름, 예컨대 박영희, 박종화, 황석우, 홍사용 등이 떠올랐지만 그들의 시가 진정성 있는 '작품'으로 평가된 적이 없었기에 이 또한 안타깝다. 본인의 시론이라고 할 수 있는 '상징시학'이 시에서 제대로 구현되지 못한 점도 아쉽다. 시론에서는 그토록 강조한 상징을 에로스에만 연결시킴으로써 존재론적 상징을 놓친 점에 대해서도 같은 심정이다. 문학의 존재 이유 중 쾌락 향유도 분명히 있으나, 마광수의 경우 그것이 오직 육체성에 집중되어 있는 점은 한계로 드러난다. 정신적 쾌락과 즐거움을 지운 채 육체적 쾌락만으로 문학의 효용을 운위하기에는 마광수의 실험이 전반적으로 단순하고 소박했었다는 점을 확인할 수 있었다.

순교자에서 작가로, 외설에서 작품으로

마광수론

최수웅(단국대 교수)

이 사건이 10년 후만 돼도 우스꽝스러운 사건으로 치부될지
도 모른다는 것을 재판부는 알고 있다. 그러나 어디까지나 현
재 상황에 입각하여 법적 판단을 내려야만 한다.

— 송기홍 재판장, 항소심 재판 제2차 감정 중 발언

1. 그를 둘러싼 논쟁들

마광수에 대한 논쟁은 이미 시효가 지났다. 아니, 지났어야 마땅하다.
애당초 논의할 여지가 적었으므로. 1992년 10월 마광수가 구속되고, 같
은 해 청하출판사에서 발간된 『즐거운 사라』에 대한 판금 조치가 이루
어지며, 몇 차례의 재판이 진행되면서 세간의 관심이 집중되었다. 하지
만 담론은 빈약하기만 했다. 외견상으로야 공방이 진행된 것처럼 보이
지만, 그 내용은 연극의 방백(傍白)에 더 가깝다. 같은 무대에 올랐으나
각자 자기 말만 늘어놓았다. 상대를 설득하려고 노력하지 않았고, 수용
하거나 조율하기 위한 노력도 없었으며, 그저 답을 미리 정해놓고 과정
을 우겨넣었을 뿐이다. 이를 논쟁이라 할 수 있을까. 그보다는 비논리에

저항하는 논리, 몰상식에 맞서는 상식, 억압에 대항하는 자유 등으로 설명하는 편이 올바르리라.

무엇보다 검찰의 주장에 타당성이 결여되었다. 예술에 대한 소양 부족이야 차치하더라도, 법치(法治)의 근간이 되는 공평성과 절차적 적합성을 갖추지 못했다. 여기에 동조하는 주장의 상당수도 논리보다 감정 토로 혹은 취향 고백의 수준에 그쳤다. 이 진영을 대표하는 사례로 당시 간행물윤리위원회 위원장이었던 이원홍이 제기한 "책의 내용이 건전한 국민정서에 위배되고 자라나는 청소년들에게 성에 대한 잘못된 인식을 심어준다면 본 위원회에서는 당연히 이를 제재해야 한다."[1]는 주장을 들 수 있다. 관점과 입장의 차이를 고려하더라도, 이 견해의 한계는 명백하다. 무엇보다 객관적인 논증이 어려운 까닭인데, 핵심개념에 해당하는 '건전한' '국민정서' '잘못된 인식' 등은 모두 막연하기만 하다.

반면 반대 진영은 시작부터 논리를 내세웠다. 1992년 11월 7일 열린 구속적부심 판결에서 마광수가 스스로 제기한 바 "제가 주장하는 것은 성해방이 아니라 성에 관한 논의의 해방입니다."[2]라는 주장이 대표적인 사례다. 이후 여러 논객들이 참여하는데, 그들의 견해는 대체로 상대 진영의 핵심 주장인 '음란'의 모호성에 대한 지적, 예술작품을 법률 혹은 정치의 관점에서 규제하려는 의도에 대한 비판, 예술가에게 주어진 '표현의 자유'에 대한 옹호 등의 방향으로 제기되었다. 이러한 내용은 1994년 강준만의 「마광수를 위한 변명」를 통해 체계적으로 정리되었으며, 그 주장의 핵심은 다음과 같다.

오늘의 쓰레기가 내일의 명작이 될 가능성이 단 1퍼센트에 불과하다 해도 그

---

1 스포츠서울, 1992. 11. 04. 이원홍 인터뷰
2 동아일보, 1992. 11. 08.

1퍼센트의 가능성은 존중받아야 마땅하다.

　물론 마광수에게 허용되어야 할 '표현의 자유'는 그가 물적 조건의 변화를 수반한 진정한 의미의 성 해방과 그 전제 조건으로 우리 사회의 정치 경제적 억압 구조의 청산을 위해 노력할 때에 비로소 그 제값을 찾게 될 것이다. 그러나 그건 마광수가 우리 사회의 정신적 지도자가 되기 위한 조건일 수는 있어도 그것이 마광수를 매도해야 할 이유는 되지 못한다.[3]

이후의 전개는 지금까지 살펴본 내용들에서 한 걸음도 나아가지 못했다. 적어도 논리의 측면에서 보면 분명히 그렇다. 물론 이런 현상이 논쟁 참가자들의 게으름에서 비롯된 것은 아니다. 오히려 논점이 지나치게 명백했기 때문에 벌어진 일이다. 이러한 한계는 현재에도 고스란히 적용된다. 마광수에 대한 논쟁은 더 이상 가치가 없다. 의미가 퇴색된 것이 아니라, 새로운 견해가 나올 만한 여지가 적기 때문이다.

바로 이런 맥락에서 마광수 논쟁은 참혹하다. 귀를 닫은 권력에 의해 맥없이 고꾸라지는 논리의 허약함을 여실히 보여주었다.[4] 전후 맥락을 가늠하기보다 자극적인 일부에만 관심을 두는 우리 사회의 민낯도 여실히 드러났다. 결국 논쟁은 '낙인찍기'만 남기고 마무리되었고, 마광수는 끝내 순교자가 되었다.

---

3 강준만, 「마광수를 위한 변명」, 『실천문학』, 1994. 겨울호, 332쪽.
4 이에 대해서는 『즐거운 사라』의 발행인으로 마광수와 함께 고초를 당했던 장석주도 증언한 바 있다. "저는 표현의 자유와 외설이란 법적 규제가 정면으로 충돌했을 때 우리 사회의 품이 그렇게 좁진 않을 거라고 낙관적 기대를 갖고 있었던 것 같아요. 그런데 기대와는 달리 상당히 엄혹한 잣대를 들이대고 최악의 사태가 벌어진 거죠. 검찰 권력이 얼마나 막강해요. 개인이 권력에 맞서 할 수 있는 일이 없어요. 모든 걸 감당해야 했고, 거기서 생겨나는 피해와 손실은 온전히 제 몫이었죠."(서재경, 「장석주 시인이 본 마광수」, 『여성조선』, 2017.10.15.)

2. 사라를 이해하기 위하여

우리는 대체로 희생자에게 관대하다. 현실에서 억울하게 패배한 이들이 이야기에 등장하면서 다시 주목받는 경우가 빈번한 까닭도 여기 있다. 더구나 그 인물이 시정잡배가 아니라, 나름의 신념을 지키고자 했다면 연민이 형성되기 마련이다. 나아가 그가 죽음에까지 이르렀다면, 더 이상의 평가는 무의미해진다. 그리하여 선동가보다 희생양이, 희생양보다 순교자가 힘이 세다.

마광수는 순교자가 되었다. 스스로 원한 일은 아니겠으나, 전혀 의도가 없었다고 보기도 어렵다. 그는 논쟁 이후 발표한 여러 편의 글에서 "나는 시대를 앞서간 내용의 책을 너무 많이 썼기 때문에 결국 화를 당할 수밖에 없었다."[5]는 맥락의 주장을 거듭했는데, 이는 마광수에 대한 평가로 수용되기도 했다. 그렇지만 이 설명은 아직 절반의 진실이다.

마광수가 당시 통념에서 벗어난 글을 써서 피해를 받은 것은 분명한 사실이다. 그러나 그의 작품이 '시대를 앞서간 내용'을 담고 있는지에 대해서는 충분히 검토되지 않았다. 문제를 촉발했던 『즐거운 사라』마저도 '음란성' 판단을 목적으로 표현의 수위를 따졌을 뿐, 예술적 성취는 평가되지 않았다. 오히려 판매금지 조치가 이루어지면서 평가를 받을 기회 자체를 박탈당했다. 바로 이것이 비극의 핵심이다. 지금까지도 마광수와 그의 작품은 풍문의 대상이지, 감상의 대상이 되지 못했다.

그러므로 올바른 이해를 도모하기 위해서는 우선 '마광수'라는 대상에서 논쟁을 걷어내고, 그의 작품을 읽어내는 작업이 이루어져야 마땅하다. 지금까지 작품에 대한 평가는 김성수의 「마광수의 소설 세계, 《즐거운 사라》의 이해를 위하여」가 유일하다. 이 글은 주인공 사라에 주목

---

5 마광수, 「질투에 대하여」, 『나의 이력서』, 책읽는귀족, 2013, 270쪽.

하면서 "상투적, 보편적 주제인 사랑의 문제를, 정신적인 차원에서만이 아니라 육체와 정신을 동시에 아우르고" 있으며, 그를 통해 "우리 사회의 이중적인 성적 담론의 위선을 위악적(僞惡的)으로 전복"시켰다고 평가했다.[6] 여기에서 인물의 독창성에 대해서는 이론의 여지가 없다. 적어도 한국문학의 전통 안에서, 사라만큼 자기 육체를 주체적으로 활용한 여성 캐릭터는 드물다. 하지만 그녀의 행위가 '위악적 전복'에 의도를 두고 있는지는 의문스럽다. 물론 작품 안에서 사라는 사랑에 대한 기존의 견해를 뒤엎는 발언을 제기하고 있다.

> 말하자면 그는 나를 완전히 '소유'하고 싶다는 말인 것 같다. 이만하면 됐지 도대체 뭘 더 바라는 것일까? 서로 소유되지 않은 상태로 애무건 섹스건 할 수 있다는 것은 얼마나 홀가분한 일인가? 그런데 왜 그는 갑자기 어린애처럼 칭얼대는 것일까?
>
> —『즐거운 사라』, 55쪽.

이 진술이 사회 비판을 목적으로 한다고 판단하기는 어렵다. 그보다는 단순한 반감이거나 개인적 성향에 더 가깝다. 이런 기조는 작품의 결말까지 그대로 유지된다. 요컨대 사라가 추구했던 전복은 사회 담론으로 확산되지 못하고, 취향의 문제로 국한되었을 뿐이다.

물론 예술작품이 꼭 사회적 의미를 가질 필요는 없다. 개인의 변화와 성취에 대한 주목도 충분히 가치 있는 일이다. 이러한 맥락에서 살펴야 사라의 행동을 보다 선명하게 이해할 수 있다. 서사가 진행되면서 그녀는 연애대상 중 하나였던 한지섭 교수에게 종속되기를 원하기도 하지만, 끝내 자유를 바탕으로 자신의 아름다움을 긍정한다.

---

6 김성수, 「마광수의 소설 세계, '즐거운 사라'의 이해를 위하여」, 강준만 외 5인, 『마광수 살리기』, 중심, 2003, 223쪽.

나는 거울 속의 나를 다시 한번 자세히 들여다보았다.

나는 오늘 따라 이상하게도 아주아주 아름다워져 있었다. 새로운 사랑의 먹이감을 찾아나서는 기분이 들어서 그런지, 오늘 아침보다 훨씬 더 매력적으로 보인다. 왠지 신나는 웃음이 터져나왔다. (……) 자신있게 웃는 모습이 너무나 아름답게만 보였다. 왠지 오늘 밤 진짜 근사한 남자를 만날 수 있을 것 같은 예감이 들었다.

문득 한지섭이 편지에서 말한 '자유' 생각이 났다. 그러나 이상하게도 한지섭 생각은 나지 않았다.

—『즐거운 사라』, 354~355쪽.

인용에서 주목되는 부분은 사라가 한지섭의 영향에서 벗어나 있다는 점이다. 한지섭은 사라가 지적으로 매료된 유일한 남자였으나 "네게 자유를 주고 싶어서"라는 이유로 이별을 통보한다. 사라는 이에 거부감을 느끼지만 이내 수용하고 만다. 그런데 여기에서 수용은 개념에 한정될 뿐, 대상 자체는 의미가 없어진다. 이는 가르침을 자기화하는 과정과 유사한데, 바로 이것이 『즐거운 사라』를 일종의 교양소설로 읽을 수 있는 근거가 된다.

또한 사라가 스스로를 아름답다고 판단하는 부분도 중요하다. 이는 막연한 자아도취가 아니다. 자기 객관화 이후 이루어진 욕망에 대한 긍정으로 보는 편이 타당하다. 이 진술이 '거울 속의 나'를 '자세히 들여다' 보는 행위에 이어 제시되었다는 사실에 주목하면 의미가 더욱 부각된다. 구태여 라캉(Jacques Lacan)을 언급하지 않더라도, 그 행동은 성찰로 이어질 여지가 있다.

물론 모든 수용과 성찰이 교육적 성취로 연결되는 것은 아니다. 특히 작품에서 사라의 변화는 연애대상에 대한 반응일 뿐, 관계에 대한 숙고를 통해 이루어지는 경우가 드물다. 이러한 수동성으로 인해 사라의 성장에 의구심을 느낄 여지도 분명히 있다. 만약 이 작품이 독자들의 동감을 얻지 못한다면, 그것은 노골적인 묘사 때문이 아니라, 성장의 진폭이 크지 않은 서사구조의 문제일 가능성이 크다.

3. 리에와 사라 사이의 거리

작품의 가치는 당대로 한정되지 않는다. 인기 높았던 작품이 얼마 지나지 않아서 외면당하기도 하고, 주목받지 못했던 작품이 재평가 받는 경우도 적지 않다. 하지만 『즐거운 사라』가 현재의 독자들에게 공감을 얻을 가능성은 그리 크지 않다고 판단된다. 그 이유를 확인하기 위해서는 시야를 넓힐 필요가 있겠다.

비슷한 시기에 유사한 논쟁에 휘말렸던 『산타페』를 살펴보자. 이는 여배우 미야자와 리에(宮沢りえ)가 찍은 누드사진집으로 1991년 일본에서 발행되어 인기를 모았다. 1992년 10월 한국에서 정식 출간되었지만 간행물윤리위원회의 제재를 받아 절판된다. 같은 시기에 마광수 관련 논쟁이 촉발되었고 『즐거운 사라』는 판금된다.

이처럼 두 권의 책은 비슷한 과정을 겪었다. 하지만 현재의 반응은 전혀 다르다. 『산타페』와 그 주인공 미야자와 리에는 지금까지 적지 않은 사람들에게 회자되고 있다.[7] 반면 『즐거운 사라』와 그 주인공 나사라는 그저 풍문으로만 기억될 뿐이다. 표면적인 이유는 판금 조치가 철회되

---

[7] 작품뿐만 아니라 미야자와 리에의 행보도 마광수와 유사한 부분이 많다. 물론 그녀가 법적인 처벌을 받은 것은 아니지만, 사진집 발간으로 인해 적지 않은 풍파를 경험했다. 『산타페』가 발간된 다음 해에 스모 선수와 약혼하지만, 누드 사진을 찍었다는 이유로 파혼을 당했다. 이후 거식증과 자살시도를 비롯한 각종 스캔들에 시달리다 활동중단을 선언했다. 하지만 그녀는 끝내 스캔들을 이겨내고 복귀하여 연기력을 인정받는 배우로 자리매김했다. 그에 비해 마광수는 몇 차례 재기를 도모했지만 결국 성공하지 못하고 스스로 삶을 놓아버리고 말았다.

지 않아 독자들과 만날 기회가 없기 때문일 것이다. 하지만 이것만으로 단정하기는 어렵다. 『산타페』 역시 지금은 구해보기 어렵고, 『즐거운 사라』도 도서관이나 헌책방을 뒤지면 구해볼 수도 있다. 그런데 왜 독자 반응에 차이가 있는 것일까, 미야자와 리에와 나사라 사이에는 얼마만큼의 거리가 존재하는가?

답을 찾기 위해서는 작품을 살펴봐야 한다. 두 책에서 가장 분명한 차이는 담론의 존재 여부다. 『산타페』에는 담론이 없다. 그저 미야자와 리에의 이미지만 제시할 뿐. 반면 『즐거운 사라』에는 담론이 가득하다. 사라 뿐만 아니라 그녀와 관계된 대부분의 남자도 나름의 주장을 펼치고 있다.

문제는 시간이 너무 지났다는 사실이다. 성애 묘사는 여전히 논쟁이 될 수준이지만, 성 담론들은 사뭇 낡았다. 성차에 대한 인식은 남성 중심적이고, 관계의 태도는 폭압적이다. 현재의 기준으로는 분명히 그러하다.

확실히 나는 평범한 보통 여자임에 분명했다. 여자는 본시 강력한 카리스마를 가진 남자 밑에 안주하기를 바라는 동물이라니까 말이다. 교회에서든 학교 강의실에서든, 한 남성이 연단 위에서 청중들을 굽어보며 군림할 때, 청중 속의 여자는 어떤 형태로든 미묘한 쾌감을 느낀다.

—『즐거운 사라』, 201쪽.

여자는 타고난 매저키스트일 수밖에 없고, 또 내가 그동안 갈구해왔던 이상형의 남자가 거칠고 투박한 매너와 쌍스러운 기질을 가진 상대였다는 사실을, 나는 그의 감미로운 욕설에 빠져들면서 새삼스레 확인할 수 있었다.

—『즐거운 사라』, 295~296쪽.

이러한 지적은 작가와 등장인물을 동일시하는 것이 아니다. 위 진술의 주체는 어디까지나 사라, 즉 허구의 캐릭터다. 작가 마광수와 연결시킬 이유도 필요도 없다. 유난스러운 성관계 방식도 서로 합의된 부분이니 문제 삼기 어렵다. 다만 그 주장이 여성을 종속적 존재로 규정하여 성역할의 편견을 조장한다는 혐의에서 벗어나기 어렵다. 작품이 발표된 1990년대 초반이라면 몰라도, 여성주의적인 인식이 강조되는 요즘에 이런 시각에 동감할 독자는 많지 않으리라.

> 창조주가 참으로 불공평한 짓을 했다는 생각이 든다. 또 그쪽 애들의 눈동자 색깔은 어떤가. 파랑색, 회색, 갈색⋯⋯. 아, 나는 왜 하필이면 이렇게 싱겁고 밋밋한 동양 종자로 태어났단 말이냐⋯⋯.
>
> ─『즐거운 사라』, 21쪽.

> 동양사람 특유의 싯누런 피부색깔 때문일까. 백인남자들이 맨발에 샌들을 신고 다니면 좀 봐줄 만할 것이다.
> 아니, 그 사람들은 발뿐만 아니라 얼굴이나 머리카락도 곱게 마련이어서, 아무리 머리카락을 장발로 기르고 다녀도 도무지 지저분해 보이지가 않는다. 그런데 누렇게 뜬 싯누런 피부의 얼굴에다가 새까만 머리털을 길게 기르고 있는 우리나라의 히피 남자들은, 아름다워 보이기는커녕 그저 구질구질하고 추악해 보이기 십상인 것이다.
>
> ─『즐거운 사라』, 295~296쪽.

또한 사라의 진술 중에는 동양을 낮추고 서구를 동경하는 시각이 드러나는데, 그 자체로 우리 안의 오리엔탈리즘이라는 지적을 피하기 어렵다. 여기에서 주목할 부분은 이런 진술이 미추(美醜) 판정으로 귀결된다는 사실이다. 결국 사라가 제기했던 성 담론은 자생적인 것이 아니라 당시에는 생경했던 서구 문화에 대한 어설픈 흉내 내기에 불과하다는 의심도 가능하기 때문이다.

물론 작품이 발표된 당시의 사회인식을 고려하면, 사라의 견해를 근거 없는 비하로 치부하기는 어렵다. 무엇보다 문학작품을 빌미로 작가를 단죄했으니, 법원 스스로 한국 사회의 후진성을 증명한 셈이 아닌가. 하지만 이미 시대가 바뀌었고, 문화예술을 비롯한 여러 분야에서 자존감이 월등하게 높아졌다. 이처럼 변화된 상황에서 사라의 진술은 더 이상 의미를 갖기 어렵다.

4. 시대와의 불화, 혹은 낙오

지금까지 마광수를 둘러싼 논쟁, 그리고 『즐거운 사라』의 의의와 한계를 살펴보았다. 이미 상당한 시간이 지났지만, 문제는 여전히 진행 중이다. 특히 마광수 스스로 벗어나지 못했다. 그는 필화사건 이후에 더욱 왕성하게 저술 활동을 펼쳤으나, 인식과 내용은 그리 변하지 않았다. 여기에 해당하는 사례로 같은 이름을 가진 여성 캐릭터가 등장하는 『돌아온 사라』를 들 수 있겠다.

나는 섹스에 촌스러운 우리나라도 이젠 꽤나 발전했다는 생각이 들었다. 아마 그가 쓴 소설 『즐거운 사라』가 요즘 발간되었더라면, 적어도 음란물 제조죄로 현행범으로 몰려 '긴급 체포'를 당하기까진 않았을 거라는 생각이 들었다.

내가 그런 생각을 얘기했더니 광수 아저씨는 냉소적으로 코웃음을 흘리며 이렇게 말했다.

"그건 네가 착각하고 있는 거야. 뭣보다도 한국은 원칙이 없는 나라거든. 나는 『즐거운 사라』로 잡혀가 실형 판결을 받은 뒤에도 또 한 번 법에 걸려들었다. 2007년도의 일인데, 이번엔 내 인터넷 홈페이지에 실려 있는 내 글들이 음란하다는 이유로 걸렸어. 다행히 구속 기소가 아니라 불구속 기소였지만, 그래도 결국은 유죄 판결을 받았지. 벌금 200만 원 형(刑)이었어. 그래서 나는 전과 2범 신세가 된 거야."

—『돌아온 사라』, 174~175쪽.

마광수는 『돌아온 사라』를 "엄청난 속도로 바뀌어 진 2010년 전후 일부 대학생들의 성관(性觀)을 경쾌하고 희화적(戲畵的)으로 반영시켜 본 소설"[8]이라고 설명한다. 그러나 정작 작품에 제시된 여성 캐릭터는 전작의 주인공 사라를 모방하고, 그런 행동에 대한 근거가 되는 주장들도 유사하며, 심지어 저자와 같은 이름과 직업을 가진 남성 캐릭터의 언술을 통해 한국 사회가 변하지 않았다고 역설하기까지 한다. 이쯤 되면 『즐거운 사라』와의 변별점은 단지 시대배경 밖에 없다고 해도 무방하리라.

나도 그가 야하게 썼다고 잡혀가기까지 했다는 소설 『즐거운 사라』를 갖고 싶었기에 그가 주는 책을 고맙게 받았다. 책 맨 뒤에 적혀 있는 발행 일자를 보니 1992년 8월로 되어 있어서, 내가 광수 아저씨에 대해서 잘 모르고 있었다는 사실에 납득이 갔다. 1992년이라면 내가 겨우 두 살 때였기 때문이다. 그런 생각을 하다보니까 광수 아저씨가 퍽이나 늙어 보였다.

—『돌아온 사라』, 114~115쪽.

문제는 그 사이에 엄혹한 시간이 흘러버렸다는 사실이다. 위의 인용에도 제시되지만, 요즘 세대에게 마광수는 알려진 대상이 아니다. 1990년대 초반에 그와 관련된 논쟁이 촉발된 이유는 성적 취향이라는 지극히 개인적인 욕망과 대의명분을 중시했던 사회 분위기가 충돌했기 때문이

---

8 마광수, 「작가의 말」, 『돌아온 사라』, 아트블루, 2011, 187쪽.

다. 하지만 시대가 변했다. 명분은 사라졌고, 대의는 흔들린다. 누구도 개인의 욕망을 부정하지 못한다. 다만 취향의 너비와 공감가능성에서 차이가 생길 뿐.

아쉽게도『돌아온 사라』는 시대와 마주하지 못했다. 먼저 성적 취향을 논의하는 방향에 한계가 있다. 작가는 사도마조히즘에 대한 긴 설명을 달아 취향의 다양성을 강조했지만, 이는 본질적으로 깊이에 대한 추구이지 너비를 확장하는 방식은 아니다. 오히려 그에게 가해진 '변태성욕' 따위의 비난에 말려든 형국이 되었다. 공감가능성을 충분히 고려하지 않았다는 점도 한계다. 유행하는 대중문화를 언급하고 있지만, 사라의 체험은 대체로 '광수 아저씨'의 인도에 따른다. 그러니 창작의도로 내세운 "2010년 전후 일부 대학생들"의 모습보다, "퍽이나 늙어 보"이는 아저씨의 추억담이 훨씬 농밀하게 제시된다. 나이트클럽이나 호텔커피숍 등등의 장소에서 지난 명성을 회고할수록, 당대를 담아내기는 어려워질 수밖에 없다. 더구나 작가는 작품 속에 스스로를 드러내면서 객관화를 포기한다.『즐거운 사라』에서도 자신과 유사한 한지섭 교수를 등장시켰으나 이름을 바꾸고 캐릭터화를 시도하면서 기본적인 거리를 유지했다. 반면『돌아온 사라』의 마광수 교수는 작가에 훨씬 밀착된 인물이다. 그러니 그의 진술과 주장도 주관적인 변명으로 치부될 여지가 생기고 말았다. 가령 다음과 같은 구절은 입장의 차이가 분명하지만, 오직 작가의 관점에서만 기술해버린 뒤 동조를 구하고 있다.

"(……) 너무 친했던 놈들이 주동을 해서 한 짓이었기에 엄청 쇼크를 먹었었지. 심한 배신감을 느껴서 말야. 그래서 3년 반이나 지독한 우울증을 앓아 가지고 휴직을 할 수 밖에 없었어. 정신과 병원에 입원하기도 하고 자살 기도도 서너 번 해 봤을 정도니까. …… 그 전에는 물론 나도 매일 학교에 나왔었지. 어떤 땐 일요일도 나왔어. 그런데 그런 일이 있고 난 다음부터는 그놈들하고 복도에서 부딪치는 게 정말 싫어지더군. 그래서 강의도 악착같이 이틀로 몰아서 짜고, 학교에 와서도 강의만 하고 퇴근해 버리는 게 버릇이 됐어."

……아아, 그런 가슴 아픈 사연이 있었구나.

―『돌아온 사라』, 74~75쪽.

이러한 한계를 마광수의 탓으로만 돌리기는 어렵다. 누구라도 시간을 거스를 수야 없으리라. 다만 야속하게 시대가 변했고, 그는 발맞춰 움직이지 못했다. 논쟁에 함몰되었고, 참담한 비난에 노출되다가, 방어에 급급해 주변을 돌보지 못했다. 언제나처럼 여론은 쉽게 들끓었다가 슬그머니 고개를 돌렸다. 그리고는 무관심 속에 방치되어 버렸다.

그럼에도 모든 책임은 결국 그에게 귀결된다. 우리의 삶이 본디 그러하듯. 가혹한 무게를 버티고, 상처를 견디는 일은 스스로 감당할 몫이다. 올가미에서 벗어나 새 길을 찾는 일 또한 홀로 감당해야 마땅하다. 누군가 이해하고 위로해줄 수도 있겠지만, 아무도 대신해주지 못한다. 더구나 작가라면, 작가이기에, 자기 글에 오롯이 책임을 져야 한다.

5. 휘뚜루마뚜루 블랙리스트

그런 까닭에 마광수와 그를 둘러싼 논쟁을 점검하는 과정에서 가장 도드라졌던 감정은 안타까움이었다. 무엇보다 마광수가 당했던 상황이 여전히 종결되지 않았다는 사실이 안타깝다. 불과 얼마 전까지 우리는 유사한 현상을 목도했다. 이전 정권에서 작성되었다는 블랙리스트, 이 또한 본질적으로 마광수에 대한 낙인찍기와 다르지 않다. 법에 의한 규제에서 경제력을 이용한 통제로 방법을 바꿨을 뿐. 권력의 입맛에 따라 마구잡이로 이루어졌다는 사실도, 문화예술을 감시의 대상으로 인식했다는 사실도, 본보기를 내어 경고함으로써 다른 이들의 자발적인 위축을 도모했다는 사실도, 전혀 변하지 않았다.

또한 『즐거운 사라』가 당대의 독자들에게 평가받을 기회조차 박탈당했다는 사실이 안타깝다. 앞서 지적했듯 이 소설에는 여러 한계가 있다. 하지만 상당수는 현재의 시각에서 비롯된 것이다. 발표 당시라면 또 다른 평가를 받았을 가능성도 있다. 어디까지나 가정에 불과하지만, 기회조차 얻지 못한 것은 아무래도 정당하지 않다. 이는 작가에게도 독자에게도 불행한 일이다.

마지막으로 새로운 종류의 낙인찍기가 일어나고 있다는 사실이 안타깝다. 물론 최근 일어나는 이 현상은 마광수 논쟁과는 다르다. 무엇보다 공권력이 개입하지는 않는다. 하지만 자신들의 입장을 관철하기 위해 상대의 의견을 묵살하고 서로간의 이해를 위해 노력하지 않는다는 점은 동일하다. 특정 집단이 믿는 정치적 올바름을 강요하거나, 계층적 감수성에 어긋난다는 이유로 일부 작품을 배제하는 일이 여기에 해당한다.

창작은 다양성에 기반을 둔 활동이고, 작품은 가능성만으로도 가치를 가지며, 다른 목소리라도 일단 존중받아 마땅하다. 평가는 그 다음의 일이다. 독서를 통해서 호불호가 갈릴 수 있고, 자신의 견해를 제기할 수도 있지만, 어떤 주장도 작품을 억압하는 기준으로 작용해서는 안 된다. 이것이 모든 예술의 공통된 기반이다.

이는 마광수와 그의 작품에도 적용되어야 한다. 더 이상 그를 순교자로 취급해서는 안 된다. 우선 작품을 읽고, 다양한 관점에서 해석하여, 왜곡도 찬양도 아닌 공정한 평가를 진행해야 한다. 오직 그것만이 마광수에게 '작가'의 지위를 되돌려주는 방법이고, 그의 글들이 외설이란 족쇄에서 벗어나 '작품'으로 복귀할 수 있는 길이다.

2017 마광수 소설 다시 읽기

주지영(소설가, 군산대 교수)

1. 마광수라는 이름의 기표

　시인이자, 소설가이고, 수필가이자, 문학평론가이고, 문학연구자이면서 화가이기도 했던 마광수 교수가 2017년 9월 5일 타계했다. 여러 겹의 다재다능한 예술가적 활동을 병행한 그는 『즐거운 사라』 외설 사건으로 인해 그 자신의 이름으로 하나의 기표가 된 인물이기도 하다.

　마광수의 글이 화제를 불러일으키기 시작한 것은 1988년에 발표된 『나는 야한 여자가 좋다』에서였다. '들 야(野)'자를 써서 '야하다'라고 한다는 그의 표현은 성과 관련된 언급이 주간지나 애로 통속물을 통해 소위 '저속한', '싸구려'와 같은 수식어를 달고 욕구 배설용으로만 소비되던 당시의 풍토에 딴지를 놓은 것이었다. 성적인 묘사와 표현의 수위가 방송심의위원회에서 검열당하고 삭제되거나 판매금지 당하는 일이 비일비재했던 당시에, 야(野)하다라는 은유적 표현은 성적인 담론이 공론장의 영역에서 언급될 수 있는 통로를 마련한 셈이 되어서 당연히 세간의 관심을 모을 수밖에 없었다.

　그렇지만, 뒤이어 1991년에 출간된 『즐거운 사라』가 외설스럽다는 이유로 마광수는 검찰에 기소되고 징역형을 언도받으면서 논란의 정점에 서게 된다. 그는 외설 시비 이후에도 꾸준히 소설을 창작해 발표했으며, 문학이론서 형식을 띤 성 담론 관련 저서들을 여러 권 출판하였다.

이러한 창작 활동에서도 짐작할 수 있듯 마광수의 소설적 관심은 자유로운 성 담론에 놓여 있다. 그가 왜 집착에 가까우리만치 성 담론에 경사를 보였는가 하는 이유에 관한 것은 그 스스로 여러 에세이나 평론집, 이론서 등을 통해 피력한 바 있다. 그의 논리에 따르면 자유로운 성 윤리를 그려내고자 한 그의 창작 활동은 수구적이고 폐쇄적인 윤리관과 도덕주의, 문학적 엄숙주의에 대한 항변인 셈이다.

『나는 야한 여자가 좋다』의 머리글에는 다음과 같은 내용이 나온다.

'야하다'라는 말이 지금은 천박하다는 뜻으로 쓰여지는 경우가 많지만, 나는 야하다는 말의 의미를 '野하다'로 생각하여 자주 거리낌 없이 사용하고 있다.

그의 이러한 시도는 당시 대중들에게 급속히 확산되었고, 사적인 공간에서 여성의 천박성을 지칭하는 표현으로 쓰이던 '야하다'라는 말은 그 이후 여성의 성적 매력을 강조하는 '섹시하다'라는 말과 거의 동의어로 공존해 쓰였다. 요즘은 아예 '야하다'라는 말 대신 '섹시하다'라는 말이 더 빈번하게 쓰인다. 게다가 '섹시하다'라는 말은 그 말 자체가 갖고 있던 성별 구분적 의미조차 사라지고, 남녀에게 두루 쓰이는 수사로 변해버렸다.

마광수 교수의 글에 대한 외설 시비 이후 불과 30년 사이에 성 윤리는 많이 변했다. 동성애나 혼전 성관계, 동거 등 자유로운 성관계가 스토리의 기본 소재로 쓰이는 일은 다반사이다. 에로틱한 성 관계의 묘사도 직설적이고 대담해졌다.

만약 『즐거운 사라』가 2017년에 출간되었다면 어땠을까. 역사에 '만약'이라는 가정을 상정하는 일은 어리석은 짓이겠지만 아마도 1992년과 같은 외설 시비나 필화 사건은 일어나지 않았을지도 모른다. 혹은 마광수처럼 자유로운 성 담론을 공론장으로 이끌어 낸 인물이 없었다면 성 문화의 개방-성 문화의 개방이라고 했지만, 이 표현은 성의 문란, 방종으로 협소하게, 그리고 부정적으로 읽힐 가능성이 높다. 이 글에서 성 문화의 개방으로 언급하고자 한 것은 성 인식에 대한 기존의 보수적이고 편협한 남근중심의 사고로부터 벗어나게 되는 것을 가리킨다-이 더뎌졌을지도 모른다. 사실상 기존의 성과 섹스에 대한 언급은 전적으로 여성의 성을 대상화, 상품화하는 것이었으므로, 마광수의 글은 여성이 성에 대한 자각적인 인식, 더 나아가 주체적인 사고를 갖도록 만드는 중요한 계기가 되었다. 어쨌든 가정은 가정일 뿐이다.

이 글에서는 마광수의 소설을 오늘의 관점에서 재독해 보고자 한다. 그가 쓴 시는 독립적인 논의의 장이 필요한 영역이라 판단해서 논의 대상에서 제외하기로 한다. 그가 언급했듯이 그에게 있어 '시는 소설에 비해서 변비증 걸린 환자처럼 끙끙 거리며 간신히 배설해 놓은 함축적인 똥'으로 여겨지고 있으므로, 소설과는 다른 태도로 창작에 임했을 가능성이 높다. 어쨌거나 이 글에서는 소설만을 대상으로 다룰 것이다.

2. 쓰기와 읽기의 공리 : 창작 욕망과 독자 공감의 함수관계

마광수는 『나는 야한 여자가 좋다』의 머리말에서 다음과 같이 말하고 있다.

이 책에는 '손톱'을 소재로 하여 쓴 글들이 많다. 내가 좋아하는 야한 여자의 이미지는 손톱에 가지각색 원색의 물감을 칠하고 온몸에 한껏 요란한 치장을 한, 소위 관능적 백치미를 가진 여인이기 때문이다. 어린 시절부터 지금까지 나의 머릿속을 떠나지 않고 맴돌며 관능적 상상력을 키워 준 것은 언제나 '손톱'의 이미지였다. 특히 나는 여인의 긴 손톱을 너무나 사랑한다. 손톱은 원시시대의 인류에게는 다른 동물의 경우처럼 일종의 가학적 무기였을 것이다. 그래서 비수처럼 날카로운 여인의 긴 손톱은 새디즘을 연상시킨다. 그러나 가학적인 용도로 쓰이던 손톱이 이제 화사한 아름다움의 상징으로 변했다는 점, 그로테스크한 관능미의 심볼로 변했다는 점에서 나는 인류의 미래를 밝게 바라볼 수 있는 어떤 희망적 예감을 얻는다. 인간의 가학성이 미의식과 합치되어 아름다운 환타지로 승화될 수 있을 때, 진정한 인류의 평화, 전쟁이 없는 세계가 건설될 수 있다. 주관과 객관, 감정과 사상, 관념과 사물의 대립을 지양하고 그것을 생동력 있게 통일시킬 수 있는 근원적 에너지가 바로 '환타지'에 간직되어 있기 때문이다. 관능적인 아름다움과 관념적 사랑이 아닌 성애적 사랑이 합치될 수 있을 때, 우리는 이데올로기의 질곡에서 벗어나 개개인의 당당한 쾌락추구에 기초하는 진정한 평화와 행복을 이룰 수 있을 것이라고 나는 믿는다.

지금까지 써온 것들을 두서없이 묶어놓고 보니 부끄럽고 창피하다. 또 여기저기 겹치는 부분도 있다. 그러나 정신주의와 육체주의의 틈바구니에서 헛갈리며 방황한 끝에 유미주의적 쾌락주의를 인생관으로 택하게 된 내 정신적 역정을 내 딴엔 솔직하게 발가벗겨 보일 수 있었다는 것이 후련하고 시원하기도 하다. (『나는 야한 여자가 좋다』, 자유문학사, 1989)

마광수의 문학적 세계관이 이 책의 머리말에 함축적으로 요약되어 있다. 마광수의 소설은 어찌 보면 매우 단순하다. 장편소설에 비해 단편소설은 서사가 거의 없다. 그리고 어떤 성적 판타지를 다루고 있느냐에 따라 소설 유형을 쉽게 가를 수 있으며, 동일한 성적 판타지를 다룬 경우, 내용에 있어서도 거의 차이가 느껴지지 않을 정도로 유사하다는 특징을 지닌다. 그가 소설에서 왜 자신의 성적 취향과 관련된 이미지와 묘사를 지루할 만큼 반복적으로 담아내고 있는가 하는 것이 바로 위의 글에서 설명되고 있는 것이다.

위에 인용된 마광수의 생각은, 인간의 가학성이 미의식과 합치되어 환타지로 승화될 때, 이데올로기의 질곡에서 벗어나 개인의 쾌락 추구에 기초하는 진정한 평화와 행복을 이룰 수 있다는 것이다, 라는 것으로 요약할 수 있다. 이에 대한 구체적인 근거는 마광수의 에세이집과 평론집, 그리고 문학이론서에 해박하게 설명되고 있어 자세한 설명은 생략한다. 이 글들을 보면, 마광수는 진정한 인류의 평화, 전쟁이 없는 세계 건설까지는 아니더라도 적어도 이데올로기의 질곡에서 벗어난 쾌락의 추구가 한 개인에게 행복을 가져다 줄 수 있을 것이라고 생각한 듯하다.

그런데 위에서 언급한 마광수의 문학적 세계관에 의거해서 소설을 바라볼 경우, 다음 두 가지 문제의식에 휘말리게 된다. 첫째는, 과연 마광수는 소설을 통해 자신이 표명한 문학적 세계관을 충분히 드러내고 있는가 하는 것이며, 둘째는, 관능적인 아름다움과 성애적 사랑이 합치를 이루는 성적 환타지가 이데올로기의 질곡에서 벗어날 수 있게 하는가, 그리고 그것이 마광수 한 개인의 쾌락뿐만이 아니라 독자의 쾌락과 행복까지노 담보해 주고 있는가 하는 점이다. 첫 번째 질문은 마광수 소설의 의의와 그 성과에 관한 문제로, 두 번째 질문은 마광수의 소설이 갖는 문학적 효용성에 관한 문제로 연결된다.

두 번째 질문부터 시작해 볼까 한다. 소설이란 독자를 상정한 글쓰기이다. 그렇다고 소설이 독자를 가리진 않는다. 다만 독자의 취향이 갈릴 뿐이다. 특히 마광수처럼 성과 관련된 담론을 다루는 경우에는 독자의 취향뿐만 아니라 독자의 성별도 대단히 중요해질 수 있다. 한국사회에서 여성의 성에 관한 문제는 그가 간파한 것처럼 이데올로기적인 질곡으로 점철되어 있기 때문이다. 유교적 이념이 여전히 뿌리박혀 있고, 가부장적 이데올로기에 남성중심주의가 여성의 성 윤리와 도덕의 근간을 이루고 있는 것이 한국 사회이다. 예전에 비해 여성의 사회적 지위나 가족 내에서의 지위가 조금씩 나아지고는 있으나, 여전히 여성을 바라보는 시선은 편협하고, 왜곡되고, 불합리한 부분이 많다. 그래서 여성 화자를 내세운 마광수의 성 관련 작품을 더욱 주목해 볼 수밖에 없다. 그리고 독법에 있어서도 다수의 여성 독자가 처한 상황을 상상하면서 그와 관련하여 작품에 감정을 이입하면 읽고자 하는 욕망은 더 강해진다.

그렇지만 마광수의 작품에는 그러한 몰입을 방해하는 요소들이 곳곳에 깔려 있다. 한국 사회의 현실에도 밝고 이론에도 해박한 문학연구자이기도 한 그가 한국 사회에서 여성이 처한 이데올로기적 질곡에 대해, 그리고 그 이데올로기적 질곡이 여성의 삶을 어떻게 파탄 냈는지에 대해 구체적 인물과 구체적 사건을 바탕으로 작품 속에 형상화했더라면 몰입하고 공감할 수 있지 않았을까. 그러한 탐구 없이 쾌락, 쾌락만 있다니.

가령, 한강의 『채식주의자』에는 마광수의 에로틱한 성애 묘사를 넘어서는 근친상간의 에로티시즘이 등장한다.[1] 전위 예술에 비디오 아트, 형부와 처제의 성애가 그것이다. 그렇지만 『채식주의자』에서는 영혜의 삶을 통해 여성이 처한 이데올로기적 질곡의 문제를 예리한 시선으로 벼려낸다. 오로지 쾌락, 쾌락, 쾌락이 아니라, 이데올로기적 질곡에 의해 상처받은 영혼의 아픔을 치유하는 쾌락의 의미를 드러내고 있는 것이다. 그러니까 문제는 노출과 에로틱한 묘사의 수위가 아니라 여성이 처해 있는 삶에 대한 성찰의 깊이가 아닐까. 그게 동반되지 않는다면 쾌락은 한낱 말초신경을 건드리는 자극으로서밖에 그 의미를 갖지 못한다.

---

1 물론 이 작품은 마광수 이후에 발표된 2007년도 작품이다. 마광수 이후 20년이 지나 발표된 작품과 마광수의 작품을 비교하는 시도는 그 설정부터 합당할 수 없다. 성애에 관한 한, 혹은 노골적인 성담론에 관한 한 마광수 이후의 작품은 모두 마광수에게 빚지고 있다. 다만 여기에서 문제 삼고자 하는 것은 마광수가 2000년대 이후에 쓴 작품들이다. 마광수가 초기에 쓴 작품이나 말기에 쓴 작품에 큰 차이를 발견할 수 없다는 점은 그의 한계이자, 그가 보여준 성 담론의 한계일 것이다.

요컨대 마광수의 작품에서 찾아낼 수 있는 여성에 관한 문제의식은 여성의 순결이나 정절의 쓸모없음, 섹스는 곧 사랑이라는 등식의 파괴, 섹스는 일종의 노동이자 스포츠라는 것, 남성은 능동적이고 여성은 수동적이라는 기본적인 구분에 근거한 고정관념을 깨뜨리는 것, 성적 혐오에 대한 각종 터부를 깨뜨리는 것, 그리고 여성의 오르가즘을 강조한 것 등일 것이다.

이러한 마광수의 시도는 사회적 터부를 깨뜨리는 것이기에 분명 의미가 있다. 규방의 여인과 기생을 성과 속의 논리로, 생산을 위한 성과 쾌락을 위한 성의 논리로 철저히 이중적으로 분리해 사고하던 봉건적인 사고방식이 오늘날까지 남아 여성들을 폭력적으로 억압하고 있다고 마광수는 생각한 듯하다. 그러나 마광수는 생각만 했을 뿐 이를 작품으로 형상화하지 않는다. 그가 이러한 문제의식을 작품에 형상화했더라면 그가 주장하는 관능적 아름다움과 성애적 사랑의 합치가 감동적인 것으로 승화될 수 있었을 것이고 독자의 공감도 충분히 이끌어 내지 않았을까.

3. 배설로서의 창작과 관점으로서의 비평 사이의 길항

이제 첫 번째 질문으로 돌아가 보자. 과연 마광수는 소설을 통해 자신이 표명한 문학적 세계관을 충분히 드러내고 있는가. 그의 문학적 세계관은 에세이를 통해 보다 극명하게 드러난다. 『나는 야한 여자가 좋다』에 실린 「한 여인의 성적(性的) 자각과정」은 김동인의 「감자」에 대한 그의 해석이 담긴 글로, 마광수는 김동인이 기생이나 매춘부를 상대로 가졌던 자유로운 성 관념을 투영시켜 「감자」의 주인공 '복녀'를 탄생시켰다고 본다. 그는 '주인공 복녀를 통한 당시 사회의 타락상 고발'이나, '무절제한 성적 방탕과 비도덕이 가져온 복녀의 죽음을 통해 독자에게 윤리적 교훈을 주려는 것' 등으로 해석하는 평자들의 시선을 비판하면서, 「감자」가 '도덕에 대한 본능의 승리', '위선에 대한 자연스러움의 승리'를 표현해 낸 것이라고 주장하고 있다. 말하자면 그는 작품 해석에 있어서도 성 본능의 관점을 중시했던 것이다.

더 나아가 그는 이 글에서 소설 창작에 대한 자신의 관점을 제시한다. '예술가는 '실제적 삶'이 아니라 '꿈 속의 삶'에 도움을 주는 자'이며, 그리고 '작가는 자기는 쓰고 싶은 것을 '당위적 요청'으로서가 아니라 단순한 배설욕구에 의해 가식 없이 써내려가야 한다.'라고 말한다. 마광수에게 있어 '꿈속의 삶'은 '이상(理想)'이라기보다는 '성적 판타지'에 가깝다. 더구나 그가 언급하고 있는 작가의 글쓰기란 '단순한 배설욕구'에 의해 쓰인 글이므로 그의 글쓰기는 그가 말하는 성적 본능에 충실한 배설적인 글쓰기일 수밖에 없다.

물론 이러한 관점에서 문학을 해석하고 창작하는 것은 문학의 다양성을 확보하는 측면에서 바람직하다. 1920년대 낭만주의적이고 탐미주의적인 문학적 경향을 해석하는 시선에 있어서도 그의 놀라우리만치 뛰어난 감식안이 빛을 발한다. 한 편의 작품이 천편일률적으로 해석된다면 그것은 훌륭한 문학작품이라고 할 수 없을뿐더러, 한 편의 작품에 대한 해석이 어떤 시대나 또 누구에게나 똑같을 수도 없기 때문이다.

마광수의 문학관과 관련해 볼 때, 그가 자신만의 독특한 문학적 세계를 구축하고 있다는 점은 존중받아야 하며, 이의를 제기할 필요도 없다. 그렇지만 그가 자신의 문학관을 창작물을 통해 제대로 드러내고 있는가를 문제 삼는 것은 이와는 다른 차원이다. 비평가나 연구자들의 분석과 해석의 시선이 개입될 수밖에 없기 때문이다.

심리주의 비평은 물론이고 정신분석학까지 학문적, 비평적 깊이가 상당히 축적된 요즘 같은 상황에서 마광수의 작품에 나타나는 에로티시즘은 충분히 익숙하다. 페티시즘이니 사도마조히즘이니 도착증이니 하는 것들은 상식 수준이 되어 버렸다. 그런 상황에서 마광수의 소설들은 일탈이나 파격이 아니라 병적 징후로 읽힐 가능성이 높다.

가령, 마광수의 소설은 『즐거운 사라』 이전과 이후로 양상이 다르게 나타난다. 『즐거운 사라』 이전의 소설들은 장편의 경우 적어도 소설로서의 외용을 갖추고 있는 것으로 보인다. 여기에 은유나 언어유희가 아닌 직설적인 성 관련 언어 사용이라든지, 당시로서는 낯설었을 성적 관계의 인물 설정이라든지 하는 것들은 파격적인 시도라고 볼 수 있다. 이러한 시도가 최근에 들어와서야 비로소 가시화되고 있다는 점을 고려할 때, 마광수의 행보는 매우 의미 있는 것으로 평가되어야 한다.

그러나 그 이후의 작품들, 가령 『인생은 즐거워』(등대지기, 2015)나 『추억마저 지우랴』(어문학사, 2017)와 같은 소설집은 이전 작품들의 틀을 결코 벗어나지 못한 채 성적 판타지나 성적 망상이 더욱 반복적으로 강화되는 경향을 보인다. 인물이 처해 있는 상황이나 배경에 대해 고민하는 흔적이 이 소설들에는 전혀 보이지 않고, 사소설적인 넋두리와 자기만족적인 망상으로 전락하고 있는 것이다. 오로지 물고 빨고 핥기만 하는 장면들 속에 자유로운 성 본능의 표출이라는 문제의식은 사상되고, 긴 손톱과 피어싱 페티시와 더 자극적일 것을 요구하면서 여성을 사물화하고 가학적 성애에만 몰두하는 폭력적인 인물만 덩그마니 남겨져 있을 뿐이다. 또한 페티시와 가학적 성애가 진정한 '미'이고 자연스러운 성 본능이라는 것을 강조하는 목소리는 폭력적일만큼 고압적이고 거친 담화로 서술되고 있다. 마광수가 처음에 시도하고자 했던 파격적인 에로티시즘이니 탐미주의니, 유미주의니 하는 것들은 제대로 구현된 바 없이 센세이셔널리즘만 남은 셈이다.

『나는 야한 여자가 좋다』에 「아름다운 매조키즘의 연가-O의 이야기」가 나온다. 『O의 이야기』는 프랑스 여류작가가 1954년에 발표한 장편소설이다. 마광수는 사도마조히즘의 성 심리를 다룬 이 작품을 외국의 성

소설 중에서 가장 감동적으로 읽었으며, 몇 날 며칠 밤을 이 소설에 나오는 O의 환상을 좇아 헤맸다고 고백하고 있다.

마광수는 이 글에서 『O의 이야기』는 O가 남성에게 복종하는 매조키스트로서 훈련받으면서 처음에는 분노하고 저항하지만 훈련을 거치면서 진정한 매조키스트로 변신하게 된 자기 자신에 대해 커다란 희열과 긍지를 느끼게 된다는 내용을 다루고 있다고 언급한다. 그는 이 작품이 '여성의 매조키즘 심리에 대한 정밀한 탐구서'라고 하였는데, 지금까지 언급한 마광수의 시선에서는 충분히 그러한 방식으로 해석될 수 있다고 본다.

그런데 이 작품의 줄거리와 짧은 인용문들을 읽는 동안 오버랩되는 장면이 하나 있었다. 매 맞는 아이, 매 맞는 여자의 모습이 그것이다. 대적할 수 없는 가공할 폭력이 일상화되면 인간은 그것을 거부할 수 없는 현실로 받아들이고 길들여지게 된다. 그게 인간의 나약함이다. 도망칠 수도 맞서 싸울 수도 없다면 받아들일 수밖에 없다. 노예들이 그랬고, 식민 치하의 민족이 그랬고, 독재 정권 치하의 민중이 그랬다. 또한 가부장제 하의 여성의 성과 삶도 그랬다. 끔찍하고, 두렵고, 공포스러운 일이 아닌가.

그런데 마광수는 이 작품에서 한 인간이 짐승처럼 폭력에 굴복하고 길들여지는 상황은 염두에 두지 않고, 오직 마조히즘적 상징물이 되어 쾌락에 전율을 느끼는 여성 인물의 환상만을 향유할 뿐이다. O의 마조히즘을 읽어내는 마광수의 시선이 당황스러울 지경이다. 마조히즘이 결국 여성의 성의 상품화라는 사실을 차라리 그가 모르거나 알려고 하지 않았던 게 아니라 언급하지 않은 것이라고 생각하고 싶을 뿐이다. 마광수가 '실제적 삶'이 아니라 '꿈속의 삶'을 다루겠다고 언명한 것에서 짐작하자면 그는 알면서 쓰지 않은 것이라고 판단하는 것이 더 옳을 것이다.

그렇지만 마사 너스바움이 『혐오와 수치심』에서 지적했던 대로, 성적 관계에 있어서 우리에게 필요한 것은 지배하기보다는 상호 의존하는 관계가 아닐까. 자신과 다른 사람의 유한성, 동물성을 상호 인정하는 것이 중요하지 않을까.

4. 마광수에게 빚진 것, 2017 이후의 성담론

2017년에 다시 읽는 마광수의 소설은 그런 점에서 의의와 한계를 동시에 지닌다. 1990년대 한국 사회의 성적 터부를 정면에서 비판하고 넘어서려고 했던 마광수의 시도는 제도적 억압에 의해 좌절되고 꺾여 버렸다. 그는 남성중심주의에 입각해 이분법적인 성 담론을 고착화시키는 한국 사회의 이중적인 성 윤리를 거부하면서 자유로운 본능에 기반한 성을 공적 담론의 장으로 전면화시켰고, 성에 대한 여성의 지위를 본능과 쾌락의 영역에서 자리매김하려고 하였으며, 은유와 상징의 폭력적 기호로서만 소비되던 성 관계의 언어들을 날것으로 대체하는 파격을 꾀했다.

그러나 『즐거운 사라』가 외설 시비에 휘말리고 징역형을 선고받은 이후 새롭고자 하는 마광수의 욕망은 좌절을 겪어야 했다. 그의 배설 욕망은 『즐거운 사라』에 병적으로 고착되어 버린 것이다. 아니, 문학이라는 자유로운 담론의 장을 법과 제도와 권력의 틀 안에 가두려고 했던 힘들이 마광수의 진정한 목소리를 앗아가 버린 것이다. 그가 『돌아온 사라』, 『2013 즐거운 사라』를 썼음에도 불구하고 진정한 의미에시의 '사라' 이후를 만나지 못한 건 마광수의 한계를 넘어 제도적인 한계라고 볼 수밖에 없을 것이다.

그러나, 그럼에도 불구하고, 현재 우리의 성 담론은 전적으로 그에게 빚지고 있다.

우리는 제2의 마광수의 죽음을 용인할 것인가

법학자의 관점에서 본 마광수를 위한 변호

주지홍(부산대 교수)

> 선악의 판단 이전에 '솔직성'에 대한 판단이 한 사람의 인격
> 을 저울질하는 척도가 되어야 한다.
>
> ─마광수의 생각

1. 학창 시절, 마광수 교수님과의 만남

마광수 교수님을 알게 된 것은 1980년대 후반의 대학 학부 시절의 수
업을 통해서이다. 워낙 유명한 분이었기에 기대 수준이 매우 높았으나,
막상 수업을 듣고 나니 좀 실망이 되었다. 1학년 때 들었던 국어 수업과
별다른 차이가 없었고, 문학에 대한 지적 호기심을 충족시키기에도 충
분하지 못했다. 『귀골』 등 시집도 읽었으나 별다른 감동을 주지 못했다.
그 원인으로는 여러 가지가 있을 수 있었다. 문학에 대한 내 기초 소양
이 부족한 까닭일 수도 있고, 몇 백 명이 넘는 대형 강의실에서 교수법
이 갖는 한계 때문에 그럴 수도 있었다.

그러던 어느 날 우연히 중앙도서관에서 책을 보다가 마 교수님의 희
극비평에 관한 글을 읽게 되었다. 그 글을 읽는 순간 등에서 소름이 돋

았다. 그 글의 정치함과 사고의 깊이가 나를 감동시켰기 때문이다. 그제야 비로소 마광수 교수님의 이름이 허명이 아님을 알게 되었다. 그리고 지금 겉으로 보이는 그러한 솔직함과 유치함(?)이 전부가 아니라, 깊은 사색과 고뇌, 연구와 깨달음을 통해 도달한 것이라는 것을 알게 되었다.

그렇다면 의문이 드는 것이 마 교수님을 단죄하고 손가락질하고 감옥에 처넣은 사람들은, 그 분의 문학적 사고와 깊이를 모르고 한 것일까?

기득권을 가진 자신들의 성에 대한 위선적 태도를 문학작품을 통해 비판하였다는 이유로, 이를 형법상 음란문서 제조·판매죄로 처벌하는 것이 과연 타당한가? 설사 고발인이 그러한 불순한 의도를 가지고 고소를 했다 하더라도 법원이 표현의 자유가 갖는 헌법적 중요성을 좀더 고려하고 문학성과 예술성의 판단을 문학계의 자율적인 정화 기능에 맡겼더라면, 이러한 억울한 희생양이 나오는 것을 방지할 수 있지 않았을까?

이하에서는 문제가 되었던 「즐거운 사라」에 대한 처벌 찬반론 및 근거를 살펴보고, 문제점을 제시한 후, 개선안을 제시하고자 한다.

2. 「즐거운 사라」에 대한 처벌 옹호론 및 근거

대법원이 즐거운 사라를 음란문서 제조죄에 해당한다고 본 근거는 다음과 같다.

가. 음란성 여부 판단의 근거

형법 제243조의 음화 등의 반포 등 죄 및 형법 제244조의 음화 등의 제조 등 죄에 규정한 음란한 문서라 함은 일반 보통인의 성욕을 자극하여 성적 흥분을 유발하고 정상적인 성적 수치심을 해하여 성적 도의관념에 반하는 것을 가리키다. 문서의 음란성의 판단에 있어서는 당해 문서의 성에 관한 노골적이고 상세한 묘사 서술의 정도와 그 수법, 묘사 서술이 문서 전체에서 차지하는 비중, 문서에 표현된 사상 등과 묘사 서술과의 관련성, 문서의 구성이나 전개 또는 예술성 사상성 등에 의한 성적 자극의 완화의 정도, 이들의 관점으로부터 당해 문서를 전체로서 보았을 때 주로 독자의 호색적인 흥미를 돋우는 것으로 인정되느냐의 여부 등의 여러 점을 검토하는 것이 필요하다.

나. 표현의 자유 제한 가능

헌법에서 기본권으로 보장되는 문학에 있어서의 표현의 자유도 공중 도덕이나 사회윤리를 침해하는 경우에는 이를 제한할 수 있도록 하였다. 따라서 문학 작품이라고 하여 무한정의 표현의 자유를 누려 어떠한 성적 표현도 가능하다고 할 수는 없고 그것이 건전한 성적 풍속이나 성도덕을 침해하는 경우에는 형법 규정에 의하여 이를 처벌할 수 있다.

다. 음란개념의 불명확성 여부 및 죄형법정주의

일반적으로 법규는 그 규정의 문언에 표현력의 한계가 있을 뿐만 아니라 그 성질상 어느 정도의 추상성을 가지는 것은 불가피하고, 형법에서 규정하는 '음란'은 평가적, 정서적 판단을 요하는 규범적 구성요건 요소이다. 따라서 죄형법정주의에 반하는 것이라고 할 수 없다.[1]

---

1 대법원 1995.6.16. 94도2413.

3. 「즐거운 사라」에 대한 처벌 불가론 및 근거

마 교수님의 변호인인 한승헌 변호사가 작성한 상고이유서 및 마 교수님의 상고이유 보충서가 이에 대한 적절한 근거가 될 수 있다.

가. 음화 제조 및 음화 반포죄의 위헌성 간과

형법 제243조 및 제244조[2]와 그에 관한 해석의 위헌성을 간과하였다. 1심이나 2심의 판결에서 이야기하는 '건전한 풍속이나 성도덕'과 같이 개념과 실체가 막역한 풍속론과 도덕론으로 「즐거운 사라」의 저자를 처벌하는 것은, 헌법에 보장된 언론 출판의 자유와 학문 예술의 자유의 본질적인 내용을 침해하게 된다.

'보통인의 성적 수치심'이란 것도 지극히 애매한 말이어서 범죄 요건의 기준이 되기에는 너무 위험하다. '보통인'은 누가 무슨 기준으로 정하며 '성적 수치심'은 또 무슨 척도로 규정할 수 있는가에 관해서는 누구도 명확히 대답을 해줄 수 없다. 그러므로 그것은 결국 사건을 다루는 법관의 머릿속에서 가실이나 '희망 사항'으로 떠오르는 측정 기준, 즉 법관 개인의 주관적 사유 작용에 전적으로 좌우될 수밖에 없게 된다.

나. 표현의 자유 등 법리 오해

표현의 자유를 포함한 국민기본권의 제한과 죄형법정주의 및 음란문서 제조 반포죄의 법리를 오해하였다.

---

2 제243조(음화반포등) 음란한 문서, 도화, 필름 기타 물건을 반포, 판매 또는 임대하거나 공연히 전시 또는 상영한 자는 1년 이하의 징역 또는 500만원 이하의 벌금에 처한다.
제244조(음화제조 등) 제243조의 행위에 공할 목적으로 음란한 물건을 제조, 소지, 수입 또는 수출한 자는 1년 이하의 징역 또는 500만원 이하의 벌금에 처한다.

다. 채증법칙 위반

2심 재판부는 감정인을 선정하고 증거로 채택하는 과정에서 불공정한 재판을 진행하였다. 검찰 측 감정인 민용태 교수와 변호인 측 감정인 하일지 박사가 공동으로 제출한 감정서가 마광수 교수에게 유리하게 작성되자 재판부에서는 재감정을 결정했다. 그리고 재감정 결과 마 교수에게 불리한 감정이 나오자 재판부는 이것만을 증거로 채택했다. 특히 간행물윤리위원회 위원으로서 실질적으로 이 사건을 고발한 이태동 교수의 감정서는 독단적인 의견이 많아 공정성을 인정할 수 없는데도 불구하고, 2심 재판부는 이 감정서를 믿은 잘못이 있다.

라. 법적 문제가 아닌 문화관의 갈등문제

소설 「즐거운 사라」에 대한 파문은 개인의 잘잘못 여부 차원을 떠난 문화관 또는 문학관의 갈등 문제이다. 급변하는 모럴 앞에서 문화적 수구주의를 지향하는 사람들이 분노와 함께 위기의식을 느낄 수밖에 없었고, 그래서 소설 속의 인물에 불과한 '사라'를 희생양으로 선택한 것이다. 그러나 '사라'는 구시대의 윤리관과 새 시대의 윤리관 사이에서 정신적 혼란을 겪고 있는 이 시대의 상징이요, 짓누른다고 숨어버리는 '범죄자'가 아니다. 그것이 좋은 것이든 나쁜 것이든 거부할 수 없는 힘으로 다가오는 에로티시즘 문화의 상징이다. 항상 변하는 것이 문화(또는 문학)이기 마련이므로, 물길이 흐르는 대로 두면서 활발한 논의와 토론이 전개되어야 한다. 문화란 개체들의 다양한 의식이 집결된 것이므로 도저히 물리적으로 억누를 수 없기 때문이다.

4. 비판, 또는 표현의 자유에 대한 견해

동 판결에 대해 다음과 같이 비판하는 견해가 있다.[3]

1) "헌법상의 기본권제약 개념으로서의 성도덕"과 "음란물의 보호법익으로서의 성도덕"은 사실상 서로 일치하는 개념은 아니다. 음란물에 대한 형법적 금지의 근거로서의 성도덕은 헌법 상의 제 원칙-명백하고 현존하는 위험의 원칙, 과잉 금지의 원칙, 명확성의 원칙-에 의하여 개별적인 사례에서 별도로 정당화되어야 한다. 음란성 개념은 도덕적인 개념에서 헌법적인 개념으로, 추상적 개념에서 구체적인 개념으로 재구성되어야 한다. 결국 형법상 금지의 실질 근거로서의 성도덕은 헌법상 기본원칙에 의하여 별도로 정당화되어야 하며, 이는 성적 표현의 자유라는 기본권 보호와의 이익 형량을 거쳐 반사회적인 것으로서 금지의 대상으로 해야 할 것인가 여부에 의하여 판단해야 한다.

2) 표현의 자유에 대한 제한은 필요 최소한도에 그쳐야 한다. 표현의 자유에 대한 제한이 없이는 국가안전보장, 질서유지, 공공복리가 '명백하고 현존하는 위험'에 봉착하게 되는 경우에, 그리고 명확성의 원칙을 충족시킬 수 있는 형식적 의미의 방법에 의하여, 과잉금지의 원칙에 따라 필요불가피한 최소한의 제한이 허용된다.

음란물 개념 및 동법 적용에 대한 판례를 비판하는 위 견해는 상당히 설득력이 있으며 타당하다고 본다.

헌법재판소의 결정에서 보는 것처럼 음란 개념을 사회적 가치와 결부하여 정의하는 것은 미국 판례에서도 볼 수 있다. 1973년 밀러 판결[4]에

---

3 박미숙, "형법상 음란물 규제와 그 헌법적 한계", 형사판례연구 2004, 박영사, 970쪽.
4 Miller v. California, 413 U.S. 15 (1973).

서 음란성 판단기준으로 LAPS(serious liability, artistic, political or scientific value)를 사용하였다. 즉 성표현물이 전체적으로 볼 때 실질적인 문화적, 예술적, 정치적, 과학적 가치를 가지는 경우에는 음란물에 해당하지 않는다고 보았다. 이 경우에 음란물의 '소위 사회적 가치'를 객관적으로 판단하는 기준은 그 음란물 제작자의 사상과 업적에 대한 총체적 평가이다.[5]

그러나 문제는 법관이 판단할 때, 아무리 예술적 문화적 거장의 문학작품이라 하더라도, 법관이 판단하기에 성행위 표현의 정도가 심하여 용납할 수 없다고 판단되면, '음란한 간행물'에 해당하여 불법으로 제재를 가할 수 있게 된다. 그렇다면 법관이 예술성 문학성을 판단할 수 있는가? 비전문가인 법관은 전문가들의 감정서를 받아 최종적으로 법관이 판단하기 때문에 별 문제가 되지 않는다고 항변할 수 있다. 그러나 「즐거운 사라」의 예에서 보듯이 재판관이 예단을 가지고 편향적으로 감정인을 선택하고 자신의 입맛에 맞는 감정결과가 나올 때까지 재감정을 하는 방법 등으로 공정성을 해한다면 결국 이현령비현령(耳懸鈴鼻懸鈴)이 된다.

따라서 세계적으로 인정받는 예술적 문학적 거장이 만들었어도, 또한 그 작품이 아무리 문학성이나 예술성이 뛰어나다고 해도, 법관이 자의적으로 판단하기에 우리 사회의 풍속, 윤리, 종교에 거슬리는 경우에는 '음란물' 딱지를 붙일 수 있는 것이다.[6]

음란물반포등죄와 공연음란죄의 보호법익은 우리 나라에 있어서는 건전한 성적 풍속 내지 성도덕이라고 보는 데 이설이 없다.[7] 위 형법규

---

5 박미숙, 전게서, 977~978쪽.
6 "아마티스타"가 성에 대하여 노골적으로 묘사하고 있지만 우아하고 독창적인 예술성으로 인하여 중남미 에로티시즘 문학의 대표작의 하나로 손꼽히는 작품이라고 평가받고 있지만, 위 소설은 우리 시대의 건전한 사회통념에 비추어 공연히 성욕을 흥분 또는 자극시키고 또한 보통인의 정상적인 성적 수치심을 해하고 선량한 성적 도의관념에 반하는 '음란한 간행물'에 해당한다고 보았다. 대법원 1997.12.26. 97누11287.

정은 모두 "성풍속에 관한 죄"의 장에 규정되어 있다. 이에 대하여는 형법의 임무가 일반인의 도덕을 유지하는 것일 수는 없고 국가형벌권에 의해 개인의 자유를 침해하기 위해서는 명백한 근거가 있어야 할 것인데 성적 풍속이나 성도덕이란 개념은 너무 막연하고 추상적이어서 헌법상 보장되는 표현의 자유를 제한하는 근거로서는 미약하다는 비판이 가해지고 있다. 따라서 그 보호법익은 개인의 성적 자기결정의 자유와 청소년의 보호육성으로 보아야 한다는 견해가 주장되고 있다.[8]

이와 같은 비판이 제기되자 독일의 연방대법원(Bundesgerichtshof)은 1969. 7. 22.의 이른바 '패니 힐(Fanny Hill)' 판결[9]에서 음란성의 개념을 성 분야에 있어서 일반인의 성적 수치심 내지는 도덕적인 정서를 해치는 것으로 정의하던 종래의 입장에서 벗어나 "성과 관련된 분야는 사회의 공통적인 견해의 밑바닥에 분명하게 관계하고 있고, 그에 따라 공동 생활을 침해하고 부담이 되는 위반만이 형벌규정의 구성요건을 충족할 수 있다……. 형법은 성의 영역에 있어서는 성인의 도덕적인 기준을 관철할 임무를 갖지 않으며, 사회질서를 침해하거나 현저하게 혼란스럽게 하는 것으로부터 지킬 임무를 가진다"고 판시하였다.[10] 그 후 1973년 제4차 독일 형법 개정 법률에서 형법각칙 제13장을 성적 자기 결정에 대

---

7 주석형법(Ⅳ)-각칙(Ⅱ), 한국사법행정학회, 1997, 96면(김종원 집필부분)

8 김영환,이경재, "음란물의 법적 규제 및 대책에 관한 연구," 한국형사정책연구원연구보고서, 1992, 70-71면; 박양식, "음란물규제의 법리," 사법행정 362호, 1991.2. 53쪽.

9 BGHSt Bd. 23, S. 40. 이 작품은 "Fanny Hill"이라는 소설에 대한 것으로, 위 소설은 영국의 시골에 살던 패니 힐이라는 여자가 런던에 진출하면서 겪게 되는 일들을 그린 작품으로서 1749년 영국에서 처음 출간되었으며 에로티시즘소설 분야에서는 고전으로 여겨진다.

10 이와 비교하여 이른바 '채털리부인의 연인사건'에서의 일본의 최고재판소 1957. 3. 13.판결(형집 11권 3호, 997쪽)은 성행위비공연성의 원칙을 성에 관한 기본적 규범으로 규정하고 "가령 일보 양보하여 상당 다수의 국민층의 윤리적 감각이 마비되어 진실로 음란한 것을 음란한 것이 아니라고 하여도 법원은 양식을 가진 건전한 인간의 관념인 사회통념의 규범을 좇아서 사회적· 도덕적 퇴폐에서 수호하지 않으면 안 된다.…법과 재판은 사회적 현실을 반드시 항상 긍정하여야 하는 것은 아니고 병폐타락에 대하여 비판적 태도를 가지고 임하여 임상의적 역할을 수행하지 않으면 안 되는 것이다"고 판시하고 있는바 위 독일의 연방대법원의 판시와 좋은 대조를 이룬다.

한 죄'라는 제목으로 성적 자유와, 청소년의 성적 육성 및 개인적 법익의 보호를 주 목적으로 하여 종래 '음란 행위', '음란 문서' 등의 용어를 가치중립적인 '성행위', '포르노그래피' 등으로 고치고, 종래 음란문서를 포괄적으로 규제하던 데서, 일반 포르노그래피에 대하여는 18세 미만의 자나 원하지 아니하는 자에 대한 반포 등의 행위만을 금하고, 다만 폭력행위, 아동의 성적 남용 또는 동물과 인간의 성적 행위를 대상으로 하는 이른바 악성 포르노그래피의 반포 등 행위는 전면적으로 금하는 것으로 개정하였다.[11][12] 형법상 죄는 어떤 항목 하에 위치하느냐에 따라 법의 취지와 적용 범위가 달라지게 되는 점을 고려해 볼 때 유의미한 변화가 아닐 수 없다.

지금과 같은 대법원 태도에 의하면 희생양으로서 제2의 마광수가 나오지 말란 법이 없다. 이를 방지하기 위해서는, 성적 수치심이나 성도의 등 도덕적인 관념을 근거로 하여 헌법상 표현의 자유를 제한해서는 안 될 것이다. 해석론적 해결 방법으로는 음란물에 해당하는 것을 이유로 헌법상 표현의 자유를 제한하기 위해서는, 추상적이고 모호한 "성적 수치심이나 성도의 등 도덕적인 관념"을 기준으로 할 것이 아니라, 1973년 밀러 판결[13]에서 음란성 판단기준으로 삼은 "실질적인 문화적, 예술적, 정치적, 과학적 가치"가 있는지 여부가 판단기준이 되어야 할 것이다. 또한 제한의 필요성이 있다고 할지라도 필요의 최소한도에 그쳐야 할 것이다. 즉 표현의 자유에 대한 제한이 없이는 국가안전보장, 질서유지, 공공복리가 "명백하고 현존하는 위험"에 봉착하게 되는 경우에 한하

---

11 김영환, 이경재, 전게서, 265~266쪽.
12 일본과 독일 사례 및 비판적 견해에 대해서는 한위수, "음란물의 형사적 규제와 표현의 자유 ─특히 예술작품과 관련하여", 김철수교수 정년기념논문집 한국헌법학의 현황과 과제, 2002. 569~570쪽 참조.
13 Miller v. California, 413 U.S. 15 (1973).

여, 그리고 명확성의 원칙을 충족시킬 수 있는 방법에 의해, 과잉 금지의 원칙에 따라 필요불가피한 범위에서 최소한으로 제한하여야 할 것이다.[14] 또한 입법론으로 개정함에 있어서는 독일의 개정법을 참조할 수 있을 것이다.

그럴 때 비로소 제2의 희생양이 나오지 않게 될 것이고, 마 교수님의 죽음이 헛되이 끝나지 않게 될 것이다.

---

14 박미숙, 전게서, 981~982쪽.

마광수의 시학에 대하여

'상징' 개념을 중심으로

고봉준(문학평론가)

1. '상징적 시각'의 문제

독자들의 기억 속에 '마광수'라는 이름은 소설가, 그것도 섹슈얼리티의 문제를 통해 성적 금기에 도전한 문제적인 소설가로 각인되어 있다. 작가 자신이 이러한 대중의 낙인(烙印)을 자초한 측면이 크지만, 그러한 상식적 이해가 마광수의 문학과 문학연구의 또 다른 측면을 볼 수 없도록 만드는 일종의 선입견으로 작용하고 있는 것 또한 사실이다. 그의 이름을 널리 알린 것은 '소설'이지만, 그의 문학의 출발점은 '시'였다. 그는 1977년 월간《현대문학》에 「망나니의 노래」「배꼽에」 등 여섯 편의 시를 발표하면서 문단에 나왔다. 당시 그를 추천한 사람은 청록파의 일원인 박두진이었다. 또한 그는 1983년 연세대학교에서 '윤동주 연구'로 박사학위를 받았다. 박사학위논문(1983)과 그것을 단행본으로 출판한 『윤동주 연구』(정음사, 1984), 그의 대표적인 연구서로 평가되는 『상징시학』(청하, 1985) 모두에서 가장 중요한 개념은 '상징(symbol)'이다. 이러한 사유의 반복성과 연속성이 우리에게 말해주는 바는 '상징'에 대한 그의 관심이 우연한 것이 아니었으며, 그가 생각하는 '시'의 핵심이 '상징'에 있다는 사실이다. 이 글은 '상징' 개념을 중심으로 시에 대한 마광수의 사유를 살펴보려 한다.

흔히 시론(詩論)에서 '상징'은 수사학적 맥락에서 논의된다. 그 논의 맥락 가운데 하나는 상징의 특징을 '비유'와의 관계 속에서 해명하는 것이다. 알다시피 '비유'는 원관념과 보조관념의 관계를 전제하고, 이것들의 유사성과 차이에 따라, 혹은 유사성을 통해 차이를 드러내는 것을 의미한다. 반면 '상징'은 그 본질이 원관념과 보조관념의 완전한 결합, 즉 유사성이나 차이가 아닌 동일성으로 이해된다. 유사성과 차이가 지시하는 '간극'이 비유의 근거라면, 원칙적으로 상징은 이러한 '간극'을 허락하지 않는다. 상징의 이러한 특징을 강조하기 위해 종종 상징의 어원적 의미가 나누어진 것들을 하나로 '조립한다', '통합한다'라는 사실이 강조된다. "불가시적인 것을 암시하는 가시적인 것이 상징이다. 이 경우에 불가시적인 것은 원관념이고, 가시적인 것은 보조관념이 된다. 비유와 비교해서 말하면 상징은 비유에서 원관념을 떼어버리고 보조관념만 남아 있는 형태다."[1]라는 설명방식이 대표적인 경우이다. 시에서 이러한 상징의 동일성은 주로 특정한 관념적 내용과 연결되지만, 정서, 심리, 이념적 세계 등 '관념적 내용'으로 지시되기 어려운 것과 관계를 맺음으로써 '암시성'이라는 또 다른 특징적인 면모를 드러내기도 한다. 다수의 시론 교과서에서 '상징'이 '알레고리'와 비교되는 방식으로 기술되고 있는 이유도 여기에 있다.

사실 문학, 특히 예술에서 '상징'이 갖는 의미는 수사학적 영역으로 제한될 수 없다. 오타베 다네히사가 『상징의 미학』에서 밝히고 있듯이, '상징'은 바움가르텐에서 헤겔에 이르는 근대 미학의 핵심 개념 가운데 하나로 자리 잡고 있다.[2] 대다수의 문학 교과서는 문학적 '상징'이 지닌 암

---

1 김준오, 『시론』(4판), 삼지원, 1999, 196쪽.
2 오타베 다네히사, 『상징의 미학』, 이혜진 옮김, 돌베개, 2015, 4쪽.

시성과 다의성을 강조하면서 그것을 알레고리와 비교하는 방식을 취한다. 알레고리가 원관념과 보조관념의 관계가 일대일(1:1)인 반면, 상징의 원관념과 보조관념의 관계는 다대일(다(多):1)이라는 것이 비교의 핵심적인 내용이다. 하지만 상징과 알레고리가 짝을 이룬 것은 괴테 이후의 일이다. 오늘날 문학연구에서 통상적으로 사용하고 있는 상징과 알레고리의 관계 역시 19세기 후반에 정착된 것을 원용하고 있는 것이다. 다네히사의 연구에 따르면 근대 미학사(1735~1835)에서 괴테의 주장을 수용한 것은 셸링의 경우가 유일하며, 심지어 그 역시 '상징 / 알레고리 / 도식'의 3분법을 제시했다. 이는 '상징'과 '알레고리'를 짝으로 간주하는 사고방식이 일반적인 것이 아님을 의미이다. 가령 칸트에게 '상징(적 표현)'의 짝은 알레고리가 아니라 '도식(적 표현)'이었다. "사람들이 선험적 개념들의 근저에 놓는 모든 직관들은 도식들이거나 상징들로서, 그 가운데 전자는 개념의 직접적 현실들을, 후자는 간접적 현시들을 함유한다."[3] 이처럼 예술 이론의 역사에서 '상징-알레고리'의 짝은 최근에서야 등장했으며, 그런 한에서 '상징'을 반드시 알레고리와의 관계 속에서 이해해야 할 이유는 없다.

가다머는 『진리와 방법』의 한 챕터를 "18세기에서 19세기에 걸쳐서 미학이 '유기적으로 성장한 상징과, 차갑고 이성적인 알레고리라는 개념의 대립'을 가져온 과정을 밝"히는 데 할애하고 있다.[4] 그의 주장에 따르면 18세기와 19세기 사이에 서양에서 예술의 척도가 변했다. 18세기까지는 예술의 척도가 '표현'이었으나 칸트 이후 예술의 척도가 '체험'으로 바뀌었고, 이 과정은 예술에서 수사학의 가치가 평가절하되는 것과 동시적으로 진행되었다. 가다머는 괴테 이후 문학에서 예술의 척도가 바뀌는 이 과정을 '상징'과 '알레고리'의 개념 연구를 통해 해명[5]했는

---

3 임마누엘 칸트, 『판단력 비판』, 백종현 옮김, 아카넷, 2009, 400쪽.
4 오타베 다네히사, 『상징의 미학』, 이혜진 옮김, 돌베개, 2015, 12쪽.

데, 이 연구에 따르면 상징과 알레고리가 대립된다는 생각은 18세기까지는 존재하지 않았다. 오히려 이 시기 사람들은 그것들이 다른 것을 대신한다는 점에 주목하여 유사한 것으로 취급했다. 반면에 가다머는 상징과 알레고리 사이에는 원래 아무런 연관성이 없다고 보았다. 왜냐하면 "알레고리는 원래 담화나 '로고스'의 영역에 속하며, 따라서 수사학적 혹은 해석학적 어법"인 반면, "상징은 '로고스'의 영역에 한정되지 않"고, 특히 "상징의 의미는 그 현현에 근거하며, 보이고 말해지는 것의 현존에 의하여 비로소 그 대표적 기능을 얻게"되기 때문이다.[6] 요컨대 알레고리는 해석의 방법인 반면, 상징은 인식의 방법이라는 것이다.

상징의 개념에는 알레고리의 수사적 사용에서는 전혀 볼 수 없는 형이상학적 배경이 감지된다. 여기서는 감각적인 것에서 신적인 것으로 고양되는 것이 가능하다. 왜냐하면 감각적인 것은 단순한 무(無)나 암흑이 아니라, 참된 것의 유출이며 반영이기 때문이다. 근대의 상징 개념은 이러한 그노시스적 기능과 이 기능의 형이상학적 배경 없이는 전혀 이해될 수 없다. '상징'이란 낱말이 증빙 자료, 인증, 증명이라는 원래의 용법에서 비밀스러운 기호의 철학적 개념으로 고양되고, 그와 동시에 성직자만이 풀 수 있는 상형문자에 가까운 것으로 될 수 있는 이유는 상징이 제멋대로 기호를 취하거나 만든 것이 아니라, 볼 수 있는 것과 볼 수 없는 것의 형이상학적 연관성을 전제하기 때문이다.[7]

알레고리와 달리, 상징에는 형이상학적인 배경이 존재한다. 간단히 요약하자면 그것은 보이는 것과 보이지 않는 것, 볼 수 있는 것과 볼 수 없는 것의 일치라는 사고방식이다. 이것은 관습적이고 교의적인 것을 배

5 김선규, 「H.-G. Gadamer의 철학적 해석학과 진리의 문제」, 중앙대 박사논문, 2011, 77쪽.
6 한스 게오르크 가다머, 『진리와 방법 I』, 이길우 외 옮김, 문학동네, 2012, 112~113쪽.
7 같은 책, 113~114쪽.

경으로 하는 알레고리와 확연하게 구분되는 상징의 특징이다. 이러한 사고방식이 상징은 '남김없이 해석될 수 없는 것'인 반면 알레고리는 '이미 해석되어 있는 것'이라는 관념을 낳았고, 이러한 상징의 미(未)규정성이 칸트 시대에 '천재성=자유로운 유희'라는 개념과 결합됨으로써 알레고리의 위상에 심각한 타격을 불러왔다. 이때부터 알레고리는 기독교적 해석의 문제와 연결됨으로써 신비화의 길로 나아간 상징과 정반대의 길, 즉 합리주의적 경향으로 자리 잡기 시작했다. "'유기적으로' 발전한 상징과 차가운 오성적 알레고리라는 개념 대립"이라는 가다머의 주장은 이러한 미학의 역사를 배경으로 만들어진 것이다.[8]

2. '상징시학'의 이론적 배경

마광수의 『상징시학』은 인간은 '상징적 동물'이며, 인류의 모든 문화형식은 곧 상징형식이라는 주장에 기초하고 있다. 이것은 그가 반복해서 인용하고 있는 철학자 에른스트 카시러의 주장이기도 하다. 카시러는 인간의 본질적 특징을 상징의 형성에서 찾는다. 그에 따르면 '상징'은 인간의 정신적인 능력이 외적으로 표현된 것[9]으로, 언어와 신화 등의 일체의 것을 가리킨다. 이러한 문제의식은 인간의 세계 이해가 즉자적인 또는 모사적인 방식의 객관적 관계에 의해 행해지는 것이 아니라 '정신적 형식'이라고 불리는 다양한 형식들을 통한다는 것, 따라서 그 형식에 대한 탐구를 통해 인간의 정신적 정신을 이해할 수 있다는 것에서 출발한다. 카시러의 이러한 사유가 당대의 자연과학적 인식과 결을 달리

---

8 가다머, 앞의 책, 122쪽.
9 에른스트 카시러, 박찬국 옮김, 『상징형식의 철학』, 아카넷, 2011, 559쪽.

하는 것이었음은 주지의 사실이다.

데카르트 이래 사람들은 '이성' 능력이 인류의 발전을 이끌었다고 생각했지만, 마광수는 인류의 역사와 문화를 되돌아보면 그것은 이성이 아니라 '사회적 신화'의 몫이었고, 다양한 인간 정신의 상징기능이 종합되어 사회적 신화를 창조했다고 이해한다. 이 주장에 따르면 인간의 '언어'도 상징이다. 즉 인간은 언어적 상징을 통해서만 사고할 수 있으며, 따라서 우리가 지각하는 모든 실체적인 것이 사실은 '상징적 그림자'에 불과한 것이 된다. 마광수는 이러한 사고를 '상징적 시각'이라고 명명한다. '상징적 시각'은 한편으로는 인류의 역사와 문화를 '이성'을 중심으로 설명하는 패러다임과 대립하며, 또 한편으로는 인류의 역사를 진보 또는 발전의 과정으로 간주하는 낙관적 역사관을 비판한다. '상징적 시각'은 외형적인 진화와 발전에도 불구하고 인류의 역사를 본질적인 법칙의 반복으로 이해한다.

'상징'은 이미-항상 '본질 / 실체'의 존재와 '해석'의 문제를 수반한다. 마광수는 이러한 '상징'의 특징을 이렇게 설명한다. "우주적 실상으로서의 본체는 우리가 살고 있는 현상적 세계 내부에 실재하고 있으나, 직접적으로는 파악되지 않는다. 우리의 인식구조가 너무나 유한하기 때문이다. 우리가 보고, 듣고, 판단하는 것들은 모두가 가변적인 것이며, 본체의 일부나 그림자일 뿐이다."[10] 이 세계에는 본질 / 실체가 존재하지만 그것은 유한한 존재인 인간의 '인식'으로 도달할 수 있는 것이 아니다. 즉 우리의 인식과 경험은 그것의 '그림자'로서의 의미를 지닐 뿐이다. '그림자'를 통해서 '상징'이라는 본질 / 실체에 접근해야 하는 것이 인간의 운명이라면, 여기에는 해석에 따른 '위험성', 즉 오해의 여지가 항상 존재하며, '상징'은 오로지 간접적인 방식으로만 자신을 드러낸다

---

10 마광수, 『상징시학』, 청하, 1985, 22쪽.

는, 즉 '암호적 계시성'이 뒤따를 수밖에 없다.[11] 이러한 사고는 일종의 '불가지론'이라고 말할 수도 있는데, 따라서 '상징'의 유의미성은 그것은 온전히 이해할 수 있다는 인식론이 아니라 '해석'이라는 과정을 통해 "우리들을 혼돈의 와중으로부터 탈출시켜 상상의 자유와 직관으로의 길을 열어주는 역할"을 한다는 측면에서 찾아져야 한다.

시는 운문의 여러 장르에 속한 작품들의 총칭이라기보다는 인간 체험의 어떤 공통된 특징을 가리키는 말이 된다. (…중략…) 정보 제공이 목적이 아닌 글, 내용과 형식을 분리할 수 없도록 된 글, 외연적이고 기호적인 언어사용이 아니라 함축적이고 정서유발적인 글, 그것 자체로서 충족된 하나의 의미 세계를 이루고 있는 글, 그것 자체로서 하나의 통일된 심상을 이루는 글 등등의 개념으로 시는 정의될 수 있다. 언어는 본래 원시시대에는 비유적이고 상징적이고 신화적이었는데 차츰 관념화되었다고 하는 사실은, 시가 인간의 본질과는 떨어질 수 없는 것이라는 큰 진리를 내포하고 있다. 시가 할 수 있는 가장 큰 역할은 철학이나 과학처럼 관념 전달의 목적을 가지고 있지 않다는 점이다. 시가 없다면 인간은 자기의 원초적 본질을 확인할 수 없다. 그러므로 시는 문학의 기본적 장르의 하나인 동시에 인간의 깊은 내면을 암시하는 일체의 것들을 가리킨다.[12]

수사학적 영역이 아니라 인류의 역사와 문화 전체를 '상징 형식'으로 볼 때, 나아가 '언어' 역시 상징으로 볼 때, '언어'의 성격이나 기능, 그리고 '언어'에 기초한 예술, 특히 시에 대한 이해가 문제가 된다. 주지하듯이 현대의 일반언어학은 '언어'를 자의적인 기호로 간주한다. 인간 언어

---

11 "상징은 우리로 하여금 어떤 총체적인 우주관에 접근할 수 있는 기회를 마련해 주지만 그 반면에 상징의 그릇된 해석은 우리들을 더욱 더 본질로부터 멀어지게 하여, 전혀 엉뚱한 오해를 빚어내게도 만드는 것이다." 같은 책, 86쪽.
12 같은 책, 42쪽.

에 대한 이러한 언어학적·기호학적 사고는 의미-정보전달의 기능이라는 차원에서 '언어'에 접근한다. 반면 상징적 기호의 관점에서 보면 '언어'는 결코 의미-정보전달의 수단으로 환원되지 않는다. 상징적 기호의 관점에서 보면 '언어'는 원래 "실제적 효용의 면에 있어 신화적 주술과 가장 가까운 것"이었고, "신화적이면서 형이상학적인 주술적 의미"를 담고 있었다. 그러다가 '언어'에서 신화적·주술적 의미와 효용이 삭제됨으로써 오늘날과 같은 언어, 즉 언어학적·기호학적 대상으로서의 '언어'가 된 것이다. '언어'를 상징적 기호로 간주하는 사람들은 비록 오늘날 '언어'가 의미-정보전달의 수단으로 전락하고 말았지만, 그럼에도 불구하고 언어가 신화적·주술적인 방식으로 기능하는 사례가 여전히 존재한다고 주장한다. 그 대표적인 경우가 바로 문학, 특히 시(詩)이다. 이들에게 시는 특정한 문학적 장르나 기교의 차원이 아니라 "인간 체험의 어떤 공통된 특징"과 "인간의 깊은 내면을 암시하는 일체의 것"을 함축하고 있는 언어체이다. 따라서 이러한 '언어'가 의미-정보전달의 수단으로서의 언어와 질적으로 구분되는 것은 당연하다. 시적 언어의 창조적 힘이라는 표현의 성립은 정확히 이러한 구분에 기초하고 있다.

표면적으로 '상징'으로서의 언어와 '기호'로서의 언어는 구분되지 않는다. 하지만 동일한 '언어'가 '기호'로서 수행하는 기능과 '상징'으로서 수행하는 기능은 전혀 다르다. 말라르메에서 시작되는 유럽의 상징주의는 물론, 상징주의의 '언어'와 '상징으로서의 언어'를 구분하고 있는 마광수의 주장 모두는 이러한 구분에서 출발하고 있다.[13] 가령 언어가 '기호'일 때, '컵'이라는 단어는 물질적 대상인 '컵'을 지시 / 대체하는 역할

---

[13] 마광수는 말라르메로 대표되는 상징주의에 대해 비판적인 입장을 갖고 있었다. "말라르메는 그의 시작(詩作) 초기에, 현실을 대신할 수 있는 이상 세계를 이론적인 지성으로서 탐구해 보고자 노력하였는데, 그의 이러한 이지적 탐구의 결과, 현실 세계의 배후에는 참다운 허공 이외에는 아무것도 존재하지 않는다는 결론에 도달하게 되었다." 같은 책, 118쪽.

을 수행하지만, 언어가 '상징'일 때, '컵'이라는 단어는 언어적 층위는 물론 물질적 대상과의 관계를 초월한 어떤 세계를 환기시킨다. "상징이란 유한의 세계에 의해서 무한의 세계를 표현하는 것이다."(52)나 "상징은 존재의 공간을 열어준다. 그러나 그것은 인간의 언어적 표현을 떠나서 존재한다."(32) 같은 주장은 이런 맥락에서 이해되어야 한다. '상징'으로서의 언어는 지시하지 않고 '표현'하며, 인식활동의 산물이 아니라 본질적이라고 말할 수 있는 존재의 공간을 개시(開示)한다. 마광수는『상징시학』Ⅱ~Ⅲ에서 윤동주의 「십자가」에서 '십자가', 「서시」에서 '별', '바람', '하늘', 유치환의 「깃발」에서 '깃발' 등은 자연적·경험적 대상이 아니라 그것을 초월한 본질적인 세계의 맥락에서 이해되어야 한다고 지적하고 있다.

> 시는 그 자신만으로 존재하는 총체적 세계를 창조한다. 시의 이미지가 아무리 사실적인 것이라고 하더라도, 그것은 시의 이미지 자체로서 순수한 것이요 현실적인 것은 아니다. 그것은 창조된 가상(假像)으로서의 표현형식이요, 그 속에 소속된 것은 어느 것이나 생명력, 정서, 의식의 상징적 표현을 증폭한다. 시는 모든 다른 예술과 마찬가지로 추상적이고 유기체적인 것이다. 그것은 음악과 마찬가지로 유기적인 리듬을 가지고 있으며, 미술과 마찬가지로 어떤 형상미를 가지고 있다. 시는 언어가 갖는 힘—현실의 현상을 정식화하는 힘으로부터 생긴 것이지만, 시의 힘은 일상 언어의 전달기능과는 근본적으로 다른 것이다. 시는 언어적 서술이 아니라 창조인 것이다.[14]

'상징'으로서의 언어라는 마광수의 주장은 시(詩)에 관한 논쟁점을 제공한다.

---

14 같은 책, 68쪽.

첫째, 그것은 시를 언어예술이라고 말할 때의 '언어'가 지시-전달의 수단으로서의 언어, 즉 언어의 도구적 기능에 기초한 것이 아님을 말해준다. 마광수가 시를 반복적으로 '형이상학'의 문제와 연결시키는 까닭도 여기에 있다. "상징은 사물의 밑바닥에서 빛을 내고 있다. 그것은 인식이 아니다. (…) 상징은 보편타당성에 입각한 경험이라든가, 실증가능성과는 전혀 관계가 없다. 상징의 원리는 실존, 즉 실재와의 관련에서 찾아진다."[15] 하지만 '상징으로서의 언어'와 '지시-전달의 수단으로서의 언어'가 실체적으로 별개의 언어는 아니다. 현상적인 차원에서 그것들은 구분되지 않는다. 이 차이를 실체적인 것으로 이해한 것이 러시아 형식주의의 실수였다는 것은 널리 알려진 사실이다. 전자는 후자로부터 벗어나는 과정을 통해 만들어지는 것이다. 어떤 대상을 쓸모, 유용성, 금전적인 가치 등의 자연적·일상적 대상이 아니라 본질적인 대상으로 경험하는 과정도 이와 동일할 것이다. "상징의 본질을 파악하는 데 있어 가장 중요한 것은, 이 세상 모든 사물들에 대한 인식을 선험적으로 무화시켜 새롭게 하는 일이다."(32)라는 진술이 의미하는 바가 바로 그것이다.

요컨대 시인은 언어는 물론 사물을 수단과 도구로 바라보는 자연적·일상적 경험으로부터 그것들을 분리 / 해방시키는 존재이며, 이런 한에서 시의 본질은 경험 자체를 진솔하게 또는 아름답게 표현하는 행위가 아니라 "지각할 수 있는 인간 경험의 새로운 창조"에 있다고 말할 수 있다.

둘째, 이러한 주장에 따르면 텍스트 내부는 완결된 '총체적 세계'로서 그 바깥과 단절된 것으로 이해되어야 한다. "시는 그 자신만으로 존재하는 총체적 세계를 창조한다. 시의 이미지가 아무리 사실적인 것이라고 하더라도, 그것은 시의 이미지 자체로서 순수한 것이요 현실적인 것은 아니다." 이 주장에 따르면 시-텍스트는 그 바깥, 즉 현실과 무관하게

---

15 같은 책, 32쪽.

자족적으로 존재하는 '총체적 세계'이다. 이것이 바로 '예술의 자율성'의 근거이기도 하다. 이러한 주장은 예술을 '재현 / 반영'의 관점에서 이해하는 태도, 즉 회화와 문학이 텍스트(작품) 바깥의 대상(세계)을 재현한 것이고, 그런 한에서 예술 작품과 그 바깥의 대상(세계) 사이에는 연속성이 존재한다는 사고방식과 대립한다.

20세기 회화의 추상주의적인 경향이나 문학에서의 '의식의 흐름', '자동기술' 등은 예술을 재현 / 반영의 관점에 근거한 연속성으로부터 분리시키려는 실험이었다. 하지만 "현실과의 모든 접촉점을 끊는다."[16]라는 말이 문학이나 예술이 현실 세계에서 출발하면 안 된다는 의미는 아니다. 재현의 관점에서 보면 예술작품의 의미나 가치는 이미-항상 그것의 출발점인 대상-세계와의 관계에 의해 결정될 수밖에 없다. 텍스트의 내부를 완결된 '총체적 세계'로 이해한다는 것은 정확하게 이러한 시각을 부정한다는 것으로, 즉 예술작품의 가치와 의미를 현실 세계의 논리는 물론 대상-세계와의 관계에 의해 평가하는 방식에서 벗어난다는 의미이다.

마광수가 이야기하는 '상징'의 의미도 이것이다. 그는 시에 쓰인 '단어 / 언어'를 일상적인 용법이나 현실적인 맥락에서 해석하면 안 된다고 주장한다. 이는 마광수의 '상징시학'이 말라르메, 김춘수의 '무의미 시'와 무관하지 않으면서도 정작 그가 둘 모두에 대해 부정적인 이유이다. 그는 현실과의 관계를 단절하는 것에 동의하지 않았다. '상징으로서의 언어'는 '지시-전달의 수단으로서의 언어'를, '본질적 세계의 표현'은 '일상적·자연적 경험의 표현'을 경유할 수밖에 없다.[17]

---

16 같은 책, 118쪽.

17 "현실과의 모든 접촉점을 끊는다는 자체는 현실 세계의 〈의식적인 파괴〉이다. 이 이론은 훗날 초현실주의나 다다이즘의 골자가 된다. 그러나 의식적인 파괴에 의해서 형이상학적 진실이 드러나는 것은 아니다.(…중략…)〈형이상〉이라는 말 자체가 〈형이하〉를 전제로 하고 있는 만큼, 시는 형이하학적 소재를 가지고 그것을 상징의 매개물로 삼아 형이상학적 본질의 세계를 제시

3. '표현'으로서의 문학

표현이라는 말은 보통 expression의 의미로 사용된다. express 한다는 것과 present 한다는 것은 확실히 다르다. express는 안에 있는 것을 밖으로 밀어내어 보여준다는 것이다. 그러므로 여기엔 표출(表出)이라는 말이 더 적당하다. present란 단순히 안에 있는 것을 밖으로 밀어내는 것이 아니라, 무엇인가 〈정체를〉 드러내어 보여준다는 것이다. 그것이 안에 있었던 것이던, 아예 존재하지 않았던 것이든 괜찮다. 무엇인가를 새롭게 창조하여 나타낸다. 여기엔 종교에서 말하는 계시(啓示)라든가 현시(現示)라든가 하는 형이상적이고 초월적인 의미가 더욱 더 내포되어 있다.[18]

두루 알다시피 '재현'과 '표현'의 대립은 예술의 현대성을 설명할 때 빠지지 않고 언급되는 미학적 개념들이다. 철학에서는 질 들뢰즈가 베이컨의 회화를 분석하면서 이 대립을 강조하여 예술만이 아니라 철학사 전반으로 논쟁이 확대되었다. 들뢰즈는 '재현'이 '재현 대상'과 '재현물', 즉 '재현되는 것'과 '재현된 것'의 동일성을 전제한다는 사실에 주목했다. '재현'의 패러다임에서 후자는 이미-항상 전자에 속박되어 있다. 가령 우리는 특정한 대상을 그때그때마다 다르게 경험하지만, 그럼에도 불구하고 그 경험의 차이가 아니라 '특정한 대상'을 중심으로 사유함으로써 '차이-경험'을 간과하곤 한다. 들뢰즈는 '재현되는 것'과 '재현된 것'의 차이, 나아가 '특정한 대상'에 대한 그때그때마다의 차이를 무화시키는 이러한 사고를 '동일성의 사유'라고 명명하고 비판했다. 들뢰즈에게 베이컨의 그림은 이러한 재현의 논리를 벗어난 회화의 대표적인

해야 하는 것이다.(…중략…)무의미한 것이 가장 순수한 것이요, 초월적인 것이라는 생각은 시를 언어의 유희로 전락시킬 위험이 있다." 같은 책, 118~119쪽.
18 같은 책, 122쪽.

사례였다.[19] 그렇다면 들뢰즈는 '표현'을 어떻게 이해했을까? 일반적으로 예술에서 '표현'은 '표현주의'와 동일시되어 이해되는 경향이 있다. 표현주의에서 '표현'은 개인의 내면과 감정을 펼친다(express)는 의미로 통용된다. 하지만 들뢰즈의 '표현' 개념은 표현주의의 그것과는 다르다. 표현주의의 '표현'은 개인이라는 인격적 주체를 전제하고 있는 반면에, 들뢰즈의 '표현' 개념은 신체 / 표면 위의 감각 등의 우연적 요소를 가리키기 때문이다. 들뢰즈는 이러한 '표현'의 차이성에 기초하여 '차이'가 '동일성'에 선재한다는 철학적 문제를 제기했다.

한편 마광수는 '표현'과 '재현'의 문제를 '상징'과 연결시킨다. 위의 인용에서 드러나듯이 그는 '표현'을 express로 이해하는 들뢰즈와 달리 present로 간주하면서 그것에 '형이상학적이고 초월적인 의미'를 부여한다. 나아가 그는 "형이상학적 상징은 일종의 표현에 속하는 것이요, 형이하학적 상징은 일종의 재현에 속하는 것"[20]이라는 주장을 펼친다. 그런데 재현에는 이미-항상 재현 대상이 전제된다는 점에서 "재현은 표현에 비하여 현상적이고 형이하학적이다."라는 주장은 타당하지만, 표현을 express가 아니라 present로 간주하는 데에는 선뜻 동의하기 어렵다. 그렇게 되면 '표현'과 '재현'을 각각 'present'와 'represent'로 표기해야 하는데, 이는 개념상의 상당한 혼란을 초래할 수밖에 없기 때문이다. 또한 마광수는 문학에 대한 '동양'과 '서양'의 대립을 '표현'과 '재현'의 대립으로 이해한다. 플라톤-아리스토텔레스에서 기원하는 서양의 예술론이 '재현'의 논리에 기초하고 있음은 부정할 수 없지만, 이것에 기초하여 '동양'과 '서양'을 각각 '표현'과 '재현'으로 환원하는 것은 지

---

19 "들뢰즈가 베이컨의 회화에 주목하는 이유는 그가 재현 대상이 아니라 감각을 그리고자 한 화가이기 때문이다. 들뢰즈는 감각을 부여하고자 하면서, 재현을 제거하는 화가로서 베이컨을 이해한다." 조선령, 「들뢰즈의 '표현'에 관한 연구」, 『대동철학』 제23집, 대동철학회, 2003, 3쪽.
20 마광수, 『상징시학』, 청하, 1985, 121쪽.

나친 일반화이다.

　표현은 어떠한 대상적 관계를 염두에 두지 않고 스스로를 그대로 드러내는 것이다. (…중략…) 표현은 상징과 관계가 있다. 재현이 비유적인 것이라면 표현은 상징적이다. 비유는 문학적 이미지의 가장 큰 부분을 차지하고 있다. (…중략…) 비유는 두 가지의 서로 다른 사실에서 연관성을 발견하는 데서 시작된다. 연관성은 유추의 과정을 거쳐서 찾아진다. 비유는 확실히 우리의 현상적 인식과 경험의 범주 안에 정착되어 있을 때 성립된다. 그러나 상징은 좀 다르다. 상징은 비유와 달리 확정된 의미에 대한 현상적 설명이 가능하지 않고 대단히 추상적이다. 상징은 어떤 형이상학적인 사실을 다른 사물에 의하여 암시나 연상 따위로 표명하는 방법이다. (…중략…) 표현의 궁극적 본질은 〈암호성〉에 있다고 할 수 있다. 상징은 암호의 성질을 지향하고 있기 때문이다.[21]

　마광수가 "표현은 상징과 관계가 있다."라고 단언하는 까닭은 그것, 즉 '표현'이 그 논리상 자족적이기 때문이다. "단지 존재함으로서 존재한다."라는 말처럼 그것은 존재하기 위해 다른 무엇을 필요로 하지 않는다. 이는 존재하기 위해서는 다른 무엇, 즉 둘 이상의 관계성을 필요로 하는 '비유'와 확연히 구분되는 점이다. 비유는 '유추'라는 관계성을 필요로 하며, 비유를 통해 드러내고자 하는 '의미' 역시 이 유추 관계를 통해 어느 정도 확정되기 마련이다. 뒤집어 말하면 '상징'은 이러한 부가적 요소와 관계성을 필요로 하지 않음으로 인해 확정된 의미에 대해 말하기 어렵다. "상징은 비유와는 달리 확정된 의미에 대한 현상적 설명이 가능하지 않고 대단히 추상적이다."라는 주장은 이러한 차이에 대한 강조이다. 마광수는 이러한 차이를 '표현' 개념에 그대로 적용시킴으로써

---

21 같은 책, 124쪽.

'암호=표현'이라는 주장을 도출하고, 나아가 종교적인 맥락에서의 초월자의 '말'이 지니는 계시성, 암호성, 상징성의 문제에 접근한다. 이러한 사실에 비추어 마광수가 '재현=소설', '표현=시'라는 이분법적인 장르론을 주장한다고 말할 수는 없다. 실제로 그는 『상징시학』의 후반부에서 김동리의 「장미」와 송욱의 「장미」라는 두 편의 시를 분석하면서 전자에 등장하는 '장미'가 "현상적이고 현실적인 상식의 재현"인 반면에 후자에 등장하는 '장미'는 "장미의 새로운 이미지, 새로운 상징으로 하여 장미가 던져주는 새로운 형이상학적 메시지"를 보여주는 '표현'의 사례라고 평가하고 있다. 요컨대 '재현'과 '표현'의 차이는 장르의 차이가 아니라 대상에 대한 인식 방식의 차이에서 비롯된다는 것이다. 그렇지만 장르로서의 소설과 시가 각각 '언어'를 사용하는 방식이 다르다는 사실을 염두에 둔다면 이 구분이 장르적 구분과 무관하다고 단정하기도 어려울 듯하다. 실제로 『상징시학』의 결론에 해당하는 '상징의 기능' 부분에서 마광수는 시의 존재의의를 다음처럼 '상징'에서 찾고 있다. 여기에서 '상징'은 시 장르의 배타적인 전유물은 아니지만, 소설의 언어에서는 발견하기 어려운 시적 언어의 형이상학적 특징과 직접적으로 연결된다.

시가 상징을 통하여 철학, 특히 형이상학의 구실까지도 포괄하는 폭넓은 기능을 가질 때 시는 비로소 존재의의를 갖는다. (…중략…) 상징은 현상적 인식과 초월적 인식의 다리를 놓아 주는 역할을 한다. 여기에 중개자로서의 역할을 하는 것이 바로 상상력이다. 인간의 창조적 상상력은 직관과 결합하여 상징적 계시를 직접적으로 이해할 수 있도록 한다. 그리고 상징과 상상력이 가장 잘 결합될 수 있는 계기가 〈시〉를 통하여 이루어지는 것이다. 시는 예술과 철학을 합치시킨 것이며 형이상학적 진지를 가장 완벽하게 상징의 형태로 바꿔 놓은 것이라고 할 수 있다.[22]

4. '상징'으로 읽는 윤동주

마광수는 1983년 연세대학교 국어국문학과에서 '윤동주 연구'로 박사학위를 받았다. 마광수의 이 논문은 윤동주 한 사람을 연구 대상으로 삼은 최초의 박사학위 논문임에도 불구하고 여러 가지 이유로 그간 제대로 주목받지 못했다.[23] 마광수는 이 논문에 '그의 시에 나타난 상징적 표현을 중심으로'라는 부제(副題)를 붙이고 있는데, 이는 이 논문에서 시작된 '상징'에 대한 관심이 이후 『상징시학』(1985)으로 확장되었다는 의미로 이해할 수 있다. 『상징시학』이 '상징'에 대한 이론적 논의가 중심인 이론서 성격을 지닌다면, 「윤동주 연구」는 '상징적 표현'인 구체적 텍스트에 대한 해석에 초점을 맞추고 있는 사례 분석이라고 말할 수 있다. 이러한 조건 때문에 「윤동주 연구」에서 '상징' 자체에 대한 이론적 논의는 매우 제한적인 수준에서 행해지고 있다. 하지만 "인간이 동물과 다른 특성을 갖고서 문화를 창조한 것은 상징을 구사할 수 있는 능력을 지니고 있기 때문이다. 인간은 상징을 통해서 사고 활동을 한다."[24]라는, 소위 '인간=상징적 동물'이라는 E.카시러의 관점은 그대로 유지되고 있다.

시인은 의미를 관념 그대로 전달하지 않고 구체적인 심상으로 형상화시켜 전달한다. 심상은 우리의 마음속에 떠오르는 구체적인 형상을 말하는 것이고, 상징은 심상이 또 다른 의미를 나타내는 것이다. 이렇게 어떤 구체적인 심상을 통해서 어떤 다른 의미를 암시해줌으로써 관념 이전의 근본적인 의미를 전달하는

---

22 마광수, 『상징시학』, 청하, 1985, 145~147쪽.
23 1986년에는 이남호가 「윤동주 시의 의도연구」로 고려대학교에서 박사학위를 받았고, 1987년에는 이사라가 「윤동주 시의 기호론적 연구」로 이화여자대학교에서 박사학위를 받았다. 마광수, 이남호, 이사라 세 사람이 80년대에 윤동주 연구로 박사학위를 받은 1세대 연구자라고 말할 수 있다.
24 마광수, 『윤동주 연구』, 철학과 현실사, 2005, 28쪽.

것이, 시가 상징을 표현의 가장 직접적인 수단으로 삼게 된 이유이다.

시인이 가지고 있는 독특한 정서를 독자에게 전달하려는 방법이 시 언어를 통한 이미지의 형상화 작용이고, 이 심상이 지닌 언어적 한계를 초월하여 언어 이전의 본질 세계로 이끌어가는 작용이 시에서의 상징적 수법이다. 단순히 이미지 하나하나의 형상화보다도 한 걸음 더 나아가 시 전체의 유기적 통일성에 기초한 포괄적 상징이 이루어질 때, 시적 주제는 심화되고 확대된다.[25]

이 논문의 서론은 이중적인 의미에서 흥미롭다. 먼저, 논문의 서론에서 마광수는 시를 이해하는 자신의 입장을 상당히 강력한 어조로 밝히고 있다. 이 논문으로부터 30년 이상 떨어져 있는 지금의 시각에서 보면 '시'에 대한 마광수의 생각에는 지나치게 상식적인 대목이 없지 않다. 그럼에도 불구하고 "시는 시인의 자기 통찰과 자기 연민 그리고 본능적 욕구의 대리배설로 이루어질 때 한결 진솔한 감동을 준다."거나 "문학 해석의 본령은 작가의 의도 파악에 있는 것이 아니라 작품의 의미 파악에 있다." 같은 주장들은 시에 대한 그의 생각을 이해하는 데 중요한 길잡이가 된다.

다음으로, 이 서론에서 마광수는 '상징'과 '상징적 표현'이라는 개념을 사실상 동일한 것으로 사용하고 있다. 앞에서 살폈듯이 카시러의 상징론의 핵심적인 문제의식은 인간의 세계 이해와 인식 능력이 '상징'이라는 매개를 거친다는 것에 있고, 이런 맥락에서 언어, 신화 등은 '상징'이라는 층위에서 동일하게 이해될 수 있다. 하지만 이러한 사고는 추상적이어서 이때의 '언어'와 '신화'는 각각 구체적인 언어적 표현이나 신화적인 요소 등을 통해 현실화될 수밖에 없으며, 거기에는 이미-항상 '해석'의 문제가 개입되어야 한다. 그럼에도 불구하고 '언어'를 단순히 '상

---

25 같은 책, 31쪽.

징'이라고 말하기보다는 '상징체계'라고 표현하는 까닭은 언어 자체가 특정한 체계를 형성하고 있기 때문이다. 이 때문에 '언어' 자체와 그것의 구체적인 화행이나 발화행위 등은 구분되어야 한다. 하지만 "상징은 심상이 또 다른 의미를 나타내는 것"이라는 말처럼 위의 인용에서 마광수는 상징체계로서의 '언어'에 관심을 기울이기보다는 그것이 구체적으로 사용되어 나타난 표현, 그리고 그것이 "언어의 한계를 초월하여 언어 이전의 본질 세계로 이끌어가는 작용"을 '상징'이라고 규정한다. "상징이란 심상이 어떤 추상적 의미를 불분명하게, 그러나 그 큰 폭과 깊이가 느껴지도록 암시하는 표현 양식이다."라는 주장이 등장하는 근거도 여기에 있다.

윤동주의 시에 대한 마광수의 해석에서 주목해야 할 점은 크게 두 가지이다. 하나는 윤동주를 저항 시인으로 간주하는 기존의 연구 경향과 달리 "윤동주를 '저항 시인'이 아니라 순수한 '휴머니스트'로 보아야 한다"라는 주장이다. 이러한 기본적 시각은 "그는 깊은 애정과 폭넓은 이해로 인간을 긍정하면서도 실제로는 회의와 혐오로 자신을 부정한, 어찌 보면 결벽증에 가까운 휴머니스트였다."[26]라는 간결한 주장에 압축되어 있다. 실제로 마광수의 이 논문은 전기적 사실에 중점을 둔 이전의 연구 경향에서 벗어나 '상징적 표현'을 중심으로 시세계를 해석하는 방법론상의 선구적 역할을 했다고 평가된다.[27] 다른 하나는 윤동주 시의 상징체계를 (1)자연 표상의 상징 (2)시대 및 역사적 상황의 상징 (3)소외의식과 내적 갈등의 상징 (4)사랑과 연민의 상징 (5)종교적 표상으로서의 상징으로 분류하고 있는 점이다. 오늘날 '상징'이라는 개념을 전면에 내세우지 않고 있지만 이러한 시각을 이어받고 있거나, 다섯 가지 분류 가운데 하나에 초점을 맞춰 윤동주의 시세계를 해석하는 연구 방식

---

26 같은 책, 12쪽.
27 김치성, 「윤동주 시 연구」, 한양대 박사논문, 2016, 13쪽.

은 매우 일반화되어 있다. 마광수가 '상징'에 근거하여 윤동주의 작품을 분석하고 있는 몇몇 사례들을 살펴보자.

죽는 날까지 하늘을 우러러
한 점 부끄럼이 없기를,
잎새에 이는 바람에도
나는 괴로워했다.
별을 노래하는 마음으로
모든 죽어가는 것을 사랑해야지
그리고 나한테 주어진 길을
걸어가야겠다.

오늘 밤에도 별이 바람에 스치운다.

—「서시(序詩)」 전문

우리에게 「서시」라는 제목으로 알려져 있는 작품이다. 윤동주는 이 작품의 말미에 창작 일시를 1941년 11월 20일이라고 표기해두었다. 알려진 것처럼 이 시는 별도로 창작된 작품이 아니라 그가 시집을 출간하기 위해 작품들을 모은 뒤 원고의 첫머리에 서문(序文) 성격으로 붙인 글(혹은 작품)이다. 이런 이유로 마광수는 이 시가 윤동주의 시 전체를 포괄적으로 요약하고 있다고 평가한다. 마광수에 따르면 이 시에 등장하는 '하늘', '별', '바람', '오늘', '밤' 등의 시어들은 축자적인 방식이 아닌 상징적 표현으로 읽어야 한다. 요컨대 '하늘'은 "한국인의 전통 사상으로 내려온 윤리적 주재자의 상징"이고, '별'은 "시인의 이상적 좌표가 되는 모든 철학과 사상의 수렴적 표현"이며, '오늘'은 "식민지 시대라는 역사적 배경"이며, '밤'은 "당시의 상황이 지극히 어둡고 암담한 것이었음"을 나타내는 표현이라는 것, 따라서 '바람' 역시 "당시의 어둡고 괴로운 현실 상황, 그리고 인간이 겪어야 하는 가혹한 시련을 상징"한다는 것이다. 중·고등학교 교육을 통해 이미 이런 해석을 충분히 경험한 우리에게 이러한 주장은 지극히 상식적으로 들리지만, 그 상식적 해석이 뿌리내리는 데 마광수의 역할이 컸음은 부정되기 어렵다.

다만 우리가 이러한 해석 내용에 이미 익숙한 상태이고, 특히 그가 '상징'에 관한 이론적 논의에서 강조한 그것의 형이상학적 가치와 위상을 어떻게 이해할 것인가의 문제는 여전히 남는 듯하다. 뿐만 아니라 이러한 상징적 해석이 그 표현을 둘러싸고 있는 문맥의 영향에서 자유롭지 않을 때, 가령 '하늘'이 "지상의 것을 완전히 초월하여 이룩된 절대 가치의 의미를 갖는 것"인 경우와 "지상적인 고뇌, 현실적인 아픔이 그 바탕에 깔려 있"어서 "상당히 비관적인 인생관으로부터 도출된 하늘"인 경우로 양분되었을 때, 그리하여 단일한 의미로 회수되지 못할 때에는 절충주의적 해석으로 귀결될 가능성이 높다는 한계를 지적할 수 있다. 단적으로 논문에서 "윤동주의 시에 나타나는 '하늘'의 심상은 긍정과 부정의 이중적 의미를 갖고 있다"라고 평가하는 장면이 대표적이다. 여기에서 '하늘'은 표면적·축자적 공간인 '하늘'이 아니라 시적 '상징'으로 사용되었음에도 불구하고 그것의 의미는 자족적이지 않고 맥락에 의해 결정된다. 이는 '상징'이 "우리들을 혼돈의 와중으로부터 탈출시켜 상상의 자유와 직관으로의 길을 열어주는 역할"을 한다고 주장할 때의 느낌과 달리 '상징'이 이미-항상 일정한 맥락에 의해 좌우되고, 나아가 그 맥락이 다분히 관습화된 것이라는 느낌을 준다.

마광수 자신이 주장했듯이 다른 것과의 관계, 즉 자신 이외의 어떤 것을 필요로 하는 '비유'와 달리 '상징'은 오직 그것 자체로, 자족적으로 존재한다는 점에서 '암호', '표현' 등의 개념과 동일하게 취급되었다. 특히 '비유'가 어느 정도의 관습적인 해석의 맥락을 필요로 하는 것과 달리 '상징'에는 그런 맥락이 필요치 않으며, 바로 그렇기 때문에 해석적 모호성이 존재한다는 것이 상징 이론의 핵심적인 입론이었다. 이러한 주장을 밀고 나가면 '비유'는 맥락적인 해석인 반면, '상징'은 비(非)맥락적인 해석이고, 그런 이유에서 '상징'의 해석은 난해할 수밖에 없다는 논리에 도달하게 된다. 이는 맥락적 이해를 강조하면, 또는 특정한 상징적 표현에 대해 다가(多價)적인 의미를 부여하면 '상징'의 존재가치가 위태로워질 수 있다는 의미이기도 하다. 물론 이때의 '상징'은 카시러가 '상징체계'라는 개념으로 요약한 그것, 즉 인간이 세계를 이해하기 위해 만든 매개로서의 상징과는 다른 층위에 속한다.

5. 나가며 : 시어와 상징

실용적 언어와 문학적 언어가 다르듯이, 시의 언어와 소설의 언어 또한 다르다. 시의 언어가 지니는 가장 분명한 특징의 하나는 그것이 어떤 정보나 의미를 실어 나르기 위한 수단이 아니라는 것이다. 시인들에게 언어는 일차적으로 '의미'와 관계하지 않는다. 마광수는 이러한 시어의 장르적 특징을 '상징'과 '표현'이라는 개념, 특히 '재현'과 '표현'의 비교를 통해 설명한 바 있다. 알다시피 '재현'이란 대상과의 관계를 전제한다. 이는 구상(具象)이 '대상'을 전제하는 반면, 추상(抽象) 회화가 '대상'과 무관한 것과 비슷한 이치이다.

하지만 회화와 달리 문학, 특히 대부분의 시는 일차적으로 '대상'에서 시작되기 마련이다. 문제는 시는 객관적인 풍경이나 대상을 묘사하기 위해 쓰는 것이 아니라는 것, 그리하여 '대상'에서 출발했음에도 불구하고 그 종착지는 대상이 아니라는 점이다. 시의 언어가 '대상'에서 벗어나는 방식은 다양할 수 있다. 마광수가 주목한 상징, 상징적 표현이라는 개념은 시가 '대상'에서 출발하여 그것을 벗어나는 과정에 대한 흥미로운 해석의 하나이다.

　가령 윤동주가 젊은 시절(21세)에 쓴 「새로운 길」을 살펴보자. 이 시에서 '길'은 "내를 건너서 숲으로 / 고개를 넘어서 마을로"라는 진술에서 출발해 "나의 길은 언제나 새로운 길"이라는 중의적인 진술로 이어진다. 이 시를 읽으면 우리는 도입부에 등장하는 '길'은 청년 윤동주가 직접 밟았던 고향 마을의 '길'이었으나, '나의 길'이라는 표현에 등장하는 '길'은 경험을 벗어난 추상적 의미를 띤다는 것을 느낄 수 있다. 이러한 전이 / 확대는 '방'을 소재로 한 작품들에도 동일하게 나타난다. "세상으로부터 돌아오듯이 이제 내 좁은 방에 돌아와 불을 끄옵니다."(「돌아와 보는 밤」)나 "어둔 방은 우주로 통하고 / 하늘에선가 소리처럼 바람이 불어온다.(「또 다른 고향」)"에서 '방'은 일차적으로 경험적 화자가 머물고 있는 공간 / 장소라는 한정적 의미를 갖지만, 그것들은 시가 진행됨에 따라 "내면의 자유로운 공간"이나 "외부로부터 격리되어 소외된 지역"[28] 같은 새로운 의미를 띠게 된다.

　이러한 의미의 확장을 마광수는 "문학의 해석은 (…중략…) 언어의 뭉치가 아니라 문학적 뭉치임을 증명하는 텍스트 자체의 '상징체계'를 발견하는 것"[29]이라고 요약하고 있다. 이것이 윤동주 문학에 대한 마광수의 해석, 나아가 시를 '상징적 표현'이나 '상징체계'로 간주하는 그의 연구방법이 지닌 의의일 것이다.

---

28 마광수, 『윤동주 연구』, 철학과 현실사, 2005, 110쪽.
29 같은 책, 20쪽.

이유 있는 급진성과 불온성
'야(野)한 여자' 심미론

김효숙(문학평론가)

1. 뚜껑 덮인 이중 사회를 열다

마광수 문학은 '야한 여자' 관문을 거쳐야만 한다. 『나는 야한 여자가 좋다』(1989, 이하 '야한 여자'로 약칭함)[1]를 출간하기 전 마광수는 시 쓰는 대학 교수로서 잡지에 간간이 에세이를 실었다. 전공 논문과 문학평론으로는 교수의 자아를, 시로는 시인의 자아를 지켰다. 이때까지 그는 지식인으

---

1 이 에세이집에는 2년간(1987~1988) 쓴 글들이 실려 있다. 20세(1971)에 쓴 「행복에의 길」이 마광수의 첫 작품이다. 이후 왕성한 집필력으로 에세이집들을 발간한다. 문화비평집도 에세이로 분류하면, 확인된 에세이류만 모두 26권이다. 1999년부터 2004년까지 에세이류 출간이 중단되었다가 2013년~2014년에 다시 발간이 집중된다.
『나는 야한 여자가 좋다』, 북리뷰, 1989.;『사랑하고 사랑하고 사랑했는데도』(공저), 유림, 1989.;『사랑받지 못하여』, 행림출판사, 1990.;『왜 나는 순수한 민주주의에 몰두하지 못할까』, 민족과문학사, 1991.;『열려라 참깨』, 행림출판사, 1992.;『사라를 위한 변명』, 열음사, 1994.;『성애론』, 해냄, 1997.;『자유에의 용기』, 해냄, 1998.;『자유가 너희를 진리케 하리라』, 해냄, 2005.;『비켜라 운명아 내가 간다』, 오늘의책, 2005.;『이 시대는 개인주의자를 요구한다』, 도서출판새빛, 2007.;『나는 헤픈 여자가 좋다』, 철학과현실사, 2007.;『모든 사랑에 불륜은 없다』, 에이원북스, 2008.;『마광수의 뇌 구조』, 오늘의책, 2011.;『더럽게 사랑하자』, 책마루, 2011.;『인간론』, 책마루, 2011.;『마광수 인생론:멘토를 읽다』, 책읽는귀족, 2012.;『마광수의 유쾌한 소설 읽기』, 책읽는귀족, 2013.;『육체의 민주화 선언』, 책읽는귀족, 2013.;『사랑학 개론』, 철학과현실사, 2013.;『나의 이력서』, 책읽는귀족, 2013.;『행복철학』, 책읽는귀족, 2014.;『생각』, 책읽는귀족, 2014.;『스물 즈음』, 책읽는귀족, 2014.;『마광수의 인문학 비틀기』, 책읽는귀족, 2014.;『인간에 대하여』, 어문학사, 2016.

로 인정받고 긍정되었으나, 이 에세이집 출간을 기점으로 부정의 대상이 된다. 책을 낼 때마다 논쟁에 휘말린 그의 글에 일부 독자는 번번이 '노! 노!'로 반응했다.

이 책 출간 2년 전인 1987년 넥타이부대의 화이트컬러들까지 참여한 시민 항쟁으로 6·29선언을 얻어낸 후, 앞서 군인이 집권했던 제5공화국은 형식적으로나마 붕괴하는 듯하였다. 민주주의의 실현은 요원했으나 '88서울올림픽 개최 후 사회 분위기는 한층 자유로워졌고, 색채텔레비전 수요가 폭발적으로 늘면서 시민들의 미적 감각에도 혁신이 일었다.

이보다 더 큰 의식 전환은, 위의 경우들보다 훨씬 앞선 시기의 우리 학계와 문단의 움직임이다. 여성의 권리장전인 시몬느 드 보부아르의 페미니즘 이론이 이화여대에 개설된 해가 1977년이다. 젊고 의욕적인 평론가 김현이 『한국문학의 위상』(1975)에서 우회적으로나마 지배이데올로기의 억압에 대해 언급한 것도 비슷한 시기다. 성해방 담론이 선진 문화 개념으로 도입되고, 프로이트 유의 심층심리학 이론이 유입되어 연구자와 문학인들의 정신 지평을 확장해준 시기는 이보다 앞선 1960년대다. 이러한 사회문화적 토대와 변화 위에서 마광수 에세이는 태동했을 것으로 보인다.

첫 에세이집에 실린 글들은 이전에 비해 개방된 사회 분위기에 반응하지만, 집단의식이나 역사성에 경도되지 않는 경향을 보인다. 문학을 더 이상 고통과 비장미를 모방하는 데 바치지 않으려 한 마광수의 작업은 1990년대 현상인 리얼리즘 퇴조와 우리 문학의 위기설에 앞서 시작된 것이다. 1980년대 초부터 발표한 에세이를 모아 출간한 책이 '야한 여자'다. 마광수 에세이는 전통 수필의 단정함과 청아함, 부단한 자기검열과 반성적 태도에 매이지 않는 쾌락지향주의자의 기록으로 독자에게 수용된다.

에로티시즘 문학이 대중적 현상일 수 없는 당시 문단 풍토에서 마광수는 19세기 말 유럽에 유행했던 낭만주의 데카당스와 탐미주의, 전통주의의 패망, 비도덕성 등을 실험하였다. 예술 장르에서 표현하는 물리적 폭력보다도 관능성에 유난히 테러를 가하는 우리 문단에 대한 반항이었다. 그 무렵에도 우리 문학의 가치는 현실성이라는 규준에 묶여 있었으므로, 독자들은 마광수 문학의 자율 성향을, 불량한 퇴폐물로 간주했다.

글에서 자기 비판적 기능과 반성적 성찰을 기대했던 독자들은 그의 글을 비지성적이고 조악한 것으로 판단했다. 독서를 관습적으로 할수록, 전통미학을 최고 가치로 여길수록 마광수 에세이는 저속물로 취급당했다. 그의 전체 저작물 중 문화비평집을 포함한 철학에세이 유가 절반을 차지하고, 특히 첫 에세이집은 관습화된 부권제 성의식을 논의의 장으로 끌어낸 획기적 기획이었으나, 독자의 관심은 '야한여자' 이미지가 발산하는 천박함과 혐오감, 비이성적인 표상에 붙들리고 만다. 그 후 출간한 에세이 유에서 보여준 성담론은 문학의 비판적 기능을 빌어 진술한 것이었으나 대중은 그것을 외설적이고 급진적인 독단으로 받아들였다. 전례 없는 에로스 판타지는 독자에게 마광수표 저속성의 물적 증거였다. 그때까지 우리 사회에서 중간예술이나 대중예술에서도 용인된 적 없는 금기들을 과감하게 접촉한 그는 자신의 주관적 취향을 정제되지 않은 기호로 표명하여 급진적 성해방론자로 몰렸다.

지성인인 대학교수가 에로티시즘을 노골화하자 그의 상상력이 변태로 급전직하, 이 에세이스트는 저급한 성애론자로 낙인찍혔다. 어떤 이들은, 손바닥으로 두 눈을 가리고 손가락 사이로 공포와 쾌락을 동시에 즐기는 영화관에서처럼 작품의 가치판단을 감각에만 의존했다. 에로스를 옹호하는 마광수의 쾌락주의를 매도하며 그를 도착증자로, 그의 글은 도덕적 결함을 지닌 위험물로 취급했다. 그는 우리 사회의 이중적 성의식을 논의의 장으로 끌어내려 의도했으나 그러한 진심은 번번이 배반

당했다. 야한여자 출간 후 나온 시집과 장편소설들이 연좌제처럼 얽혀들면서 단죄가 거세졌고, 작가의 상상력에까지 자물쇠를 채우려 들었다.

그래서 작가와 독자 간 공방이 거세졌던 이유를 이렇게 요약할 수 있겠다. 마광수는 첫 에세이집을 낼 무렵 대중사회의 변화를 민감하게 체감하고 있었고, 이후 더욱 진전된 상상력을 발휘했으나, 독자들에게는 그때까지 어디서도 보지 못한 불량한 문학에 대해 가치 판단할 기준이 없었다. 사회변화에 대한 열망을 에세이 장르에 미학적으로 담아내려 한 마광수는 극단적인 이단아, 그의 상상력을 용인하지 못하는 독자는 고상한 정통파라는 이분법 위에 작가와 독자가 존재했다.

마광수의 문화비평은 우리 문화 전반에 대한 융합 비평을 누구보다 앞서 발휘한 예이며, 미셀러니들까지도 개인 철학을 솔직하고 대담하게 쉬운 언어로 풀어 썼다는 사실을 대중은 미처 다 확인하지 못했다. 첫 에세이집 출간 후 더욱 열정적으로 집필한 에세이들은 사회·문화 현상에 대한 폭넓은 인식, 동·서양 철학을 가로지르는 감각적이고 사적인 통찰, 우주에서부터 미시적 생활사까지 아우르는 작가 세계관의 기획이었다.

그 후 30년 가까운 시간이 흘렀다. 이 문제적 에세이스트는 2017년 급작스레 삶을 정리해버렸지만 그 시대의 센세이션과 이즈음의 여성운동이 여성의 몸에 관해 질문을 던진다는 점에서 동일한 기반에 있다. 마광수의 표현대로, 쓰레기통에 뚜껑을 덮었을 뿐인 악취 나는 세태에 대해 우리는 명쾌한 처방전을 갖고 있지 않다. 변태 교수로 몰렸던 그의 행적을 되짚어보면서, 여전히 이중적인 우리 사회 뚜껑의 권위가 얼마나 강고한지를 확인하게 된다. 변할 줄 모르는 '덮개'의 논리는 지금 이곳에 여전히 적용된다. 예컨대 미투(#Me Too)로 드러나는 지식인의 이중성은 예전에 마광수가 벗겨내려 한 양반 의식 얼굴에 그대로 겹친다. 이러한 '덮개론'과 보들레르의 댄디즘은 지식인과 부르주아의 허위성에 충격을 가했다는 점에서 그 발생 배경이 유사하다. 여성의 연합만으로는 남성 주도의 양반 의식을 타개할 수 없다는 한계를 이 시대의 여성들은 질김 한다. 여성의 연대를 무력화하는 그들만의 통합된 질서가 남성 사회의 진리라는 점, 그 조직사회의 공범 의식을 깨지 않는 한 그 의식은 끝내 음지화가 생리인 양 피차 보호자가 되어 그들만의 리그를 존속해 나갈 테니 말이다.

그런 이유로, "국민들 거의 전부가 이중적 성의식을 갖고 있"(야한여자, 7쪽)다고 본 마광수의 진단서는 일정 부분 현 세태에도 발급이 필요해 보인다. 뚜껑 덮어놓은 위선이 악취를 풍기는 독 안, 예나 지금이나 변함 없는 지배 이데올로기는 남성 중심의 이중적인 성 모럴이다. 뿌리 깊은 부권제를 효모로 숙성해 온 성의식을 묵인한 결과 남근지배력은 언제나 공고했고, 여성은 변함없이 피지배자로서 성적 모독과 비하의 대상이었 다. 하여 우리 사회는 남성 지배 이데올로기와 양반 문화의 권위적 행태 는 정상이고, 이에 반하는 것은 비정상이라는 비도덕적 기율에 갇혀 있 었다.

> 어렸을 때 배변을 엄격하게 통제받으며 자란 사람은 어른이 되어서도 배변과 유사한 행위, 즉 섹스나 춤 등의 놀이에 의한 본능적 욕구의 건전하고 정당한 배설행위에 대해 죄의식을 느낀다. (『비켜라 운명아, 내가 간다』, 333쪽)

마광수는 프로이트의 항문기 이론을 이렇게 풀어 쓴다. 이 발화는 우 리 사회 지식인들의 이중적 성의식의 거점을 '억압'과 '통제'에다 둔다. 양반의 기질과 윤리가 지식인들을 겉사람과 속사람으로 분리해 놓는다 면서, 청교도적 금욕주의에 사회적 얼굴을 가둬놓고서 정결을 가장할 수밖에 없는 그들의 이중적 모럴을 꼬집는다. 그는 지식인층을 유교 관 념에 짓눌린 위선자로 보았고, 지식인층은 극기의 화신이기라도 한 양 마광수를 저급한 호색한으로 몰아갔다. 그 도덕군자들은 문자의 권위까지 관리하는 자들이어서, 마광수가 우리말로 '빨았다' '핥았다'라고 쓰면, 간행물을 검열할 때 불가 판정을, '마찰했다' '흡입했다'라고 한자어를 쓰면 통과시키는 이상한 가변 법칙을 적용하기도 했다.

마광수는 사회의 이중성에 대해 반응하면서 비판정신을 촉발하여, 억압된 것들이 무엇인지를 기록한다. 누구나 그 흐름에 관련되지는 않으므로 그는 시대의 변화를 예민하게 감각했을 뿐 아니라 그 층위에서 내밀하게 작동하는 양가적 이데올로기들까지 간파한 에세이스트였다. 그렇게 솔직한 자기 개방이 자동사적 글쓰기로 이어져 자율성을 구가할 때는 2류 문학을 부끄러워하지 않는 롤랑 바르트 식 자아가 당당하게 나타난다. 일류를 모방하는 아류이기보다 자신의 욕망을 기만하지 않는 2류임을 자처하고 나선다. 위험을 무릅쓰고서도 이제껏 그 누구도 답파하지 못한 영토 속으로 들어간다. 그는 자신이 섬약하고 유약하다고 말하지만, 인간의 무의식을 파헤친 글은 우리가 진리라고 믿어온 기성의 관점을 부정하는 섬뜩한 심미안을 드러낸다.

마광수 에세이의 외피는 급진적 성해방론으로 도배되어 있다. 카타르시스를 '본능적 욕구의 상상적 대리배설'로 번역해 놓고 정신주의를 격하한다든지, 쾌락 원칙을 자의적으로 쓴다든지, 페티시에 경도되어 인간의 생식 행위를 권태롭다고 여긴다든지 하는 것들이 독자에게는 변태로 인식될 만한 요소들이다. 그렇기에 독서 대중이 볼 때 그의 관심은 더더욱 윤리 운동과는 관련성이 옅어진다. 그러나 그 내면을 좁혀보면 남근 숭배 문화를 해체하고 정신적 경건주의를 걷어내어 몸에 관한 사유를 솔직하게 펼쳐 보자는 것으로 요약된다. 은폐된 성의식에 대해 논의의 장을 열고자 한 그는 프랑스 상징주의자들이 부르주아의 위선에 저항한 것처럼 양반 문화의 허위성을 집요하게 파고든다.

야한 여자 출간 후 쏟아진 부정적 평가 속에서도 사회 현상을 다면적으로 조망하고, 차츰 실존적 각성에 이르러 삶의 의미를 정리하기까지 그의 글 자취를, 당시 대중의 화석화된 의식을 부순 일종의 문학운동으로 본다면 실제를 지나치게 미화한 것일까. 그러나 무릇 '운동'을 이전 형식의 낡음을 부정하는 경향으로 한정해서 본다면 가능한 이야기가 아닐까.

문학이 합리적 가치를 매기는 장르가 아니고, '운동'이란 이전보다 자유로운 해방과 출구 찾기를 목적으로 하는 한 그렇다는 얘기다. 바로 그곳에 마광수의 이상적 여성 상징이 있다. 관념 우월적이고 권위적인 훈민주의에 저항하면서 마광수는 생명체에게 고유한 몸 그 자체, 즉 코르푸스(corps)를 감각한다. 관념과는 아무런 관련도 없는 창조적 몸, 몸에 대한 사유가 아닌 몸 그 자체의 생생한 이미지, 총체성에 매이지 않는 개인적 몸에 대해서이다. 이 글은, 그 여성을 찾아가는 마광수의 상상력에 대해서 쓴다.

2. 견고한 부권제를 건드리다

'야한 여자'는 마광수 에세이의 심미적 표상이다. 그의 에세이에서 유일한 상징을 찾으라면 많은 이들이 이 여성을 댈 것이다. 그는 야한 여자를 함석헌의 야인(野人) 정신에서 빌려 온 기호라고 밝힌다. 인습과 허위·가식이 지배하는 현실 바탕에 이 야한 여자를 세워두고서 낭만적으로 이상화한다.

마광수 에세이에서 빈번하게 만나는 낭만(浪漫)의 징후는 낭만적 사랑, 낭만적 삶 같은 감성의 파노라마로 펼쳐지는데, 그는 이 낭만을 로망(Roman, 소설)의 의미로는 쓰지 않는다. 소설적 정의가 아닌 프랑스 문학의 한 경향을 복사해서 쓴다. 이때 우리는 그들이 열광한 감각미를 자연스레 떠올리게 되지만, 마광수가 빈번하게 쓰는 이 '낭만' 기호에는 오해의 여지가 있다. 여성주의 관점으로는, 남성이 말하는 낭만적인 사랑이 강박적인 망상이거나 일방적인 상상력일 수가 있다.

케이트 밀레트의 언술을 보면, 남성의 낭만 성향은 그들이 여성을 자유롭게 착취할 수 있는 정서 조작의 방편을 제공한다. 낭만을 조작하는 한 남성은 여성 착취에서 유리한 조건을 쥐게 되고, 여성 측에서도 자신에게 가하는 금지들을 극복할 수 있는 유일한 방편이 된다. 자의든 타의든 여성의 성적 행위가 관용되는 유일한 경우가 '사랑'이므로, 그것의 이름으로 모든 사회적 시선과 판단 등 불편함이 사라져버린다는 것이다.[2] 즉, '그녀가 나를 사랑했다'나 '우리 둘이 사귀었다'로 남성의 낭만적 폭력성은 사그리 묻혀 버린다. 바로 거기에서 여성주의자들은, 육체주의자임을 선언한 마광수가 여성에게 보내는 찬미가 거꾸로 능욕의 계기로 전환되고 있고, 남성 홀로 여성에게 열광하며 감정을 즐길 때 여성이 대상화되어 온 장구한 역사가 그의 에세이에서 불쾌하게 반복되고 있음을 예리하게 목격했던 것이다.

여성의 신체보다 부속물들에 더 집착한다는 고백대로라면 마광수 에세이의 화자는 페티시스트다. 자신을 육체주의자라고 고백하는 이 화자는 정신주의만을 고결하다고 보는 세태를 풍자하는 마광수 자의식의 분열체다. 그는 육체와 정신을 분리해 놓고 육체는 타락의 증표로, 정신은 숭고로 몰아가는 엄숙주의와 이원론을 부정한다. 이러한 관점은 이성우월주의에 빠진 근대의 폭력성에 대한 반감이어서 우리에게 익숙한데, 마광수는 서양 철학에서 숭상한 심신이원론을 폐기하고 동양의 심신일원론에 기반한 철학을 이후 발표한 글들에서 적극적으로 개진한다. 몸과 마음을 분리하여 그 무게를 비교하는 일은 적절한 판단 기준이 될 수

---

2 케이트 밀레트, 정의숙 외 역, 『성의 정치학』, 현대사상사, 2002, 75쪽 참고.

없다는 것이다.

그가 우리 사회의 급변하는 기류를 포착하여 쓴 글들은 몸의 표상이 넘쳐나면서 그 기호들이 저속한 게 사실이다. 불쾌와 불편, 비숭고와 저속성, 저급한 감각들이 범람한다. 이때 그는 신경질적일 정도로 정신주의를 배척하면서 인간의 몸에 대해 과단성 있게 말한다. 이를 논리화하는 과정에서 통합체로서 인간의 몸을 해체하고 부분 미학으로 조망하지만 그것이 진리라고 못 박지는 않는다. 추와 미의 경계를 지우면서 역설적 발화를 하지만 그는 다시 이렇게 얻은 진실이 언제나 여전히 진실일 수 있는지를 반복 회의한다. 그간의 지배적 미의식인 진선미의 서열화와 허황하고 진부한 관념을 부수고, 추로부터 미를 거꾸로 얻는 방법론을 제시하면서 고정된 진리를 부정한다.

마광수는 대중의 욕망과 심리, 시대의 풍조와 금기들을 접촉하여 담론화하는 적극적이고 열린 자세로 글을 썼다. 그러다 보니 여성해방운동을 대남성적 사디즘으로, 여성의 마조히즘을 남성의 노예로서 얻는 황홀감이라고 옹호하여 프로이트를 거든다는 비판을 피하기 어려웠다. 『사랑받지 못하여』(1990)에서는 "능동적 결정권을 포기할 때 얻어지는 포근한 안식감"(197쪽)으로 마조히즘의 의미를 정리하지만 여성의 수동성과 유순함을 강조하는 꼴이 되고 만다. 표면상 남성의 공격 성향에 대한 반감으로 보이지만 내심은 순응형 여성을 고안하는 게 아니냐는 비판에 맞닥뜨린 것이다. 결국 마광수는 공격형 남성과 복종형 여성을 이상적으로 보는 전통적 관점을 쉬 수정하지 않은 셈이다.『성애론』(1997)에서도 이러한 인식에 큰 변화 없이 여성의 고유성과 특권을 긴 머리나 화장한 얼굴로 판단하는 등 남성의 독점적 시각으로 여성성을 정의한다. 남성발 보호본능을 연약한 여성이 수혜한다는 식의 부권의식도 여전히 막강하다.

여인의 긴 손톱, 특히 까만색의 매니큐어를 칠한 길고 뾰족한 손톱은 확실히 무시무시하고 그로테스크하다. 그러나 그것이 페티시가 될 경우에는 관능적 상상(뾰족하고 날카로운 이미지가 주는 사도마조히즘)을 불러일으켜 분홍빛으로 곱게 다듬어진 우아한 손톱보다 훨씬 관능적인 심벌로 발전한다. (『야한 여자』, 179쪽)

이 쌍방향의 관능성인 사도마조히즘, 사물화한 여성 상징으로써 페티시즘을 마광수는 새로운 시대의 미적 기준으로 제시하면서 고전적 미의 기준인 통일성과 균형미를 부순다. 환상을 동반한 마조히즘에서 출발하여 탐미주의와 관능성으로 페티시즘을 확장하면서 아라비안나이트식 공상을 나른하게 즐기는 그에게 현실은 모럴 테러리즘의 현장일 수밖에 없었다. 그는 긴 손톱과 까만색 매니큐어 같은 페티시로 여성을 대상화하여 이 대리물로 관능을 지배하려는 욕망을 품는다. 억압과 통제로 인류 문명의 발전을 정의한 프로이트의 도덕주의를 간단하게 넘어서고, '사회적 통념'이라는 전제적 권위를 침탈하는 데로 그의 감각이 달려 나간다. 우리에게 관습적으로 새겨진 통념을 '운명'이라고 명명하면서 『비켜라 운명아, 내가 간다』(2005)에서는 관습의 폭력성을 낱낱이 해부하기에 이른다. 숭고미와 비장미, 미와 추의 계급관계도 부순다. 미는 완벽하고, 추는 결핍이라는 관습적 인식은 이제 역설되거나 피차 가치를 따질 수 없을 만큼 교합된다.

마광수에게 심각한 일이 닥쳤다. '야한 여자'에는 서시「나는 야한 여자가 좋다」가 실려 있다. 이 시는 8년 전 어느 잡지에 이미 발표했던 시다. 그때는 잠잠했던 독자들이 이 시를 재수록하자 교수 사회의 품격을 떨어뜨렸다는 이유로 마광수를 교수 집단에서 따돌리고, 학교 측에서는 다음 학기 강의를 폐쇄한다. 에세이집에 실린 대부분의 글이 문학비평이거나 문화비평이었기에 마광수는 이 필화에 본능적으로 맞선다. 금지·억압·은폐 속에서 생존하는 성의 속성상 성 풍속은 정치·사회적 변화를 민감하게 반영하는 것임을 그는 알리고자 했다. 인간의 성 문제를 사회 문제의 접합점이자 역사 전환기의 지침으로 읽어낼 수 있다는 입장이었다. 오랫동안 억압받아 온 자가 열망하는 자율성에 대해서는 재론의 여지가 없다고 보았다. 마광수의 심미 욕망은 그렇게 본성에 솔직한 여자에게로 움직여 갔지만 사회가 그의 벌거벗은 언어를 수용하지 못했다.

근간에는 개체의 성 문제를 인권의 범주에서 해법을 찾는 데까지 사회의식이 진보했지만, 마광수는 야한여자 파문 이후 '사라' 충격까지 겪은 후 2000년대 중반에 이르러서야 법 감정을 인권 측면에서 각성하고 요약할 수 있게 된 것으로 보인다. 그가 겪은 파란들은 인간 개체의 금욕적 인생관과 사회의 이중적 성의식을 부정한 결과 주어진 충격파와 같이했다. 그 무렵 여성의 인권은 억압과 폭력의 대상을 노골적으로 표명하지 못한 채 되도록 숨을 죽여야 했다. 말하기 방식을 극단적 대비로 일관하는 경우 한쪽을 부정해야만 다른 한쪽이 긍정적으로 설득되는 만큼, 마광수의 어법은 명확한 주장을 통하여 독서대중의 의식을 새로운 시대의 풍향계 쪽으로 돌려놓으려 한 것이었다. 그런 사실을 인정한다 쳐도 야한 여자 파문은 프로이트 식 부권제를 옹호하는 여성 비하 사건으로 오해받기 십상이었다. 여성의 본능을 솔직하게 개방하라는 그의 주문도 본질적으로 폭력성을 띠었다. 마조히즘 식 순응이 여성의 대남성적 자세라고 반복 강조하는 것을 봐도 그렇다. 순응하는 '착한' 여성이 부권제 하에서 남성의 찬미 대상이 되어 온 역사가 여전히 되풀이되고 있는 것이다.

결과론으로 보면 이러한 여성 찬미가 통합적 미의식에 따른 것이라기보다 순종형 여성을 고안하는 지배 욕망에 의한 것이므로, 그 의도가 여성의 성을 남용하려는 차원이 아니냐는 여성들의 비난은 당연한 것이었다. 하여 마광수는 그 후 동양의 심신일원론에 기반하여 통합체로서 몸을 사유하면서 '야한 여자' 이미지의 한계를 수정해 나간 것으로 보인다.

　말하자면 마광수는 여성에게도 솔직한 관능의 자유를 권유하다가 맹공격을 당한 경우에 속한다. 그의 언술은, 남성이 자신의 취향을 일반화하는 오류와, 그들의 대여성적 열광이 성적인 취향과 관련할 때 최고조에 이른다는 점을 노출하고 만다. 전통적인 부권제 사회의 권위를 무너뜨리려 했으나, 그것을 건드리기 위해서는 필연적으로 여성을 언급해야 하는 딜레마에 빠졌고, 성담론에서 여성을 배제하지 않으려다 일반적 개념을 급진적으로 해체하고 만 것이다.

　그의 사도마조히즘이 부권제 권력을 부수고 상호 표현 방식이라는 민주성을 획득하려는 의도에서 출발했다 하더라도 남성의 욕구를 정당화하려는 의도를 숨길 수는 없었다. 여성들은 당연히 이 당돌한 자유주의자의 발언을 액면 그대로 경청하지 않았다. 부권제 권력으로 통제된 사회에서 발설하는 개인주의자의 성 철학이 일반적인 사회 현상으로 용인될 수 없는 것에 대해 뜨거운 공방이 이어졌다. 외면상 이성주의자들에 맞선 이 낭만주의자는 가식 없이 쓴 글로 자신의 성 철학을 호소할 수밖에 없었다.

　마광수는 그 후 시대가 파생한 복잡한 사안들에 더 예민하게 반응하면서 현재 진행형으로 성담론을 발언하고, 그러한 변화에 따라 그의 사고도 성장하면서 수정된다. 초기에 낭만적 사랑을 찾아 나선 그가 사랑의 실용성을 상고하면서 실제의 응용 면은 물론 실존 그 자체로서 사랑으로까지 의식이 진화한 점까지 우리가 놓쳐서는 안 된다. 그래서 우리는 마광수의 성 철학이 부권제의 내부를 폭로하여 그 덮개를 열고, 그곳에서 보호되고 지속되어 온 남성권력에 반성을 촉구하며, 그것이 사회와 문화 변혁의 기회가 되기를 바랐음을 일정 부분은 수긍해야 한다. 그때 놓쳐선 안 될 것 하나는, 남성과 여성의 관계가 결국 성의 권력에 의

한 것임을 간과하지 않을 때, 마광수 성담론에서 우리가 균형 감각을 잃지 않는다는 점이다.

그는 다양성, 반(反)엘리트주의, 감각의 자율성을 혼합하여 성문화의 변혁을 꿈꾸었다. 그런 관점에서 보면, 영상 이미지 넘치는 그의 에세이는 꿈처럼 비현실적이다. 그의 표현대로 "대낮의 백일몽이요, 환상이요, 쇼"(『사랑받지 못하여』, 97쪽)인 영화 장면처럼 찰나적 감각을 그는 중요하다고 여긴다. 이렇게 이상화한 감각으로 마광수는 유순하고 미적 센스 넘치는 여성을 신비화하는데, 여기서 그는 다시 남성의 일방적 성 지배 욕구와 관음증을 노출하고 만다. 그러한 여성이 성애의 기쁨을 최고조로 누린다는 그의 판타지성 관능주의는 여성을 성적으로 대상화한 것이었다. 아울러, 그는 여성들이 강간 콤플렉스에 시달린다면서 이것을 여성이 자신의 죄를 용서받고 남성의 죄로 돌리면서 욕망과 타협하는 구도로 몰아간 것은 그가 남성의 공격 성향을 편들면서 합리화했다는 점에서 더 문제적이다. 그래서 현실과 절연한 마광수의 도취성 판타지는 실제 책임을 회피하면서 '환상'의 무책임을 향유했다는 비판을 피해 가지 못했던 것이다.

3. 역사 전환기의 한국적 증상

마광수 문학에 문학사적 위치를 지정하는 것조차 권위적 행태일 수 있다. 비정통적이고 주관적인 독립구 하나를 돌올하게 부여하는 게 더 마땅한 가치 판단일지 모른다. 프랑스 낭만주의가 자연주의 이전 증상이었던 데 비해 마광수의 낭만주의는 우리식 사실주의의 후발 현상이다. 이러한 토대에서 마광수의 서사 본능에 깊이 내면화되어 있는 인물이 시인 보들레르로 보인다. 서구이론은 이 땅에 1970년대를 전후하여 쇄도했지만 상징주의 시는 1920년대에 이미 우리 시단의 한 경향이었다. 마광수는 범람하는 '상징'의 자의식을 자신의 에세이에 이식하여 전례 없는 문학세계를 일궜다.

'야한 여자'는 프랑스의 낭만주의, 상징주의 그리고 모더니즘을 데카당스나 아방가르드와 배합하여 읽으면 그 윤곽이 비교적 선명해진다. 박스 안에 갇힌 전형성을 부정한 데카당스의 반항적 퇴폐성과 창조적 자율성 추구, 주관적 내지 감각적인 미에 열광한 낭만주의, 자연미를 지우고 인공미를 부각하면서 그것을 특수한 기호로 암시한 상징주의, 예술미학 자체의 절대적 순수성을 믿은 아방가르드의 생활 실천적 경향 등이 이때 엿보인다. 마광수 에세이는 전통적 여성의 자세인 정숙미와 통일미를 벗어나 인공미와 육감을 과감하게 탐미한다. 관능의 표상이면서 인공미의 기호인 여성에게서 그는 해방의 출구를 찾으려 한다. 자유란 언제나, 뭔가를 선택할 수 있는 자유를 뜻하지 않던가.

여기서 발랄한 상상력을 발휘해 보면, 마광수의 '야한 여자'는 보들레르의 유일한 소설 『라 팡파를로』에 등장하는 여주인공의 변형물로 보인다. 정신적인 것을 신성시하는 이라면 이 외모가 요란한 여성은 혐오 대상이기 십상이나, 이 점에 대해 마광수는 『성애론』에서 여성 외모 문제에 정직하게 접근하면서 사랑을 실용적 쾌락으로 연결시키려는 구체적인 방법 모색이라고 쓴 바 있다. 그는 첫 에세이집 출간 전 이미 문학이론서인 『상징시학』(1985)을 상재했고, 어느 인터뷰에서 밝혔듯 연구자로서 '상징'과 '카타르시스'에 심취한 적이 있다. 보들레르에 경도되었다는 보고는 찾아보기 어렵지만, 누군가로부터 강렬하게 정서적 세례를 받은 경우 사실을 굳이 밝히지 않으려는 게 작가 본능일지도 모른다. 마광수는 자신의 에세이에서 낭만성을 반복 재생하면서 느리고 게으르게 그것을 누리고 싶어 한다. 이러한 서구발생적인 쾌락 감정은 조르주 바타유가 언급한 귀족들의 노동 해방(또는 거부)과 무절제한 삶, 그들이 누린 나르시시즘을 떠올리게 하는 한편, 보들레르가 '라 팡파를로'라고 부르며 만능 예술인으로 다시 살려낸 잔느 뒤발 이미지와 혼합된다.

이 야한 여자가 마광수의 영감을, 그리고 대중이 저속하다 여기는 관능을 깨운다. 신성과 숭고미의 기미라곤 없는 이 퇴폐적인 여성을 그는 신성한 여성으로 부활시킨다.

> 그녀가 선호하는 의상은 두꺼운 천으로 만든 긴치마로, 반짝이를 달고 양철 조각을 붙여 움직일 때마다 쟁쟁한 소리를 내는 그런 옷이었다. (……) 공연 때마다 라 팡파를로는 어깨 아래까지 축 처지는 커다란 귀걸이를 달았는데, 그 모습이 마치 샹들리에를 귀에 걸고 있는 듯하다고나 할까. (……) 그런데 이런 우스꽝스러운 소품 하나하나를, 프랑스의 마지막 낭만주의자인 사무엘은 미친 듯이 좋아했다. (『라 팡파를로』, 솔, 59쪽)

상징주의의 인공미, 하급 미의 요란한 유희와 세속성, 부끄러움조차 모르는 도발적인 수사법과 선정성을 탐미하면서 마광수는 예술지상주의를 건립한다. 쩔렁쩔렁 요란한 소리 나는 귀걸이를 걸고, 손톱을 길게 기르고, 분을 덕지덕지 바른 여성에게 반해 '미친다'는 마광수의 고백은, 여성의 관능이 인공미와 생명력이 건강하게 결합한 것임을 보여주면서 예술의 자율적 표현과 그 의미를 이끌어낸다. 흘러가는 구름을 사랑하는 보들레르의 시 「이방인」에서의 낭만적 남성과, 어느 순간 화려했던 야한 여자의 화장이 눈물로 씻겨 내리는 이미지에서 두 작가가 만나 반갑게 악수를 청하는 장면이 보이는 듯하다. 낭만적 상징이 품은 미적 가능성들이 이때 우리의 상상력을 요란스럽게 자극한다. 마광수의 열렬한 감정을 '미친' '미친다' 같은 기표로 실어낸 사물이 또 하나 있다.

> 그녀는 진심으로 자신의 긴 손톱을 사랑하고 있었기에 더욱 좋았다. 남들이

보라고 손톱을 가꾸는 것은 한계가 있기 마련인데, 그녀는 스스로 나르시시즘에 빠져 손톱을 한없이 길렀기 때문에 더욱 나의 관능적 심미안을 충족시켜 줬던 것이다. 나는 그녀를 만날 때마다 그녀의 손톱만 가지고 놀았다. (『야한 여자』, 17쪽)

"성욕에 반대되는 힘, 즉 나르시시즘"[3]이 마광수의 페티시즘과 관련되는 일은 자연스럽다. 그는 귀족주의를 나르시시즘으로 보면서 숭앙했고, 프로이트를 필사하면서 남성의 나르시시즘과 여성의 마조히즘을 이상적인 결합으로 보았다. 프로이트 식으로 말하면, 마조히즘은 자아에게 귀환한 사디즘, 즉 타자화된 자기 쾌락이다. 마광수에게 여성의 긴 손톱은 기다란 손가락에 대한 나르시시즘의 애정이 투사된 대상이다. 소설 「날개」(李箱)에서 주인공이 갖고 놀았던 금홍의 화장품 병 같은 '부분'이 마광수에게는 '손톱'이다. 여자의 몸 말단에 놓인 앙상한 여분, 플라스틱 같은 거기에 짙푸른 매니큐어가 무섭게 칠해져 있는 데서 그는 숨김없는 원시적 본능을 만진다. 이 '부분'의 제유로 그는 그녀의 몸보다 더 큰 체적의 환상세계를 그려 나간다. 현실 너머, 야한 마음으로 본성과 욕망에 솔직해질 수 있는 그곳은 마광수가 축조한 몽상적 페티시즘의 세계다.

30대 초반 남성 예수의 발아래서 진리의 말을 경청하는 20대 초반 여성 마리아의 삼단 같은 머리카락을 페티시로 본 발상은 종교인들에게 불경죄를, 저항시로 회자되는 우리의 시들을 성 심리학으로 까발린 발칙함은 지식인들에게 큰 능욕을 안겼다. 여성의 몸을 탈조직된 부분 이미지와 물질성으로 상상한 결과였다. 그러니까 그는 결정적으로 이런 질문을 하고 싶었던 것인지도 모른다. 결말이 언제나 파탄일 뿐인 몸이라면, 인공미 번쩍이는 육체와 구별되는 신성이 인간의 몸에 과연 깃들

---

3 J. 크리스테바, 서민원 역, 『공포의 권력』, 동문선, 2001, 80쪽.

어 있기나 한 것인가? 때문에 관습화와 규범화로 끄떡없이 유지되어 온 정신적인 개념들은 마광수의 글에서 여지없이 깨진다. 인간의 본원 욕망을 열어젖히는 실험적 글쓰기로 전일(全一)의 세계를 부수면서 이 모더니스트는 세계를 다면체로 바라본다. 억압된 것들을 관능적 판타지에 실어내는 몽상, 무의식이 일상으로 귀환하는 그의 문자에는 가장이 조금도 없다. 무의식을 그대로 받아쓰는 문자는 어디에도 없고, 문자는 발달할수록 관념으로 흐를 것이기에 그는 언어에조차 육체성을 입히려고 과도하게 집착한다.

마광수 에세이에서 상징의 암시는 그의 시에서처럼 아무런 거리낌도 장애도 없다. 1980년대는 우리 시단에서 예술의 자유와 창조성이 중요시되고 포스트모더니즘 시, 형태 파괴 시를 실험한 시기다. 자유정신이 시민의식을 파고들었고, 여성의 몸을 상품화한 광고가 컬러텔레비전으로 송출되었다. 문단으로도 유입된 자율성이 마광수를 자극했을 것이며, 그는 관습화된 우리 사회의 권위적 정신구조를 회의했을 터다. 그러면서 그는 동서양 이론을 독자적으로 소화하여 자신의 철학을 구성하는 토대로 삼았을 것이다. 이론의 토대가 취약한 이 땅에 서양 이론이 쇄도했으나 마광수는 거기에 함몰되지 않고 동서양 사상을 섞음으로써 다원적 문화비평의 가능성을 열어 보였다.

그의 글은 전통을 이탈한 이단아의 말처럼 들리지만 또한 그런 이유로 글이 독립적이고 독특하고 기이하다. 동서양 철학을 종횡무진 섭렵한 뒤 직조한 그의 언어에는 권위가 빠져 있으며, 지성의 의장을 두르고서 가르치려 들지도 않는다. 그에게는 정신적 아름다움과 숭고, 고상함에 대해서만 말해야 한다는 강박이 없다. 오히려 정신은 숭고로, 몸은 타락의 주체로만 코드화하는 엄숙주의자들의 상상력을 간단히 쪼개버린다. 작가의 오감 발현을 철폐하면서 퇴폐성을 낙인찍는 이성주의자들에게 그는 대차게 반항한다.

새로운 예술 형식은 사회가 평온할 때보다 격변기에 많이 나타난다. 가까운 예로 일제 강점기인 1920년대 우리 시단의 아방가르드가 그렇고, 19세기 말 프랑스의 아방가르드 문학 역시 대혁명 이후의 현상으로 나타났다.

18년 동안 지속된 일인 독재 체제와 독재자의 죽음, 1980년 광주 시민 항쟁, 그 후 시민을 주축으로 민주화 요구가 거세지면서 마광수 문학도 새로움에 대한 내적 욕구가 극대화되었던 게 아닐까. 마광수 에세이를 전위문학으로 자격 지정할 수 있는 이유가 바로 여기에 있다. 억압과 통제로부터 해방, 사회 변화에 대한 갈망으로 채워진 그의 에세이를 읽은 독자들은 이제껏 진리라고 믿어 왔던 기존 관습, 즉 전통이라고 알고 있었던 것들을 의심하기 시작했다.

4. 유일한 '몸'과 유일한 상상력

다시 마광수의 '몸'으로 돌아가 보자. 마광수식 '개발론'을 이해하기 위해 보드리야르의 문장을 가져와본다. "육체를 개발하세요!" 여기서 인간의 몸은 "모든 사물의 요약적 표현"[4]으로 압축되고, 이것이 사랑의 안내도가 되어준다. 환상의 무대이자 욕망의 거처로서 보드리야르의 이 육체 개념을 마광수의 '여체 온몸 성감대론'과 손을 맞잡도록 해본다. 무의식을 "상징과 환각을 먹고 사는 인간의 은폐된 본질"이라고 본 보드리야르의 직관이 마광수의 의식을 가로지르는 듯하다. 몸의 민감한 부분을 의식하지 못하는 자는 사고력이 작동하지 않는 환자와 다름없다는 마광수의 판단은 지성적이기보다는 의지적이다. 메를로 퐁티가 그러

---

4 장 보드리야르, 이상률 역, 『소비의 사회—그 신화와 구조』, 문예출판사, 1994, 198쪽.

한 것처럼, 마광수는 지성의 권위와 몸의 무한한 의지(욕망으로 나타나는)를 대비하면서 '고유한 몸'을 찬미한다.

이러한 성향 때문에 그에게는 사랑을 예술미학의 실천적 쾌락과 연결시키려 한 혁신파라는 명칭이 어색하지 않다. 사랑의 실용성과 구체적 실현 방식에 과도하리만치 진지하게 임했고, 제 몸을 표본삼아 스스로 관능을 불사르는 증명 행위조차 수치스러워하지 않았다. 근접 촬영한 꽃이 그로테스크하게 현상되는 이미지 같은 것들, 즉 혐오스럽고 천박하다고 폄훼 당할 법한 내밀한 자위행위를 묘사하면서까지 결코 신비하지 않은 몸, 행위 지향적 몸을 스스로 모델화한다. 이러한 쾌락 관념은 중국의 철학자 도가(道家)의 사상을 추수하는 동시에 원시와 문명의 분기점에서 부정되었던 쾌락 감정을 복원하는 상상력으로 나타난다. 억압한 본능과 맞바꾼 문명이 과연 인간을 자유롭고 행복하게 했는지를 그는 반복하여 묻는다. 숨겨야 아름답다는 폐쇄성을 성의 속성으로 믿어 온 우리는 이를 쉬 수긍하지 못하지만, 몸으로 세계를 지각하는 근대형 인간의 출현을 증명하는 일에 그는 에너지를 쏟는다.

> 우리나라 사람들은 대체로 정신주의적 인생관을 가지고 있는 것 같다. 그런데 그 '정신'이, 마음의 밑바탕을 이루는 본능적 충동이나 쾌락 욕구를 뺀 껍데기만의 정신인 것이 문제다. (위의 책, 304쪽)

이렇게 집요한 그의 관능철학에는 이유가 있다. 양성 교합에 대한 언급을 금기시하던 시대에 그 위선을 뛰어넘은 몽테뉴처럼, 사랑의 감정에 냉담한 당대 사회 분위기에서 사랑으로 슬픔을 다독인 염세주의자 쇼펜하우어의 역설적 처방처럼, 원인 모를 우울증과 욕망의 충동을 철학적으로 다스린 에피쿠로스처럼,[5] 시대를 앞선 마광수의 용기도 철학적으로 고무된다. 마광수의 파토스는, 이제껏 합리로 믿어 온 관습적 인식을 해체하면서 패러독스를 구사한다.

그의 에세이가 퇴폐적 관능어로 구성된 것 같은 이유도 자신의 마음 상태를 처음으로 문자화한 루소의 글처럼 우리에게 생경하기 때문이 아닐까. 주인의 습관대로 조련당하지 않으려는 동물처럼 그는 관습의 힘으로부터 자신을 분리하여 도망친다. 인터뷰(『사라를 위한 변명』, 160~171쪽)에서 밝혔듯, 그에게 '야한'은 루소의 자연 회귀와 동질 개념이자, '관능은 나쁘다'는 결정론에 대한 반발이다.

마광수 에세이는 합리적 이성과 도덕적 검열주의를 해체, 해체, 또 해체한다. 여성이 불길하고 불결한 성과 혼동되고, 심지어 마녀로 몰아 단죄한 서양 발(發) 종교적인 테러리즘을 야유한다. 성을 숨기지 않은 솔직한 여성이 마녀로 매도되는 정황을 들면서 마광수는 우리 사회의 껍데기 성의식을 조롱한다. 여성만 타락의 주체가 되는 관념에도 동의하지 않는다. 한 남성에게 성녀였던 대상이 마녀로 추락하는 계기는 생각보다 간단하다. 여성이 성적으로 대상화되었을 때다. 본성이 결코 잊은 적 없는 쾌락 감정을 은폐한 채 고결한 정신을 숭상하는 자들의 가짜 욕망에 대한 고발. 이는, 오염되기 쉬운 것은 육체이기보다 정신이지만 육체만 더럽다고 보는 자들의 가식적 경건주의를 향한, 그리고 알맹이로써 육체를 정신에서 쏙 빼내어 분리하는 자들의 이중성에 대한 당찬 비판이다.

시를 쓰고 어설픈 논문을 쓰고 한 것도 따지고 보면 이러한 '무한한 쾌락에의 욕망'을 대리배설하기 위한 방편이었다. 더군다나 나는 몸이 좀 허약한 편이어서, 육체적으로 갖는 열등감을 정신적으로 벌충하려는 잠재적 심리가 남보다 더 강할 수밖에 없었다. (『야한 여자』, 116쪽)

---

5 알랭드 보통, 정명진 역, 『철학의 위안』, 청미래, 2012, 331쪽 참조.

악동처럼, 마광수는 대철학자 아리스토텔레스의 '카타르시스'를 '배설론'으로 세속화한다. 『자유가 너희를 진리케 하리라』에서는 직접배설이 여성을 상대로 한 행위라면서 배타적 입장을 취한다. 대리배설을 여성의 몸과 관련되지 않은 비가학적인 행위로 본다. 피임 교육이 부재한 현실에서 그가 프리 패팅을 대체 처방한 것도 여성 혼자 가임의 위험을 감당해야 하는 현실을 염려한 때문이다. 소유할 수 없는 것에 대한 강한 정신적 경향은 외톨이들에게는 이미 고전이 된 처방일지도 모른다. 마광수 또한 그렇게 매우 개별적인 방식으로 자신의 쾌락 감정을 이론화한다. 이때 반드시 교합 욕망에만 집중하지 않는다는 것이 마광수 쾌락주의의 진실이다.

전통적 사랑 방식을 박해하는 탐미주의, 그것을 실용적 쾌락으로 연결시키려는 구체적 방법론으로 페티시를 제시한다. 그녀의 '부분'이 곧 그녀의 전체라는 이 감각적 언명에는, 물질을 소유하지 않고도 맘껏 기뻐하는 자의 가난한 나르시시즘이 녹아 있다. 그래서 마광수의 글에서는 정신과 몸의 완벽한 합일을 찾는 일이 어렵지 않다. 그에게 몸은 곧 의지이며 정신이며 영혼이다. 환상적 쾌락주의자의 낭만적 감수성이 어떤 면에서는 이렇게 초월적 성향을 띤다. 여기서 비로소 우리는 그가 '무한한 쾌락에의 욕망'이라고 쓴 곳을 글쓰기 욕망의 순수함에 대해 말한 라캉의 경우로 바꿔 가면서 읽어보게 된다.

5. 돌아가리라, 기원으로

말은 즉발성이고, 글은 사후적이다. 글은 말과 달리 완성도를 높일수록 이성을 구획화하기 쉽다. 말의 생산지는 인간의 무의식 주변이지만, 글의 생산지는 자아를 중심축으로 한다. 자신의 글에 대한 판단과 검열은 무의식으로부터 멀어질수록 단호해진다. 그래서 마광수는 철학적 사유를 문자화하면서도 말의 감정을 잃지 않으려 애쓴다. 그의 에세이는, 무의식과 자아의 접합 면적이 넓고, 인간 개체의 실존을 몸의 의미로 규명한다. 무의식에서 도망치면서 충동적 본성을 호도하려 하지 않고 오히려 그 안쪽을 더 빤히 응시한다. 품위와 지성을 찬양하는 독자들은 자아에 상처를 입고서 그의 무의식을 향해 초자아를 발진, 그의 동물 근성을 살해하려 한다. 사실, 글에서 정서적 피학을 당한 독자가 많을수록 그 글은 좋은 글일 수가 없다.

그런데도 그 '나쁜' 글을 두고 발끈한 사회는, 정통·비정통을 막론하고 유대인을 '더러운 놈'으로 몰아간 전체주의를 연상시킨다. 그 완고한 획일성을 와해한 일련의 사건들이 마광수가 야한 여자 이후 겪은 필화일 것이다. 그러나 그는 반항하는 인간이었다. 반항아는 오히려 외로움으로부터 일어선다.

> 진정한 반항인은 외로울 수밖에 없다. 참된 문화적 생산물은 당세풍(當世風)의 윤리에 대한 반발에서 나오는 것이므로, 창조적 문화인은 당연히 외로울 수밖에 없는 것이다. (『인간에 대하여』, 186쪽)

반발과 부정과 저항은 이전 것을 부수려는 의지가 촉발한다. 마광수의 이러한 반동적 행위는 선병질적이기까지 하다. 이전 것과 대결하면서 계몽적 언사를 늘어놓지 않는 한 우리 사회의 강고한 이중성을 균열 낼수 없음을 명석하게 판명한 결과가 아닐까. 극사실주의 이미지처럼 세밀하게 관능을 표명하려 한다면 자신의 이중성을 벗어던지는 자만이 성에 대해 말할 수 있을지도 모른다. 허위와 위선 속으로 도피하기 바쁜 주체들은 그것만이 자신을 지키는 일이라 믿는 나머지, 죽은 자 앞에서 거짓 눈물을 흘렸던 관습을 깨버린 뫼르소의 부도덕성을 비방할 것이므로. 위 인용문에서 우리는 낭만을 말하던 마광수가 실존적 자각을 하면서 인간을 다시 정의하는 것을 본다. 상상력조차 단죄하는 모럴의 테러를 '행동'하는 자만이 막아낼 수 있음을 이중적 사회에 맞서 투쟁하면서야 각성한 것으로 보인다.

마지막 에세이집 『인간에 대하여』(2016)에서 그는 낭만적 휴머니즘에 기초한 긍정적 인식의 위험성을 지적하면서, 반항하는 인간의 실존적 정체성에 더 의미를 싣는다. 대중의식의 변화와 사회 변혁이 동시 현상으로 진행하지 않는 사회에서 오래 견딘 자만이 발언할 수 있는 변화의 언어다. 사회의 일대 변혁과 천지개벽은 적대적 전쟁이나 혁명 뒤 일거에 도래하고, 전위문학 역시 사회 격변기에 새로운 언어를 데리고 등장한다. 마광수는 군부의 독재 지배가 역사를 굴절시키는 현실 속에서 변화의 언어를 꿈꾸면서 우리 사회의 옆걸음 치는 상상력과 창조성에 맞선 반항인이었다는 증명이 이때 비로소 가능해진다.

"위선적인 보수윤리의 벽"(『자유가 너희를 진리케 하리라』, 57쪽)이 여전히 두텁다고 이 시대의 반항아들이 느끼고 있다면 이후 그들은 벽 앞에서 어떤 포즈를 취할 것인가. 사회가 보수─진보의 양 날개로 지탱된다면, 반항아의 고투는 마광수처럼 외로이 그 틈서리에서 진행될 수밖에 없는 것일까. 창작자의 인권을 소중하다고 각성하는 사회가 되기까지 우리는 상상력조차 처단하는 전제성을 마광수로부터 일찍이 경험했다. 그러면서 한 편으로는 몸과 마음을 따로 떼어놓지 않은 판타지를 너무 이른 시기에 구가한 그의 문학적 반항을 관음하면서 은밀히 즐기기도 했다. 그의 반항에는 이유가 있었으나 대부분 독자의 응시에는 어떤 문제적인 의지가 실려 있지 않았다. 쾌락 본능이 꼬드겼으므로 독자는 거기에 무의도적으로 끌려가기 십상이었다. 포커페이스는 도박사들만의 전유물이 아니다. 그것은 오히려 지배 엘리트들이 더 집착하는 얼굴 표정이며, 우리역시 그렇게 가장된 품위를 지니고 싶어 한다. 먼저 솔직해지지 않고 가

만히 묻어가면 생존에 더 유리하다는 공범자들이 그때나 지금이나 입을 틀어막고 있으니, 이율배반의 질서주의자여, 그대 이름은 '인간'임을!

문학은 개인을 구원한다(플로베르). 그래서 집단이 원하는 도덕은 진정한 문학의 조건이 되기 어렵다. 그러한 도덕은 오히려 문학을 빌리지 않을 때 효율적으로 뜻과 의도를 전한다. 시대를 앞섰기에 외로움을 양식으로 했던 마광수 에세이 문학은 쩔렁쩔렁 소리 나는 양철 귀걸이처럼 요란하다. 어떤 이는 이 소리를 싸구려 물건이 내는 불량하고 천박한 것으로 들었을 것이나, 마광수 에세이의 심미론과 상징은 '라 팡파를로'의 해방과 자유 의지를 향해 간다. 변덕스럽고 악마적일 것 같은 시인 보들레르가 18년 동안 길게 사랑하고, 라 팡파를로라는 이름으로 영원히 살려낸 잔느 뒤발은 보들레르의 '야한 여자'다. 그녀의 인공미를 빼닮은 대상이 마광수의 '야한 여자'라는 상상은 자꾸만 우리의 심장을 움켜쥐었다 놓아주기를 반복한다.

마광수는 지식 엘리트들의 기분을 거스르지 않을 관용구를 동원하려고 긴장하거나 고민하지 않는다. 야한여자를 관능적으로 조립해 나가면서, 키치처럼 자기 복제와 재(再)소비를 반복하지만 양념으로 가미한 에로티시즘을 비판하는 척하면서 숭고를 가장하는 디자인은 하지 않는다. 가식적인 장신구와 화장술로 본연의 모습을 과장하여 이중적인 외양을 한 것 같지만 정작은, 지극히 본원적이어서 모방도 재현도 불가능한 이 야한 여자는 누구인가?

인류 최초의 문화인(또는 예술인)들은 집단으로부터 소외된 소수의 병자들이거나 허약자들이었다. 그들은 몸이 약해 사냥을 할 수도 없었다. 그래서 동료들의 천대를 받으며 낮에는 동굴에 남아 심심풀이로 벽화를 그리고 밤에는 동료들에게 노래를 불러주면서 음식을 얻어먹었다. 그런 형태가 발전하여 미술이 되고 시가 되고 음악이 되었다. 말하자면 사회적 동물이 아닌 개인적 동물로서

의 인간이 문화를 만들어 나갔다는 얘기다. (『인간에 대하여』, 20쪽)

그는 사회 참여에 역부족인 약골 남성의 판타지 성향으로 예술발생론을 이끌어낸다. 여기에서 여성성과 귀족적 나르시시즘이 결합하면서 그의 탐미적 관능성이 "병약미나 귀족적 우아미" 그리고 "자궁 속에 있는 태아의 불안전성이나 비노동성"(『인간에 대하여』, 261쪽)을 동경한다. 위 인용구는 에세이스트로서 마광수와 남성으로서 마광수의 동일성을 대변한다. 유아적 현상인 퇴행·유약함·비노동성 등이 모두 야한 여성과 관련된다. 에로스 옹호주의자 마광수는 자유로운 에세이 형식에 자신의 에너지를 얹어 놓고, 욕망 배출이 금지당했을 때 발생할 법한 자아분열을 야한 여자를 몽상하면서 승화한다. 그는 이 '승화'라는 기호가 정신 영역만 표상한다고 여겨 '상상적 대리배설 행위'로 그 뜻을 변주하면서, 억압 불능 에너지를 글쓰기 행위로 배출한다.

모든 삶에는 이유가 없다. 우리는 어느 날 이 세계에 던져진 자, 불안과 공포를 벗어던지는 자들 틈에서 그들 몫까지 영문 모른 채 받아 안으며 고투할 뿐이다. 생존의 토대와, 너와 나의 관계학 같은 것은 안전·행복·신뢰를 언제든 앗아갈 준비가 되어 있다. 나의 안전과 행복은 너의 안전과 행복을 선취한 것, 너를 향한 신뢰는 너를 복종시켜 불균형한 관계로 만든다. 작가가 판타지와 몽상 세계로 도피하여 안전을 구축하는 일은 무죄, 상상력을 감금한 사회는 유죄다.

마광수의 자살은 실존의 연장선을 굳이 긋지 않은 어느 낭만주의자가 사라져버린 사건, 그의 죽음에 놀란 사회는 예술적 몽상으로 실존을 지탱한 어느 에세이스트의 솔직성에 늦게야 눈길을 준 사건이다. 이유 없이 세상에 던져진 자에게 자살인들 특별한 경험이겠는가. 마광수의 자살은 자신의 존재조차 부정하는 반어적 존재론과, 허무주의 자살 미학을 몸소 승인한 사건이었다.

마광수는, 대학교수가 사회에 해악을 끼친다는 추문에 맞서면서 산문 작가의 근성과 열정으로 에세이를 썼다. 그는 이른바 정통 장르로 고정된 시와 소설에서 벗어나 문학과 철학의 중간쯤에서 문화비평의 세계를 열어 보였다. 그의 융합적 사고는 극단적 개별성으로 예술의 자율성에 도달하려 한 아방가르드의 실천적 글쓰기로 완성되었다. 동양과 서양사상을 섞고 비빈 그의 글은 (정통) 문학 바깥에서 저 만의 포즈로 존재한다. 그렇게 자신을 따돌려야만 자기를 보존할 수 있다는 역설이 마광수 에세이의 실체다. 무릇 다양성의 이면에는 분열과 혼란이 필수적이다. 우리 문학사에서 그의 에세이가 그중 하나의 경향임은 의심의 여지가 없다.

그렇다 할지라도 전례 없는 에세이를 창안한 점이 마광수 문학을 미학적으로 긍정하는 전적인 조건이 될 수는 없다는 게 언제나 걸린다. 마광수는 리얼리즘을 전통으로 숭상해 온 우리 문단 풍토에서 돌출한 실험성의 상징이다. 비정통적이고 급진적인 그로부터 우리는, 기만당하지 않고 존엄과 가치를 인정받아야 할 여성에 대해 치열하고 실제적인 사유와 영감을 얻었다. 플로베르와 보들레르 이전에 '몸'은 묘사되지 않았다는 서양 발 문학 통신을 마광수문학을 이해하는 데 참고하고 싶어진다. 마광수의 '비빔(혼융)' 관능 철학은 작가 개인의 윤리를 코드화한 티켓이면서 그것이 사회적으로 확장·통용되기를 바란 자율권이었다. 위선과 허위로 가득 찬 세계에 저항하고자 작가 먼저 그것을 벗어던지면서 종종 혐오스런 기표를 독자에게 전해 줘야 하는 기이한 형식이었다.

이 대목에서 쿠르베의 도판인 〈세상의 기원〉 앞에 마광수를 세워 놓아 보자. 몹시 야(野)한 이 세밀화에 '여자'라는 기호가 달려 있다면 우리는 기원으로서 모성 상징을 수용하기 어렵다. 마광수 에세이를 통틀어 그의 탐미적 성향은 기원의 그리움에 닿아 있고, 설령 그것을 여성의 관능을 모성성으로 슬쩍 바꿔 놓는 남성 일반의 욕망에 불과하다고 해석한다고 쳐도, 같은 자기장 안에 생명 욕구와 죽음 욕구가 존재한다는 점을 떠나 말하기란 어렵다.

프로이트 옹호주의자라는 비난은 어쩔 수 없이 이곳에서 다시 점화되지만, 그의 심리는 결코 거기에만 들러붙어 있지는 않다. 죽음 또는 절대 세계로 통하는 다리이면서 관능의 실제인 저 상징, 전통적 도덕주의를 넘어서려 한 마광수의 철학적 방랑은 그가 바라던 대로 그곳에서 종결되었다. 극단까지 밀고 간 이 에로스 옹호자의 죽음 욕망은 기원의 공간에서 최종 실험되었다. 이 사건이야말로 마광수가 감행한 전례 없는 심미적 경험이 아니겠는가. 세계의 허무를 자기 소멸로 증명한.

비평가 혹은 육체주의 사상가

송희복(문학평론가, 진주교대 교수)

1. 인연과 관계성에 대해

나는 지금으로부터 15년 전인 2004년에 『메타비평론』이라는 표제의 저서를 상목하였다. 메타비평이란, 이른바 '비평에 대한 비평'을 이르는 것이니, 문학을 업으로 삼는 사람 가운데 가장 할 일이 없는 사람이 일삼는 짓거리에 지나지 아니하는 것이다. 문학비평이 문학 가운데서 말업(末業)에 해당된 거라면, 메타비평은 말업인 동시에 또한 허업(虛業)이기도 하다. 어쨌든 메타비평집은 지금까지도 보기 드문 책이다. 나의 저서인 그 『메타비평론』은 어쩌면, 아마도 전무후무한 책이 아닌가 하는 생각이 든다.

그 책 속에 여덟 편의 길고 짧은 글들이 실려 있다. 이 중에서 「비평가로서의 마광수를 말한다」도 있다. 이 책이 출판되면서 나는 생면부지의 마광수 교수에게도 한 부 보냈다. 주소를 모르니, 연세대 국문과로 보냈던 것이다. 이로부터 얼마 후인 그해 오월 어느 날, 내가 대학원 수업을 하기 위해 토요일에 학교에 나갔다. 연구실에 전화가 와서 받았더니, 마광수 교수의 육성이 들려 왔다. 그는 전혀 이름조차 모르고 있었던 나에게 감사하다는 말을 정중하게 건넸다. 나 역시 그에게 앞으로 건강하시라면서 화답을 빚어냈다. 이때부터 십 수 년에 걸쳐 우리는 한 번도 보지 못한 사이인데도 서로 책을 주고받았다. 나나 그나 할 것 없이 책이라면 다산가가 아니었던가. 그는 서명 아래에 살짝 붙는 색지(色紙)에 언제나 한두 문장의 메시지를 적어 보냈다.

그는 2012년에 내게 자신의 책 한 권을 보냈다. 장편소설『불안』(1996)을 개작한『페티시 오르가즘』(2011)이었다. 간행한 책의 앞부분 간지가 분홍 바탕색이었는데 '송희복 교수님께―마광수 드림 2012, 11. 28'이란 글 아래에 노란 색지가 붙어 있었다. "예전에 보내주신 〈메타비평론〉을 다시 읽다가, 문득 선생님께 제 소설을 한 권 보내 드리고 싶어졌습니다." 내가 무슨 기념이 될까 하여 그 분홍 바탕색의 간지를 오려 놓아 잘 보존하고 있다. (나는 언젠가『페티시 오르가즘』을 빨간 색 볼펜으로 군데군데 줄을 긋고 메모를 해 가면서 읽은 적이 있었다. 앞으로 또 언젠가는 이 소설에 대하여 영상적 문장의 표현 양식으로서의 '스튜디오 소설'의 관점에서 글을 써볼까 한다.)「비평가로서의 마광수를 말한다」를 다시 읽다가 문득『페티시 오르가즘』을 보내준 사실을 두고 볼 때, 그는 내가 쓴 '비평가 마광수론'을 가리켜, 두고두고 고맙게 생각해 왔음이 틀림없다. 세상의 모든 일이 지나면 아쉬운 것처럼, 지금 생각하면, 그걸 좀 더 정치하고 좀 더 섬세하게 썼더라면 좋았을 터인데 하는 느낌이 적이 남아 있다.

이 글은 다시 쓴 '비평가 마광수론'이다. 물론 15년 전에 쓴 지난번의 글을 저본으로 삼아 증보와 개작의 형식을 갖추었다. 향후 몇 년에는 더 증보되고 개작된 완성본 '비평가 마광수론'으로 발전되었으면 한다. 나는 문단의 선배인 그와, 살아생전에 면대면의 기회조차 가지지 못했지만, 지역적으로 멀리 떨어져 있어서도 동정과 공감의 인연, 소통의 관계성을 맺은 각별한 분으로 생각하고 있다.

2. 비평가 마광수의 발견

1989년, 마광수라는 이름이 일반인들의 입에 회자되기 시작했다. 당시만 해도 점잖은 대학 교수가 차마 입에 담지 못할 얘깃거리를 스스럼없이 담는다고 하여 사회적인 파문이 꽤나 컸었다. 산문집 『나는 야한 여자가 좋다』와 시선집 『가자, 장미여관으로』와 소설 「권태」로부터 시작된 마광수의 문학, 혹은 마광수 문학의 신드롬은 시작부터가 논쟁적이요, 도전적이라고 할 수 있었다.

1989년 말, 하나의 연대가 저물어간 무렵이었다. 이 연대는 이른바 격동의 시대가 아니었던가. 한 유수한 문학평론가이었던 아무개 씨는 신문의 한 칼럼에서 말하기를, 1980년대의 문학을 한마디로 말해 전두환 문학과 마광수 문학으로 요약된다고 했다. 소위 전두환 문학이란, 1980년대에 걸쳐 10년 동안, 줄기차게, 끊임없이 매달려온 민중문학이 전두환으로 기호화된 궁극적인 실체에 대한 증오심의 발로와 구현이라고 언표되는 개념이 아니었을까. 그런데 이에 반해 마광수에 의해 1년에 불과한 단기간에 주도된 성 담론의 문학을 가리켜 말하자면 마광수 문학이라고 말할 수가 있느냐가 문제였다. 요컨대, 소위 마광수 문학이 전두환 문학의 상대적인 짝이 될 수 있을 만큼의 비중을 차지할 수 있느냐, 하는 것이 사실은 말이지 의문시되지 않을 수 없었던 것이다.

시대정신에 있어서 압도적인 의미를 지녔던 전두환 문학이 한낱 마광수로 대표되는 것에 비교되고 서로 견주어진다는 자체가 지금 생각하면 좀 적절하지 못하다고 생각된다. 비록 양자가 제도적인 금기의 문학이란 점에서 유사성을 띠는 성질의 것이기는 하지만, 어쨌든 마광수 문학의 돌연한 출현은 어쩌면 시대적인 착종(錯綜)의 의미를 머금고 있었는지도 모른다.

이로부터 오랜 시간에 걸쳐 마광수는 우리 사회에서 성 담론의 중심부에 선 인물로 각인되어 갔다. 그는 스스로를 '광마(狂馬)'라고 했다. 미친 듯이 질주하는 것과 같은 한 시대의 야생마. 끝 간 데 모를 성적 방종의 이미지에, 귀골과 천격의 경계마저 모호할 만큼 자유분방한 그의 멘탈리티는 규율의 고삐를 풀어 놓았다.

> 나는 찢어진 것을 보면 흥분한다
>
> 그녀의 찢어진 입술
>
> 그녀의 찢어진 눈꼬리
>
> 그녀의 찢어진 미니스커트
>
> 그녀의 찢어진 청바지
>
> 아아아 찢어진 거미줄
>
> 찢어진 나방의 날개
>
> 찢어진 북어의 살점
>
> 오오오 너무 길게 길러 찢어진 그녀의 손톱
>
> 너무 꽉 조여매 찢어진 그녀의 코르셋
>
> 너무 순정을 지키다 찢어진 그녀의 정조
>
> 나는 찢어진 것을 보면 흥분한다
>
> ─「나는 찢어진 것을 보면 흥분한다」

이 시를 보면 이런 생각이 든다. 윤동주가 순결한 영성의 세계에 안주했던 죄업 망상의 소유자라면, 마광수는 파열(破裂) 망상의 소유자가 아니었을까. 말하자면, 성적인 관념의 금기와 봉합에 견디지 못하는, 그리하여 위선에 대한 위악의 포즈를 취하는 일종의 주물(呪物) 숭배자로서 말이다. 그가 세상을 떠나기 직전에 이런 어록을 남기기도 했다. 윤동주가 양심에 충실한 사람이라면, 그 자신은 본능에 충실한 사람이라고 말이다.

마광수는 자신의 성 담론으로 인해 개인적인 시련과 불행을 겪었다. 1992년, 그는 소설 「즐거운 사라」가 외설적이란 이유로 검찰에 구속되어 법원으로부터 징역 8개월, 집행유예 2년이란 판결을 받는다. 1995년, 또 그는 대법원 확정 판결로 연세대학교에서 해직된다. 그 후, 3년 만에 복직한 그는 또 다시 교수 재임용 심사 과정에서 논문 실적 부실이란 이유로 부적격 판정을 받게 된다. 이때부터 그에게 찾아온 것은 병고(病苦)였다. 외상성 우울증과 만성 위염에다 대인기피증까지 겹쳐진 다중성 질환은 그의 심신을 피폐하게 만들었다고 한다. 그의 평소의 말처럼 한 방에서 울화니 기울이니 하는 정신적인 충격이 육체의 병을 만든다. 희로애락 등의 칠정(七情)이 울결(鬱結)할 때 갖가지 증상이 초래되는 법이다. 그 자신의 문학을 대하는 보수적인 독자층의 냉대와 이중적인 잣대로 저울질하는 지식인 사회의 반발, 그리고 자신이 몸담고 있는 직장의 동료들에 대한 배신감 등이 몸은 말할 것도 없고, 그의 마음 내지 영혼까지 울결하게 한 것이다.

그를 두고 가리켜, 소위 '불여세합(不與世合)'이랄까, 김시습이나 허균 등이 제도권에 자신을 가두어 두기를 스스로 거부했던 것처럼, 세상과 더불어 화합하지 못하는 존재라고 말할 수 있지는 않겠는가.

마광수는 창작가로 알려져 있다. 대개는 그를 야한 소설을 쓰는 소설가로 기억한다. 그에 대한 관심이 있는 독자라면 그가 소설가이기도 하면서도 시인이며 에세이스트라는 사실을 안다. 그런데, 그가 창작가이면서 동시에 비평가라는 사실은 대중적으로 잘 알려져 있지 않다.

그는 성실한 비평가이다.

그에게는 2000년 이전에 그의 비평적 담론이 서책의 형태로 엮어져 상재된 것만 해도 이미 다섯 권을 넘기고 있었다. 『상징시학』(1985), 『심리주의 비평의 이해』(편저,1986), 『카타르시스란 무엇인가』(1997)는 이론비평의 결실이요, 『윤동주 연구』(1984), 『마광수 문학론집』(1987), 『문학과 성』(2000)은 작가론 내지 실제비평의 소산이다. 그의 비평은 문단 현장의 논리에 민감하게 반응하거나 사회의 실천적 담론에 적극적으로 개입하는 성질의 것이 아니다. 때로 아카데믹하게 이론 체계를 범주하는가 하면, 때로는 그저 자신의 문학관을 은밀하게 옹호하기도 하는 그런 성격의 비평가라고 할 수 있을 것이다.

마광수 비평적 글쓰기의 단초는 「평폐론(評弊論)」에 있다. 이 글이 1974년에 쓰여졌다고 한 것으로 보아, 그는 24세의 나이에 이 글을 썼다. 평폐론은 글자 그대로 문학평론의 폐단과 폐해를 논증한 글이 된다. 비평에 대한 비평이란 점에서 메타성을 띤 비평이라고 하겠다.

> 요즈음 비평가들에게는 심금을 울리는 문학적 감동이란 우스운 것이고, 어떤 기발한 문체, 신기한 사건의 전개, 이상심리적인 주인공의 변태가 더 재미있고 가치가 있다. 그럴듯하게 수식해 놓은, 평론에는 도무지 맞지 않는 번드레한 문체가 이제는 우수한 평론 문체가 되어 버렸다. 평론은 실로 이제까지 가졌던 문장정신의 예언자로서의 고매한 영역을 떠나 언어적 유희로서의 상완(賞翫)의 지경에 이르고 만 것이다. 그러나 그것이 평론 자체로서만 끝나면 그래도 괜찮겠는데, 그러한 평론들은 스스로의 궤변을 계속 고집해 나가려고 하기 때문에 그 폐는 이만저만 큰 것이 아니다. 창작가들은 자연히 종당에는 평론가의 눈치를 살피게 되기 마련이며 그러한 터무니없는 문학적 가치 기준 위에서 글을 쓰게 된다. 그릇된 평론이 문학 자체와 독자들에게 주는 해는 보통 생각할 수 있는 것 이상으로 크다. (『마광수 문학론집』, 367~8쪽)

마광수는 문학 비평이 창작에 무익한 것으로 인식하지 않고 유해한 것으로 간주하고 있다. 그는 비평 유해론의 원인을 세 가지의 관점에서 본다. 첫째는 창작에 대한 비평가의 열등감이요, 둘째는 이론 중심의 태도에서 기인한 형식주의의 폐이며, 마지막으로는 세속적인 유행에 일시적으로 영합하는 시류(時流) 문학의 폐이다. 당연한 얘기다. 요컨대 그는 비평의 굴레, 문학의 제도로부터의 자유로운 창작정신을 강조한다. 그의 앞으로의 긴 창작의 도정을 운명적으로 예고하고 있는 느낌이 없지 않다.

마광수가 평폐론에서 결론적으로 얘기하고 있는 논지는 비평이 스스로의 직관에 충실해야 하고, 스스로의 순수한 감동 위에 씌어져야 한다는 것이다. 그런데 그의 비평이 스스로의 직관에 충실했고 스스로의 순수한 감동 위에 쓰였는가 하는 문제에 관해서는 흔쾌한 마음으로 긍정할 수 있을 것 같지 않다. 그 스스로 자신의 본업을 창작으로 여겼기 때문일 터이다.

다만 그의 비평이 서구의 인식 틀 속에 스스로를 가두어 넣거나 이론의 개념에 순치되는 것을 경계했던 것은 사실인 듯싶다. 그의 비평집 『마광수 문학론집』 속에 실려 있는 22편의 글 중에서, 특히 「미의식의 원천으로서의 '자궁회귀본능'에 대하여」, 「음양사상(陰陽思想)과 카타르시스」, 「주역(周易)과 상징체계」 등은 상당한 의의를 가진 독창적 가설로 평가되어 마땅하다.

마광수는 자궁회귀본능을 정신적 퇴행 현상의 극단적 형태로 보고 있다. 이것이 그에겐 심리학적으로 부정적으로 수용되겠지만 미학적인 입장에서 볼 때 사뭇 긍정적인 개념으로 여겨지기도 하는 것이다. 예컨대 한용운의 시 「이별은 미(美)의 창조」에서 보여준 바, 일방적인 명령, 가학(加虐), 이유 없이 가해지는 고통 등의 매저키즘적인 미의식의 근저에 그것이 반영되어 있다.

2000년대 초반부터 논의되기 시작한 문학의 치유적인 기능에 관해, 마광수는 일찍부터 눈을 뜬 것 같다. 그의 시학적 방향성이 허보실사(虛補實瀉)의 동의학적인 치유관과, 카타르시스적인 억압−해소의 기능 쪽으로 놓이게 되는 것도 당연한 귀결이라고 할 수 있다.

정신이 육체의 병을 만들었지만, 거꾸로 육체를 치료하니 정신도 치료되고 만다는, 정신과 육체의 상보적 관계에 의한 일원론적 치병 철학이다. (……) 비극을 포함한 모든 예술은, 확실히 실제적 정신치료의 능력을 갖고 있다. 치료에 문학과 의학의 상호연계성이 검토되고 있는 것도, 현대인에게 특히 많은 신경증을 치료하기 위한 '카타르시스'의 방법으로서, 문학이 단지 심미적 차원에 머물러 있을 것이 아니라 전체적 인간 치료의 실용주의적 차원으로까지 발전해야 한다는 것을 증명해주고 있다. (앞의 책, 30~1쪽)

마광수 시학의 키 워드는 한마디로 말해 '상징'이다. 상징은 원초적이며 동시에 궁극적인 세계, 조화와 상생을 촉구하는 세계이다. 그에게 있어서의 서정시는 상징체계의 미학적인 완성이라고 할 수 있다. 그는 자기 논리의 정당성을 입증하기 위해서 한용운과 윤동주의 시세계를 자주 원용하고는 했다.

마광수에게 있어서의 상징은 이를테면 조화와 상생의 초월적인 피안(彼岸)이 아닐까 한다. 현실에서는 찾기가 힘들다. 동양 우주관의 심원한 세계가 아니고서는 불가능한 것이다. 그는 역(易), 음양, 색즉시공 등으로 표현되는 비의의 세계에 인문학적인 교양을 확대하면서 자생성의 미학 창출에 고심했던 것 같다. 서구 비평이론에 맹신하던 1980년대의 강단 비평의 현실에 비추어 볼 때, 마광수의, 얼핏 보기에 다소 엉성한 것 같아도 도전적인 성격의 독자적인 이론은 꽤 돋보인다. 예를 들면, 현대 심리학의 한 개념인 '역설적 의도(paradoxical intention)'와 동양적인 뉘앙스의 '궁즉통' 사상을 비교한 것도 그의 섬세한 관조의 결과로 여겨지며, 또한 신심불이(身心不二), 즉 육체와 정신의 일원론적인 파악은 그의 성애관이나 성 담론을 위한 문학을 예비하고 있는 이론이 아닐까 한다.

일언이폐지 하면, 마광수 시학의 결론은 다음과 같다. "시는 자연이나 현실의 세계가 아닌 이데아의 세계, 초자연의 세계를 그려내야만 한다.

초자연의 세계는 상상되어진 상징의 세계다."(앞의 책, 113쪽) 상징은 모사 (模寫)하는 게 아니다. 다만 현실을 대표하는 것일 뿐, 현실 그 자체가 결코 아닌 것이다.

마광수는 한 시대와, 한 시대 제도의 희생자로서 철저하게 소위 '왕따'를 당해 왔다. 페미니즘 역시 그의 적이었다. 그는 제도와 보수적인 지식인 사회와 페미니스트들로부터 협공을 당해 왔던 것이다. 그는 자신의 문학을 스스로 '창조적 반항'이라고 규정했지만, 한 여성 독자는 황당한 공상이나 일탈적인 욕구를 반영함으로써 섹스에 대한 몽상을 표현한 것에 지나지 않는다고 했다.(한겨레신문, 1996, 12, 12) 페미니스트들은 마광수의 성적 환상이 여성을 권력의 상징물인 남근에 의해 지배되고 정복되는 하나의 대상물처럼 그렸다는 점에서 여성들에게 매우 억압적이라고 주장한다. 그의 문학에 반영된 성의 해방이 여성 해방과 반드시 연결되지 않는다는 점에서, 여성주의에 의한 마광수의 성 담론은 남근주의적으로 해설될 수 있는 여지가 남아 있다. 일부 여학생들은 마광수 교수의 강의를 들으면 섹시즘, 즉 성 차별주의가 느껴진다고 증언했다. 요즘 식의 표현대로라면, 그에게 있어서 젠더 감수성이 미흡한 일면도 없지 않다. 물론 그의 문학과 사상에는 시대적인 한계도 엿보이는 게 사실이다. 하지만 그는 남근주의에 대해 비판적인 날을 세우기도 했다. 이 사실에 관해서는 후술할 예정이다.

많은 지식인들이 마광수의 문학을 섹스만 존재하는 앙상한 형태의 '창조적 반항' 정도로 치부하고 있다. 물론 마광수의 성애 문학에도 문제가 없는 것이 아닐 것이다. 문제는 다른 데에도 있다. 마광수에 대한 지식인의 이러한 냉소주의야말로 속 시원히 까발리지 못하는 자신에 대한 두려움에서 비롯되는 측면도 결코 없지 않을 것이다.

어쨌든 마광수를 옹호하는 책이 출판되었다. 각계의 지식인들이 자발적으로 참여하여 만든 『마광수 살리기』(2003)가 그것이다. 이러한 성격의 책은 연세대 국문과 학생회에서 만든 『마광수는 옳다』(1995)에 이어 두 번째가 되는 셈이다. 이 책은 마광수 문학의 본질에 대한 탐색, 표현의 자유와 사법 처리의 적법성 등을 문제로 삼고 있다. 특히 이 시대의 대표적인 논객인 강준만은 「마광수를 위한 변명」이란 글에서, "마광수는 아이러니컬하게도 대학 교수이기 때문에 당했다. 권위주의자들이 즐겨 쓰는 '시범 케이스' 전술의 희생양이 된 것이다."라고 주장하고 있다.

마광수는 재임용을 위한 업적물로 산문집 『자유에의 용기』와 장편소설 『알라딘 신기한 램프』를 제출했지만, 학교의 인사위원회로부터 부적격 판정을 받았다. 말하자면, 그는 논문적인 글쓰기만을 고집하는 학술 권력과 정면으로 충돌하게 된 것이다. 학술진흥재단, 즉 지금의 한국연구재단에 등재된 학술지에 발표된 논문을 미덕으로 삼고 있는 것이 오늘날 교수 사회의 실정이다. 이것이 학자들의 자유로운 글쓰기를 억압하는 것은 두말할 나위조차 없다. 관습에 도전하고 창의적인 것에 몰두하고 글쓴이 자아반영성을 구현하는 글쓰기가 교수 사회에 어쩌면 원천 봉쇄되어 있는지도 모를 일이다.

마광수는 자신의 비평을 '창조적 비평'이라고 했다. 이 용어는 이미 오래 전부터 사용되었다. 창조적 비평의 가능성을 처음으로 제기한 이는 19세기의 영국 비평가 매슈 아놀드이다. 그는 비평가의 주관성을 우선 강조했다. 비평도 시와 소설과 희곡처럼 자기목적성을 지닌 자율적인 장르로 인정되어야 한다는 것이 그의 주된 생각이었다.

20세기에 있어서는 로버트 숄스, 이합 핫산, 제네바 학파 등의 비평가, 비평 그룹이 창조적 비평의 중요성을 얘기해 왔다. 그렇다면, 마광수는 창조적 비평을 어떻게 이해하고 있는가. 그는 창작에 있어선 소설 부문에 상대적으로 압도적인 관심을 드러냈지만, 비평에 관해선 시에 집중하였다. 이를테면, 시 작품을 해석하는 데 비평가 자신의 주관적인 직관에 의존할 수밖에 없다는 것, 작품이 지닌 의미의 폭을 넓힐 수 있는 독자의 상상적 참여를 이룩하는 것이 그가 구상한 창조적 비평의 개념 틀이었다.(『문학과 성』, 25쪽 참고.)

무엇이 진정한 의미의 창조적 비평일까.

비평가 자신의 운명을 반영한, 그리고 비평가 자신의 정신적 모험을 추구하는 비평이야말로 창조적 비평의 최대치에 도달하는 것은 아닐까. 그렇다면, 좀 아쉽기는 하지만, 마광수는 이 세계의 문전에 기웃거리거나 서성댄 정도에 머물고 말았음이 자명해진다. 그 스스로 비평이 본업이 아니라고 보았기 때문일까? 어디까지나, 그의 본업은 창작이었던 것이다.

3. 몸이 머리를 지배하다

마광수는 세간에 잘 알려져 있지만 문학비평가이면서 또한 육체주의 사상가이기도 하다. 이 사실을 도외시하거나 경시하게 되면 한 시대의 지식인이요 작가인 마광수의 전모를 잘 파악하지 못하게 된다. 그는 일찍이 정신주의와 육체주의의 이원(二元) 구조의 패러다임을 인지하고 있었다. 이에 관한 그의 글은 짧은 분량의 에세이 「정신주의와 육체주의」(1988. 2)이다. 그는 이 구조를 중국의 선진(先秦) 시대의 사상가인 맹자와 고자(告子)의 경우에서 찾았다. 우리는 그저 이 두 사람의 관계를 성선설-성악설의 생각 틀로만 이해하고 있지 않은가. (맹자는 성선설을, 순자는 성악설을, 고자는 선도 악도 없는 소위 성무선악설을 주장했다.) 하지만 맹자는 '인의예지근어심(仁義禮智根於心)'이라고 가르쳤고, 고자는 '식색성(食色性)'의 이론을 제안했다. 맹자가 인의예지가 마음에서 우러나온 근본이라면, 고자는 인간의 본성이야말로 식욕과 색욕(성욕)에 있다고 했다. 즉, 맹자가 정신이 육체를 지배한다고 보았다면, 고자는 육체가 정신을 지배한다고 보았던 거다. 마광수는 이 대조의 관계를 통해 고자의 편을 들게 된다. 그는 「육체주의 만세」(1997. 9)에서도 정신주의에 대한 육체주의의 편향성을 드러낸다. 특히 여기에서는 육체주의의 정의를 제 나름의 방식으로 내리고 있어 눈길을 끌고 있다.

육체주의란 무엇인가? 인간을 동물과 똑 같이 보면서, 육체의 편안함과 안전을 저해하는 과도한 정신주의의 폐해를 거부하는 것이 바로 육체주의다. 즉, 정신우월주의적인 금욕주의나 '신(神)의 닮은꼴'로서의 인간중심주의에 빠져들지 않으면서, 육체의 쾌락과 현세의 행복을 위해 모든 노력을 집중시키는 것이다. (『자유에의 용기』, 142쪽.)

마광수에게 있어서의 육체주의는 한마디로 말해 정신에 구속되지 아니하는 육체의 자유를 말한다. 개인의 삶을 지배하는 것이 머리이기보단 우선 몸이라는 사실에 있다는 그 생각의 틀 말이다. 이상화의 시편 「나의 침실로」에서처럼 "마돈나 오려무나 (……) 진주(眞珠)는 다 두고 몸만 오너라."라고 말할 수 있는 게 저 육체주의가 아닐까, 한다.

데카르트적인 이원의 세계 구조에는 이성과 육체가 있다. 동양사상의 이기설에 의하면, 이성이 이(理)라면, 육체는 기(氣)이다. 이성-이가 불변의 이치요 정신적인 것이라면, 육체-기는 변화하는 음양의 조화요 본능적인 것이다. 데카르트는 이성이 육체를 지배한다고 했다. 하지만 마광수는 이 데카르트적인 생각 틀을 전면적으로 부정하였다. 어릴 때부터 병을 달고 살았던 그가 한의학을 파고들면서 그의 육체주의 사상은 싹을 틔웠다. 한의학에서는 울화(鬱火)니 기울(氣鬱)이니 하는 정신적인 충격이 육체의 병을 만들어 유기적인 인체의 조화를 그르치게 한다. 희로

애락 등의 7정이 울결(鬱結)할 때 각양각색의 증상을 불러일으킨다. 또 여기에서는 인체의 중심인 5장6부 속에 뇌를 포함시키지 않는다. 더불어 거기엔 신장이 가장 중요한 장기로 특정되어 있다.

마광수의 육체주의 사상은 그의 소설 이론에도 적잖은 영향을 끼치고 있다. 무엇이 소설이며, 왜 소설인가? 소설의 객관적인 정의는? 또 이를 넘어 역사철학적인 존재의 타당성은? 많은 이들이 고심한 문제는 물론 후자이다. 여기에 문제의식을 가졌던 가장 대표적인 사람이 있었다면, 다름 아니라 문학비평가이면서 사상가인 게오로그 루카치를 꼽지 않을 수 없다.

소설의 이론에 관한 한 고전이 된 그의 『소설의 이론』(1915)에 의하면, 소설은 신에 의해 버림받은 세계의 서사시이며, 또 소설의 주인공은 마성적이다. 마성적인 것은 비이성적이어서 신적(神的)이지 않다. 또 이것은 오성을 가지고 있지 않기에 인간적이지도 않다. 소설은 다만 내면성이 지니는 고유한 가치를 알아보려는 모험의 형식을 지향한다. 소설의 내용은 자신을 알아보기 위해 길을 나서는 영혼의 이야기이자, 또 자신을 견디어내면서 자신의 고유한 본질을 발견하려는 영혼의 이야기이다. (반성완 역본, 111~115쪽, 참고.) 마광수에게 있어서의 육체주의는 육체의 모험에 한정하는 게 결코 아니다. 도리어 그에게 있어서 소설이란 게, 하나의 '영혼의 모험'이라는 사실에 귀결한다.

마광수에게 있어서의 소설의 이론은 『문학과 성』(2000)과 『마광수의 유쾌한 소설 읽기』(2013)에 집중되어 있다. 전자에는 시도 있지만 중심부에는 소설이 놓이었다. 그가 이 두 가지 책 속에 텍스트로 든 것은 대부분 외국 소설이었다. 국내 소설은 거의 없다. 표제에서도 나타나 있듯이 전자가 성의 관점에 집중했다면, 후자에서는 이로부터 벗어나 균형 감각을 유지하려고 노력한 측면이 없지 않다.

마광수의 육체주의 사상은 육체를 부각하는 데 있지 아니하고, 육체와 영혼이 조화를 이루는 데 있지 않았을까. 동양 사상에서 전통적으로 말해지는 '심신불이'가 바로 이러한 것이다.

영화 「세브린느」(1967)는 세계 영화사에서 성애 영화의 고전으로 여겨지는 영화이다. 이것은 조세프 케셀의 「대낮의 미녀」(1929)를 원작으로 삼고 있다. 원작자가 영혼과 육체의 부조화에서 온 현대인의 비극이라고 말했듯이, 모든 면에서 부러울 것조차 없는 의사 부인이 대낮의 창녀로 몸을 파는 충격적인 이야기이다. 이런 이중생활은 여주인공 세브린느에게는 운명으로 느껴진다. 남편에 대한 그녀의 태도 역시 이중적이다. 그녀는 정신적으로 남편을 사랑한다. 채털리 부인이 정신적으로조차 남편을 사랑하지 않는 것과 다르다. 그러나 세브린느의 육체적인 방종은 더 심각하다. 상대가 불특정 다수의 남성들이기 때문이다.

마광수는 이처럼 마음 따로 몸 따로 식의 영육의 분리야말로 바람직하지도 않고, 또 불가능하다고도 한다. 작품의 결함인 동시에 프로이트 이론의 오류라는 것이다. 여기에서 그의 육체주의 사상이 육체적인 모험이나 방종을 가리키는 것이 아님을 보여준다. 하지만 작품의 결함이란 설명이 부족하고, 프로이트 이론의 오류에 대한 아무런 근거를 제시하지 않고 있다. 이런 점에서 약간은 무책임한 게 아닌가, 생각된다.

내가 앞에서 말한 두 가지 책을 읽고 얼핏 느끼게 된 것은, 영국 소설이 에로스적이라면, 일본 소설이 타나토스적이라고 할 수 있다는 사실이다. 우선 그의 이론의 바탕이 되는 글의 부분을 따오면 다음과 같다.

프로이트는 생(生)의 본능(또는 사랑의 본능)을 에로스(Eros)라고 이름 붙이고 사(死)의 본능을 타나토스(Thanatos)라 이름 붙였는데, 프로이트가 아니더라도 우리 동양에서는 예부터 음양(陰陽)의 2대(大) 요소가 우주와 우리의 삶을 지배한다고 보았던 것이다. 음은 죽음의 상징이고 양은 삶의 상징인데, 음양의 조화를 가장 이상적인 상태로 보았다는 것은, 단지 삶만이 즐거운 것이 아니라 죽음 또한 즐거운 것이라는 생각을 가지고 있었기 때문이다. (『문학과 성』, 86쪽.)

영국의 소설로서 D. H. 로렌스가 쓴 「채털리 부인의 연인」은 에로스적인 소설의 대표작이다. 육체(性)를 경멸하는 여주인공 코니의 남편을, 작가에 의해 또 다시 경멸하는 소설. 어쨌든 육체주의 소설이다. 코니와 그녀의 불륜 연인 산지기는 신분상으로 상전(마님)과 하인의 관계를 맺고 있다. 하지만 육체성에 있어선 절륜한 정력의 소유자인 하인이 성불구자 남편을 둔 귀족 부인을 농락하면서 정복한다. 그녀는 오히려 강한 육체 앞에 무릎을 꿇으면서 사랑의 노예로 사로잡힌다. 신분의 상하 관계는 육체의 지배-피지배 관계로 전복된다.

이 소설에서는 오로지 남녀 간의 삽입성교만 강조되어 있다. 원시적 생명주의의 소산이다. 작가는 남근 혹은 질(膣)을 중시하는 프로이트 유의 생식기 중심주의에 영향을 받았으리라고 짐작되고 있다.

지금은 세계의 명작으로 자리매김하고 있지만 작가의 동시대에는 외설소설이란 세평의 낙인이 찍힌 「채털리 부인의 연인」는 폭우 속의 혼외정사라는 충격파를 던진다. 채털리 부인인 코니는 밤늦은 시간에 산지기의 오두막집으로 향해 억수 같은 비를 맞으면서 뛰어갔다. 이를 본 하인 맬러즈도 벌거벗고 뛰어나왔다. 둘은 빗속에서 하나가 되었다. 그는 그녀를 안고 짐승처럼 끝내주었다. 집으로 돌아온 코니를 보고 남편 클리퍼드는 말했다. 비를 맞으면서 벌거벗고 다니다니, 당신 정말 미쳤군. 왜 비로 샤워를 즐기는 게 미쳤나요? 코니는 남편에게 또 말한다. 육체 활동이 정신생활보다 더 훌륭한 현실이라고 생각한다고. 그녀는 영혼의 밑바닥에 남근의 침입을 늘 필요로 했기 때문에, 신분의 높낮이와 상관없이 비교적 가까운 거리에 있는 하인의 건강한 육체를 원했던 것이다. 이 정도로 야한 소설 같으면 마광수도 좋아했을 것 같은데, 뜻밖에도 이 소설을 두고 그는 '남성우월적인 쇼비니즘의 양상'을 질타한다.

즉, 남근주의적인 페니스 파시즘이 엿보인다는 것. 그의 비판에 귀 기울여보자.

> 「채털리 부인의 연인」에서는 오로지 '페니스에 대한 예찬'만 나오지 '다양한 성희(性戲)에 대한 예찬'은 나오지 않는다. 그래서 오럴섹스도 없고 진한 살갗 접촉도 없고 다양한 체위도 없다. 그야말로 '원시적인 섹스'이다. 바로 이런 점 때문에 이 작품의 우수성이 인정된다면 그것은 난센스이다. (『마광수의 유쾌한 소설 읽기』, 194쪽.)

존 파울즈의 「콜렉터」역시 육체적 사랑을 소유욕, 정복 심리, 남성적 열등감의 보상 심리로 보고 있다. 프레드릭은 나비 수집가이자, 사디스트이다. 반면에 미란다는 그가 쳐놓은 거미줄에 나비처럼 걸려든 상류 계급의 여자이다. 이처럼 에로스적인 성적 욕망은 본질적으로 남근주의적이다. 채털리 부인인 코니는 프로이트적인 남근선망의 심리, 여성으로서의 남근 숭배의 은밀한 욕망이 엿보이는 여자. 이러한 유의 여자들은 삽입 성교만이 생명의 현상과 관계가 있다고 본다.

이상의 두 소설이 에로스적인 삶의 충동을 잘 보여준 것이라면, 이육사의 시 「절정」은 타나토스적인 죽음의 충동을 제시한 사례가 아닐까 한다. 마광수의 이례적인 논문 「이육사의 시 '절정'의 또 다른 해석」은 너무 점잖게 해석한 게 아닐까 한다. 두꺼운 분량의 문화론집인 『삐딱하게 보기』(2006)에 의하면, "무지개가 상징하는 것을 무조건 희망으로 보아서는 곤란하다. 무지개는 잠깐 떴다가 덧없이 사라지는 것의 상징이 될 수 있기 때문이다."(20쪽)라고 한 정도에 지나지 않는다. 나 같으면 이 시의 '절정'이란 제목부터 성적 오르가즘과 전혀 무관치 않다고 보고 싶다. 난 해의 극치를 보인 '강철로 된 무지개'역시 타나토스적인 죽음의 충동을 수반한 성적 환상의 절정이 아닐까 한다. 강철은 낫과 칼과 작두 같은 인명 살상의 흉기를 연상시킨다. 이러한 유의 흉기의 날에서 번득이는 빛의 광채, 빛의 스펙트럼은 죽음의 회오리를 불러일으킨다. 이 순간적인 오르가즘의 극치가 다름 아닌, 시의 제목으로서의 '절정'인 것이다.

다시 소설로 돌아가자. 일본 소설의 반(反)에로스 현상은 어떤가. 다니자키 준이치로의 「치인(痴人)의 사랑」은 나오미라는 젊은 여자의 육체에 대한 탐미적인 외경심을 보여준 것. 여성 찬미는 유럽 중세의 마리아 숭배에서 비롯되지만 근대로 치달으면서 이런 전통이 사라지고 남근주의의 문화로 탈바꿈한다. 오히려 이러한 사상은 일본 전통의 미의식인 소위 '유현(幽玄)'과 관계를 맺으면서 일본적인 여성 예찬의 유현성이 발현하게 된다. 프랑스가 한때 보바리즘의 선풍을 불러일으켰다면, 일본은 그 이후에 나오미즘의 열기를 내뿜었다. 여성적인 아름다움에 대한 남성의 복종은 일본의 소설 및 영화에서 거듭 보여준다. 아름다운 여성이 잠자고 있는 것을 소재로 한 가와바타 야스나리의 「잠자는 미녀」는 가사 상태의 잠에 비추어진 여자에 대한 성적인 매력이 드러난다. 타나토스적인 성적 욕망은 관음증, 자위행위, 다양한 형태의 애무, 비생식적(비삽입적)인 성교술 등과 같은 형태로 나타난다. 이 소설의 제재인 잠이 반생반사의 성격을 지녔듯이 타나토스적인 죽음의 욕망이 반영된 성욕을 지향하는 특징을 보이고 있다.

전술한 영국 소설 두 편은 마광수에게 남근주의의 횡포를 보여준 것이라면, 지금 말한 일본 소설 두 편은 에로스의 성욕을 보완하는 타나토스의 상징이다.

소설(의 주인공)은 본질적으로 마성적이다. 채털리 부인의 코니나 일본적인 색감의 팜 파탈이라고 할 수 있는 나오미가 마성적인 것은 마찬가지다. 코니는 한 남자에게 성욕을 완성시켜주었지만, 나오미는 한 남자에게 성욕의 미완 상태에서 성적 매력만을 남긴다. 마광수는 정상적인 결혼보다는 불륜의 연애가, 완성된 성욕보다는 미완의 사랑이 아름답다고 말한다. 그의 마성적인 소설관은 여기에 있다. 단언코 말하자면, 마광수의 육체주의 사상은 채털리 부인 유의 '육체의 모험'에 기인하기보다는 루카치의 말마따나 '영혼의 모험'에 울림을 남기고 있다.

마광수의 『마광수의 유쾌한 소설 읽기』는 2013년에 간행한 책이다. 2000년에 간행된 『문학과 성』의 12편의 소설론 가운데 10편을 재수록하고 있다. 에로 영화로도 유명한 '임마누엘'과 D. H. 로렌스의 '아들과 연인'을 왜 누락시켰는지에 대해서는 잘 알 수 없다. 그 나머지 소설론의 대상 텍스트는 소위 야하지 않은 소설이 대부분이다.

이 책에서 마광수에게 영혼의 모험에 여운을 남기지 않았다고 여겨지는 소설이 있다면, 도스토옙스키의 소설들이라고 할 수 있다. 그의 「도스토옙스키의 소설들」은 4페이지에 지나지 않는 도스토옙스키 작가론이다. 그는 우선 도스토옙스키의 소설들이 지나친 잔소리와 기독교적 설교로 가득 차 있어서 읽기에 재미가 없다고 본다.

> 도스토옙스키의 소설들은 내게 재미가 전혀 없을 뿐 아니라, 그의 '작가정신'에 의심을 품게까지 만들었다. 내가 알고 있는, 또 내가 확신하고 있는 '작가정신'이란 '기성도덕에 의한 창조적 반항'이고 '기성 지배 이데올로기에 대한 반골적 도전'……문학의 진정한 가치는 '창조적 반항'(또는 '창조적 불복종')에 있고 '금지된 것에 대한 도전'에 있다. (앞의 책, 141~142쪽.)

이 인용문을 한마디로 말하면 도스토옙스키의 소설들에는 영혼의 모험이 없거나 부족하다는 것이다. 우리나라의 해방기에 우익 청년 문사들이 마르크스주의라는 거대한 물결이 밀려드는 것을 보면서 도스토옙스키라는 방파제를 가설하려고 노력했던 것을 상기해 보면 격세지감을 갖게 한다. 반면에, 마광수에게 가장 큰 영향을 준 소설가가 있다면 서머셋 모음이다. 교훈주의에 기울지 않고 탐미주의에 기울인 그에게서 마광수는 빚을 졌다.

마광수의 '삼국지(연의)' 비판도 인상적이다. 그는 「삼국지」를 그냥 싸움 책 정도로 읽는 건 모르겠으나, 충효 사상을 주제로 삼은 '우국충정의 서(書)'로 읽으면 곤란하다고 했다.

「삼국지」는 민중 중심의 역사소설이 아니라 기득권 귀족계급과 권력자 중심의 역사소설이다. 사실 삼국시대의 와중에서 중국의 민중들은 이를 부득부득 갈며 통치자를 저주했다. 끊임없이 계속되는 병역과 부역에 시달리고 집단 살상에 녹아났기 때문일 것이다. 「삼국지」보다는 「수호전」이 차라리 민중의 아픔과 반항정신을 담고 있고, 「수호전」보다는 「금병매」가 인간의 적나라한 본성을 숨김없이 그려내고 있다. (『마광수의 유쾌한 소설 읽기』, 60~61쪽.)

강자의 힘이 정의라는 「삼국지」보다 민중의 삶이 부대끼면서 처절하다는 사실을 보여준 「수호전」이 더 마성적이고, 유교적인 중국 사회에서 성적 본능의 금기를 제시한, 그래서 「수호전」보다 더 부도덕하다고 본 「금병매」가 그보다 더 마성적인 것이다.

마광수가 도스토옙스키의 소설들과 「삼국지」를 왜 그리 비판했을까? 답은 간단하다. 정신주의의 소산이기 때문이다. 도스토옙스키의 소설들은 기독교적 박애 정신으로 일관되어 있다. 그는 도스토옙스키를 두고 '수구적 도덕주의자'라고 지칭했는데 이는 정신주의자의 또 다른 이름이다. 우리에게 익숙한 「삼국지」는 유비 등 의형제들의 의리 사상과 제갈량의 유교적인 충(忠)의 이념에 갇혀 있다. 특히 나관중의 촉한(蜀漢) 정통설에 의하면 반(反)유교적인 역(逆)의 시세를 좇은 조조는 만고의 간신(奸臣)일 따름이다.

도스토옙스키와 나관중이 무겁게 느껴지는 것은 교훈이나 정신주의의 무거움 때문이며, 서머셋 모옴과 밀란 쿤데라가 가볍게 느껴지는 것은 쾌락이나 육체주의의 가벼움 때문이다. 특히 마광수는 밀란 쿤데라의 「참을 수 없는 존재의 가벼움」을 높이 평가했다. (필자 주 : 이 소설의 제목은 오역이다. '참을 수 없는 존재의 가벼움'이 아니라 '존재의 참을 수 없는 가벼움'여야 한다.) 그 이유는 무엇일까? 우리의 1980년대는 거대담론의 연대였다. 걸핏하면 분단, 통일, 이념, 노동자 권익에 문학적 내지 사회적 문제의식을 부여하였다. 1990년대 우리 소설의 미시담론은 밀란 쿤데라의 「참을 수 없는 존재의 가벼움」으로부터 영향을 적잖게 받았으리라고 본다. 이러한 관점에서 볼 때, 마광수가 그 소설을 높이 평가했으리라는 건 별로 어렵잖게 짐작된다.

　나는 이 대목에서 소설에 있어서 소위 '훈민정음'이야말로 무가치한 표현이라고 본다. 한국사에서는 '훈민정음'이라는 말만큼 가치 있는 표현은 없다. 지선지미의 표현이다. 그러나 소설의 말(씀)이 훈민정음이 되어선 안 된다. 소설이 민중, 즉 독서대중을 훈계하는 올바른 소리여선 안 되기 때문이다. 도리어 올바름의 기성 가치를 전복해야 한다. 이때 전복이란, 도전과 일탈, 마성, 루카치적 영혼의 모험, 또 창조적인 작가 정신이 아닐까, 한다.

4. 되찾기의 과정에 지다

　마광수의 문학적 생애에 있어서 세 마디의 시기가 있었다고 본다. 이 얘기는 2013년 2월 어느 날, 마광수와 동아일보가 신문 한 면 가까운 기사문을 위해 인터뷰를 하는 과정에서 논의되었던 같다. 첫 번째 시기는 마광수 신드롬의 시기, 두 번째 시기는 마광수 죽이기의 시기, 세 번째의 시기는 마광수 되찾기의 시기이다. 첫 번째 시기의 정점은 1989년에서 1991년까지이다.

세 번째의 시기의 시점은 일생 중에서 가장 활발하게 저술 활동을 한 2011, 2년 무렵이 아닌가 한다. 그는 2013년이 시작되자마자 육체주의 사상에 빠져든 뒤 처음으로 야하지 않은 소설「청춘」을 공간해 내었다. 이 소설은 자전적인 소설인 듯하다. 화자인 '나'는 작가 마광수 자신이다. '나'는 소설에서 '다미'라는 여학생과 교제하고 있다. 대학 2학년 시절인 약관의 나이에 사귀었던 작가의 여자 친구인 듯하다. 그의 두 번째 여자다. 이 새로운 애인과 사귀기 위해 육체관계를 맺었을 첫 번째 여친과는 헤어졌다. 다미는 그에게 적극적이었다.

> "여기는 외국인 전용 호텔이라, 야간 통행금지 시간을 넘기고 나이트클럽에서 밤을 새워 가며 술을 마시고 춤을 춰도 괜찮은 곳이에요."
> "외국인 전용 호텔 나이트클럽인데 우리가 어떻게 들어가죠?"
> "잘 아시잖아요. 한국이란 나라는 되는 것도 없고 안 되는 것도 없는 나라라는 사실을요."
>
> ─『청춘』, 94쪽.

민주화의 길이 아직 먼 1970년의 시대 상황이 잘 전해지고 있는 대화이다. 나와 다미와의 사랑은 성애(love with sex)라기보다는 순애보에 가깝다. 서로 만나 여관방에서 밤새 문학과 인생을 얘기하던 청춘의 풍속도랄까, 시대상 같은 거였다. 이 사랑은 다미의 자살로 끝이 난다. 재벌 아버지의 첩의 딸인 그녀는 정체불명의 우울증을 앓고 있었다. 그녀가 남겼다는 시편(詩篇)들은 허구인 듯하다. 작가 마광수의 시집에 실려 있어서다. 작가는 이 사랑을 가리켜 '이렇다 할 섹스 같은 것도 없이 그저 내 쪽에서 칭얼칭얼 보채대기만 하는 사랑'(앞의 책, 177쪽.)이었음을 회고하고 있다. 이를테면 '섹스 없는 사랑(love without sex)'이랄까? 보통 사람들은 마광수의 사상을 두고 '사랑 없는 섹스(sex without love)'의 취향을 추구하는 성적 쾌락주의로 보는 경향이 있다. 물론 편견이다. 그는 사랑과 섹스를 동일선상에 놓는 철저한 성애주의자가 아니던가?

　사상에 관한 마광수의 책은 『운명』(1995) 이후 그 자신의 되찾기 과정에서 다시금 간행된다. 즉, 『마광수의 인문학 뒤틀기』(2014)의 출판이 바로 그것이다. 이 책은 동서고금의 사상가 스무 명의 사상가에 관한 그의 견해가 그의 관점에서 깔끔하고 평이하게 평가되어 있다. 중국의 사상가는 공자로부터 손문까지 일곱 명이 이 책에 등장하고 있다. 공자-주자 중심의 유교 사상이 중국의 주류 사상이 되었는데, 그는 이 사실을 일관되게 비판한다. 그는 중국의 사상가 가운데 도가적 생명주의자 양주(楊朱)를 가장 높이 평가한다. 양주는 중국 사상사에서 이타주의보다 이기주의, 금욕주의보다 쾌락주의, 내세주의보다 현세주의에 경도된 사상가였다. 마광수는 인생은 일회성이라 한번 죽으면 끝나는데 왜 사서 고생을 하느냐고 한다. 그의 논리는 이처럼 명쾌하다. 그가 양주를 내세운 것은 동서양 독재 사상의 기원이 된 공자와 플라톤에 대한 비판과 맥을 함께 한다.

　　플라톤이 후대에 남긴 가장 고약한 사상은 그의 '이상(理想) 국가론'이다. 그는 고매한 철인(哲人) 군주가 독재 정치를 하는 것이 가장 이상적인 국가를 만들 수 있는 첩경이라고 주장했다. 말하자면 중국의 공자가 주장한 성군에 의한 독재와 비슷한 맥락의 주장을 펼친 셈이다. 그는 늘 아테네의 민주정을 중우(衆愚) 정치라고 비웃으며 못마땅해 했다. (『마광수의 인문학 뒤틀기』, 122쪽.)

　마광수는 플라톤과 공자의 정치사상이 김일성을 (주체사상의) 위대한 철학자 군주로 격상시키는 북한 사회와 무엇이 다르냐고 한다. 니체의 초인 사상이 히틀러의 나치즘을 고무한 것도 들먹였다. 더욱이 플라톤은 시인추방론에서 사실상 검열의 정당성을 부여했다. 검찰에 체포되어

법원의 심판을 받은 그로서는 '플라톤의 돋보기(잣대)'야말로 외상의 흔적으로 여겨질 것이다. 플라톤은 그 후 서양 근세 사상의 이성 만능주의의 형성에 절대적으로 기여했다.

나는 어쨌든 소설 「불안」(1996)을 개작해 다시 발표한 「페티시 오르가즘」(2011)은 종래 그의 남근주의 소설로부터 온전히 벗어난 것이라고 보고 싶다. 이 소설은 영상으로 대기하고 있는 느낌을 주는 묘사에 치중하고 있다는 점에서 소위 '스튜디오 소설'이라고 불리어질 수도 있다. 구효서의 「카사블랑카여, 다시 한 번」(1995) 역시 여기에 해당한다.

소설 표제이기도 한 '페티시 오르가즘'은 주물(呪物)에 의해 성적 만족의 극치를 얻는 것을 말한다. 극히 아름다운 여배우 사진을 보고 화장실에서 자위행위를 하는 소년의 경우를 보면, 그것이 변태라기보다는 자연스런 성적 충족의 수용이 아닐까, 생각된다.

마광수는 이 소설에서 여자의 머리카락에 대한 묘사를 위해 2백자 원고지로 10매가 넘게 투자한다. 그는 사물마다 성적인 의미를 부여한다. 그러면 사물은 단박에 주물이 된다. 언어유희적인 흥미를 유발하면서 말이다. 여자가 바텐더에게 '오르가즘'을 주문하면 둘이는 수작을 나눈다. "후회(後悔)라고 했소? 후희(後戱)가 아니고? 바텐더가 힘주어 대답한다. 네, 후회지요. 후희가 아니라."(106쪽) 소설의 화자는 페티시를 좋아한다. 펑키하게도 퇴폐적인 주물을 숭배한다. 작가인 그 역시 주물이 성적 상징물이 되는 경우를 좋아했다. 젊었을 때부터 그를 사로잡았던 손톱과 하이힐은 가학적 여성성과 피학적 남성성이 전제된 성적 상징물로서의 주물이었던 것이다.

그는 남근주의의 중심적인 생각 틀로부터 벗어나 자신의 육체주의 사상을 완성하려고 했다. 하지만 그는 넉넉지 않은 살림과 우울증이 남긴 생활의 후유증으로 인해 한때 잘 나가던 자신의 본래 모습을 되찾지 못하고 죽음을 선택하기에 이른다. 참 안타까운 일이 아닐 수 없다. 그의 첫 번째 시집이자 최초의 저서인 『광마집』(1980)에 보면, 「자살자를 위하여」(1979)라는 시가 있다. 올해는 이 시가 발표된 지도 꼭 40년이 되었다. 다음과 같이 인용한다.

우리가 태어나고 싶어 태어난 것은 아니다

그러니 죽을 권리라도 있어야 한다

자살하는 이를 비웃지 말라

이 땅에 태어난 행복, 열심히 살아야 하는 의미를 말하지 말라

바람이 부는 것은 바람이 불고 싶기 때문

우리를 위하여 오는 것은 아니다

(……)

자살자를 비웃지 말라, 그의 용기 없음을 비웃지 말라

그는 가장 용기 있는 자

그는 가장 자비로운 자

스스로의 생명을 스스로 책임 맡는 자

가장 비겁하지 않은 자

가장 양심이 살아있는 자

보는 바와 같이, 이 시는 마치 자신의 죽음을 미리 변호한 것처럼 느껴져 참으로 애틋하다. 본인은 자신이 한때 사회적으로 매장된 까닭을 우리 사회의 '모럴 테러리즘'이 만연한 데서 찾기도 했다.

그는 제 나름대로 자부심을 가지고 있었다. 부르주아 교양의 시대였던 유럽의 19세기는 도덕적으로 엄혹했다. 마담 보바리와 무희(舞姬) 타이스는 이와 같은 사회 분위기 속에서 탄생한 부도덕한 여인들이었다. 이 두 인간상은 작가와 세계의 적절한 타협 속에서 반성하게 된다. 말하자면, 육체의 모험은 감행하지만, 영혼의 모험은 미완의 상태에 머물고 만다.

그러나 20세기의 말에 성 알레르기의 한국 사회에 등장한 사라는 끝까지 반성하지 않았다. 필화 사건의 판결문에 '사라가 끝까지 반성하지 않는다.'고 했다고 한다. 마광수의 저 「즐거운 사라」는 육체의 모험도, 영혼의 모험도 성취한 회심의 문제작이었다.

이끼로 뒤덮인 바위 위에 조각난 꽃잎 하나가 떨어져 내렸다.

그가 2년 전에 세상을 떠났지만, 앞으로 20년 정도는 그가 남긴 문학과 사상을 통해, 우리는 성의 문화적인 의미, 표현의 자유에 관련한 가치를 두고 문단과 사회에서 되새김할 것으로 전망한다.

부기 : 시미즈 켄의 선풍

이 글을 끝맺음할 무렵에 일본의 성담론가인 시미즈 켄의 인터뷰가 우리나라 신문지상에 도배되었다. 거의 한 면에 걸친 인터뷰다. 그는 22년간 9500편의 'AV(어덜트 비디오)'에 출연한 배테랑 전문 배우다. AV는 성기를 노출시키지 않는다는 점에서 포르노그래피와 다르다. 그는 일본 성교육 사정과 자신의 성교육관을 밝혀달라는 물음에 이렇게 답했다.

한국의 사장은 잘 모르겠지만 일본의 성교육은 상당히 현실에 뒤쳐져 있다. 번식 행위로서의 성이 있고, 즐긴다는 의미에서의 성이 있는데 전자만 교육하지 후자에 대한 교육이 전무하다. (나의 성교육관은) 당연히 후자다. 나는 섹스가 가장 인간다운 세계라고 생각한다. 섹스할 때는 옷을 벗고 벌거숭이가 되는 게 아니라 마음의 굴레까지 벗어야 한다. 사회에서 얼마나 잘났든 못났든 사랑하는 상대와 잠자리할 땐 모든 걸 벗고 순수한 즐거움에 몰두하는 게 최고의 사랑이다. AV가 보여주려는 것도 그 순수한 즐거움의 세계다. 나는 그 세계에서 터득한 노하우를 가르쳐 주는 사람이고. (조선일보, 2019. 5. 11)

이 정도의 발언이라면, 마광수의 살아생전에 남긴 어록에 다름없다. 그의 아류에 지나지 않는 수준이 아닌가? 불과 얼마 되지 않은 세월이 흘러갔을 뿐인데, 작가였던 마광수는 마치 죄인처럼 고개를 들지 못했고, AV 스타인 시미즈 켄은 무슨 영웅처럼 당당하다. 그는 지금 와세다 대의 성교육 강의를 맡고 있단다. 일본에서의 AV 산업은 연간 시장 규모만 해도 4조2천억에 달하는 합법 산업이다.

제3부 시학 · 수필 · 비평